CHRIS SIMION

Ce ne spunem când nu ne vorbim

Chris Simion s-a născut pe 20 august 1977, în Bucureşti. A absolvit Universitatea Naţională de Artă Teatrală şi Cinematografică „I.L. Caragiale" - Bucureşti secţia teatrologie în 2000 şi secţia regie teatru în 2005. În 2000 a înfiinţat Compania de Teatru D'AYA împreună cu scriitorul francez Pascal Bruckner, care a devenit ulterior şi Preşedintele Onorific al companiei. D'AYA este un teatru profesionist, independent care colaborează atât cu actori tineri, cât şi cu nume mari ale scenei româneşti.
În 2006 iniţiază proiectul Teatrul Undercloud din Lăptăria lui Enache – Terasa „La Motoare".
În 2009 devine membru al Uniunii Scriitorilor din România.

A scris: *Dragostea nu moare. O concluzie la 16 ani* (**1994**); *Dogmatica fericirii* (**1995**); *Disperarea de a fi* (**1996**); *De ce nu suntem ceea ce putem fi?* (**1997**); *Spovedania unui condamnat* (**1998/2000**); *În fiecare zi, Dumnezeu se roagă la mine* (**2002**).

A regizat numeroase spectacole, printre care: ***Copilul divin*** după Pascal Bruckner, ***Scaunele*** după Eugene Ionesco, ***Dragostea durează 3 ani*** după Frederic Beigbeder, ***Hell*** după Lolita Pille, ***Şi caii se împuşcă, nu-i aşa?*** după Horace Mccoy, ***Călătoria sau Pescăruşul Jonathan Livingstone*** după Richard Bach, ***Maitreyi*** după Mircea Eliade, ***Oscar şi Tanti Roz*** după Eric Emmanuel Schmitt.

Dintre premiile obţinute amintim: 1995 – bursă de studii în literatura sanscrită, New Delhi - Sanskriti Kendra. 2000 - Spectacolul „Călător în noapte" premiat la Festivalul de Teatru Experimental de la Cairo. 2002 – „Premiul debut în proză" acordat de Ministerul Culturii şi Cultelor. 2004 – „Premiul pentru cel mai bun spectacol" pentru „Scaunele" acordat de Alliance Française, urmat de turneu în India în 8 oraşe. 2006 – „Premiul de Excelenţă" în Gala Antidrog acordat de Guvernul României pentru spectacolul „Hell".

Alte informaţii pe www.chrissimion.ro

CHRIS SIMION

Ce ne spunem când nu ne vorbim

TREI

Editori:
Silviu Dragomir
Vasile Dem. Zamfirescu

Director editorial:
Magdalena Mărculescu

Coperta colecţiei:
Faber Studio
Imagine copertă: © Alex Gâlmeanu

Director producţie:
Cristian Claudiu Coban

Redactor:
Domnica Drumea

DTP:
Eugenia Ursu

Corectură:
Eugenia Ursu, Sînziana Doman

Descrierea CIP a Bibliotecii Naţionale a României
SIMION, CHRIS
Ce ne spunem când nu ne vorbim / Chris Simion. – Bucureşti:
Editura Trei, 2011

ISBN 978-973-707-429-4

159.922.1

C.P. 27-0490, Bucureşti
Tel./Fax: +4 021 300 60 90
e-mail: comenzi@edituratrei.ro, www.edituratrei.ro

ISBN: 978-973-707-429-4

Motto

Ho, munte, nu ţi-am zis să mergi.
Era doar aşa... o idee!

Ca să înţeleg Iadul, a trebuit mai întâi să trec prin el

Draft

A fost odată o Floarea-Soarelui şi un Zmeu Albastru. Au fost încercaţi de furtuni, de secetă, au fost despărţiţi şi duşi pe astre diferite, dar nu s-au pierdut niciodată. Floarea-soarelui dădea un interviu la un post de radio. Era pe o planetă unde cuvintele erau verzi. Zmeul Albastru a ascultat-o şi, după ce a terminat de vorbit, s-a dus să o cunoască. Din clipa când s-au respirat, cuvintele verzi au prins culorile de taină şi au început... Se spune că oamenii care nu îşi găsesc jumătatea vieţuiesc ca nişte muribunzi şi inviază doar atunci când se întregesc. Câte fantome pe câmpul lui Dumnezeu... Floarea-Soarelui şi Zmeul Albastru şi-au pus aripile şi au început să râdă de noi. Cerul lor e peste tot.

To: zmeul_albastru@yahoo.com

Stau de 45 de minute pe budă, cu laptopul în braţe şi nu ştiu cum să încep. Nu ţi-am scris de o veşnicie. Tu mi-ai fi răspuns: „Când iubeşti... ce este o veşnicie?".

M-am întors, Zmeu Albastru. Ce aş avea nou să îţi povestesc despre Iad? În loc de nas, mi-am pus o ureche şi în loc de ureche mi-am pus un nas. Altă perspectivă după ce te săruţi cu moartea. Sugestia prietenului meu Salvador.

M-am întors, dar Cerul nu mai e la locul lui. Opţiunea? Iertarea. Iubirea. Când are prea multă libertate, omul, în loc să zboare, îşi leagă aripile, iar când nu are libertate, zboară în cercul lui limitat închipuindu-şi că atinge infinitul.

Să mai crezi în moşul cu barbă sau în clişeul timid de pe icoanele pe sticlă, contraofertă la focul de neînchipuit al gheenei, este ca şi când ştii că cineva îşi bate joc de tine, dar accepţi statutul de cârpă, neavând altă soluţie.

Biserica a devenit un fel de Agenţie de PR a lui Dumnezeu, iar Divinitatea, Suprema Divinitate, Marea Divinitate, Mica Divinitate, doar un produs ambalat în staniol ca să atragă atenţia şi să convingă cu o marjă minimă de eroare. Numai un copil poate să creadă că există Iad, că există Rai, că există Dumnezeu şi Moş Crăciun. Numai un copil este cu adevărat nud. Nu vorbesc de sfinţi, căci ei sunt o excepţie şi sunt singurii care s-au vindecat de boală şi trăiesc.

În lanul în care ne-am întâlnit, pământul era virgin şi Cerul ne-a udat mult cu vise, ţinându-ne departe de mal şi de dizgraţia divină. Poate că una dintre cele mai simple încercări ale vieţii a fost să ne pierdem pe noi înşine, să dăm o scurtă vacanţă eului, să ne sufocăm şi să ne dăm seama că nici să murim unul fără altul nu putem, căci până şi moartea noastră e în doi.

Reîntoarcerea e mai cumplită decât dispariţia. Niciodată nu mai găseşti drumul uşor. De parcă am făcut un pact dacă să ne păstrăm sau să ne pierdem identitatea. Am ajuns în Iad fără invitaţie. Cineva m-a împins şi în cădere mi-a spus: „Urmează iadul. La intrare nu trebuie să saluţi!". Toate întâlnirile mele importante m-au luat pe nepregătite. Dacă le aşteptam, nu mai erau atât de mari. Şi ceea ce este amuzant este că toate întâlnirile mele mari au fost căderi. Canalul de scurgere a excrementelor umane, a celor mai inexplicabile şi monstruoase părţi ale spiritului. Iadul nu seamănă cu un cazan cu foc în care îţi pârleşti epiderma şi nici cu o baie de aburi de sânge în care îţi arunci urletele. Iadul este cea mai concretă budă în care mi-a intrat sufletul, locul unde s-a scurs, s-a zbătut, s-a contorsionat toată mizeria din mine.

De Iad te eliberezi doar dacă îl depăşeşti. Şi, ca să îl depăşeşti, trebuie să treci mai întâi prin el, să îl accepţi. Asumarea Iadului este împăcarea cu Dumnezeu.

Lăsând fiinţa în haos, o laşi de fapt să se transforme în diverse făpturi, să împrumute diferite personalităţi, chipuri. Cu cât ai mai mult urât în tine, animalul care deschide gura să te înghită este mai scârbos şi morbid. Iadul nu m-a eliberat de ceea ce sunt. Iadul mi-a confirmat ceea ce sunt.

Mizeria, scârba, urâtul, minciuna, ipocrizia, duplicitatea, boala sufletului, tot ce este mai groaznic, mai meschin, mai cumplit în fiinţa mea, hrăneam îndreptându-mă spre nimic. Când urâtul te încolăceşte nu mai ai discernământ. Urâtul convinge uşor, domină profund şi se întinde în fiinţa ta ca un cancer. Urâtul apare în tine ca o tumoare a spiritului, ca un crin mucegăit, care duhneşte şi al cărui miros nu poţi să-l mai suporţi pentru că te înspăimântă. Nimeni nu poate să cureţe crinul din tine. Nimeni în afara ta nu îi cunoaşte rădăcinile. Pot fi ancorate în rinichi, în plămâni, în inimă, în retină, în firul de păr, oriunde. Şi oricine ar intra din exterior ca să cureţe, s-ar pierde.

Ţi se pare stupid să vorbim toate astea după o veşnicie? Timpul este inventat doar ca să nu înnebunim. Nu am putut să te iau de mână şi să te las să mă însoţeşti. Am fost ca un ciung. În această experienţă nu am avut mâini, nu am avut glas, nu am avut nimic. În faţa unei experienţe pentru care nu eşti pregătit, poţi să îţi pierzi minţile. Acum o înţeleg pe bunica atunci când îi cerea lui Dumnezeu doar ceea ce putea să ducă. Eşti bine?

To: floarea_soarelui@yahoo.com

De la excelent în sus. Mulţumesc de întrebare. Sper că şi tu eşti bine ☺

To: zmeul_albastru@yahoo.com

Multe pucte de suspensie. Poate că s-au întâmplat tare multe de când nu ne-am văzut sau poate că nu s-a întâmplat nimic. Dacă ar fi să stăm din nou la aceeaşi masă, să vorbim, să ne privim în ochi, ar fi ca înainte? Suntem mai mult decât ceea ce a fost de neînţeles?

To: floarea_soarelui@yahoo.com

S-au întâmplat multe, foarte multe ☺

To: zmeul_albastru@yahoo.com

M-am născut din nou.

Draft

Floarea-Soarelui şi Zmeul Albastru au crescut nedespărţiţi 33 de ani. Zmeul Albastru se ocupa de mărăcini, Floarea-Soarelui de viespi. Împreună şi-au desenat un cer şi tot ce au trăit sub el a fost real.

După cei 33 de ani, Floarea-Soarelui a plecat de pe câmp. A lipsit o veşnicie, cât o şoaptă. Un desen colorat a chemat-o să anime viaţa unui copil şi să prefacă hârtia în sânge, creioanele colorate, în celule vii, imaginile, în vise. În tot acest timp, Zmeul Albastru a început să se usuce. Nu a ştiut în care poveste să o caute şi fără ea a început să îşi piardă câte un deget, câte un fir de păr, câte o unghie, până ce sufletul aproape că i s-a uscat de dor. Când două suflete se iubesc, Dumnezeu nu toarnă apă doar unuia. Visele nu ţin de sete. Doar că, atunci când două suflete se iubesc, în adâncul pământului, acolo unde îşi întâlnesc rădăcinile, ştiu adevărul. Pot să se mintă prin cuvinte, dar nu şi prin respiraţie sau prin privire sau prin gând.

Acum Zmeul Albastru locuieşte la oraş, într-un loc cu mulţi zmei. A plecat de pe câmp în ziua în care Floarea-Soarelui a strănutat şi l-a minţit că nu o să mai revină niciodată. Zmeul Albastru a aşteptat până ce s-au scurs toate lacrimile de pe obrazul unui nor fără să ştie

că, de fapt, Cerul era din carton şi că, la un moment dat, Floarea-Soarelui se va întoarce.

Aşa s-a întâmplat, cum destinul le şoptise. Când ea s-a întors, Câmpul era gol. Timpul iubirii nu seamănă cu timpul formal. 33 de ani de absenţă pot fi oricând 33 de respiraţii.

Au fost zile întregi când Floarea-Soarelui s-a plimbat prin oraş în speranţa că îl va vedea. Zmeul Albastru şi-a luat carnet de conducere. Floarea-Soarelui îi zărea maşina parcată când pe trotuarul de vizavi, când pe cel de lângă casă şi încerca să-şi închipuie ce face el... în timp ce maşina lui... Cu maşina Zmeului Albastru, Floarea-Soarelui avea o relaţie. Când nu o vedea zile întregi, intra în panică. Se întreba unde îl poartă pe Zmeul Albastru, dacă o să îl mai aducă acasă, dacă o să-l rătăcească, dacă o să îl ducă la o altă casă şi o să îl exileze... din astea. Când apărea din nou, îşi regăsea liniştea, îl simţea aproape. „Îmi lipseşte infinit", striga mereu Floarea-Soarelui. Ştie că Zmeul Albastru, chiar dacă tace, o aude. Când se trezeşte dimineaţa, nu mai are cui să zâmbească. Numai el ştia să râdă de fiecare răsărit de-al ei şi să se bălăcească în fiecare trezire de-a sa. A stat de foarte multe ori să-i asculte respiraţia de la câteva zeci de metri de casă. La fereastra lui au apărut alte flori: muşcate, maci, ciuboţica-cucului, numai flori din astea prăpădite care, dacă nu le bagi în seamă o zi şi uiţi să le uzi, se ofilesc la fereastra ta. Of, Zmeule Albastru, îi este atât de sete măslinului de la intrare şi tot mai simte că-i sare inima din loc când se deschide uşa blocului şi are

senzaţia că te vede. Nu-ţi povestesc, Zmeu Albastru, când pe stradă vede arătări care-ţi seamănă. Aleargă la câţiva metri în spatele lor până ce mici detalii fizice îi confirmă că nu eşti tu şi se întoarce apoi în lanul ei aşteptând. De mii de ori te aude cum o strigi. Se întoarce, dar în spatele ei e gol. Floarea-Soarelui nu va respira fără tine.

To: floarea_soarelui@yahoo.com

Toată noaptea mi-a ars carnea de dorul tău. Am să înnebunesc aşa.

To: zmeul_albastru@yahoo.com

Ce să spun, Hercule... sau Sisif... sau?

To: floarea_soarelui@yahoo.com

Nu pot fi atât de crud încât să mă răzbun pe tine pentru că nu mi te dai şi totuşi... o fac mereu. Te vreau a mea. Trăim de atâta timp degeaba. Nu ţi-e dor de aer curat? Cât mai ai de gând să respiri mocirlă?

To: zmeul_albastru@yahoo.com

Este atât de frumos ceea ce trăim, încât nici nu îndrăznesc să vorbesc prea tare despre asta, să nu sperii frumuseţea. Frumuseţea care mă îmbată. Din cauza ei uit cine sunt. Ştiu doar că te-am găsit şi că nu aş vrea să te pierd niciodată. Tot ceea ce trebuie să se întâmple se întâmplă. Să fim doar treji, să primim.

Draft

Lumea se împarte în trei, nu în două. Oamenii care cred că există Iad pentru că l-au trăit profund, oamenii care nu cred că există Iad pentru că nu l-au trăit deloc şi oamenii care rămân precauţi, distanţi, sceptici pentru că, dacă au scăpat în sufletul lor o picătură din apa Iadului, au făcut-o superficial. Căci apa iadului nu picură. Apa Iadului se revarsă, distruge, devastează. Eu vin din Iad. N-am nevoie să conving pe nimeni.

To: floarea_soarelui@yahoo.com

Mi-e atât de dor de tine şi am atâta sete de firesc cu tine, de curat. Am greşit. Dar cine nu o face. Şi oare nu tocmai pentru că am greşit mi-e atâta sete de a face un duş în suflet?

To: zmeul_albastru@yahoo.com

Suntem tare caraghioşi când ne certăm. Semănăm cu doi cocoşi. Şi nici măcar nu ne certăm pe ceva serios. Întotdeauna ne certăm de frică. De frica de a nu ne pierde. Să nu crezi niciodată ce îţi spun. Să crezi doar ceea ce simţi. Nu întotdeauna vorbele conţin adevăr.

To: floarea_soarelui@yahoo.com

Am trecut de faza în care certurile lăsau în mine urme. Acum sufletul meu e ca un deşert infinit în care, dacă laşi urme, le şterge. Am devenit puternic pentru că am conştientizat acest deşert, imensitatea deşertăciunilor din viaţa noastră. Trebuie să ai curajul să-l străbaţi şi chiar să mori de sete. Numai aşa poţi trăi nimicul, numai aşa îţi dai seama că ai o natură duală, trup şi suflet, numai aşa reuşeşti să cauţi adevăratul izvor al vieţii. E o cale frumoasă, plină de aventuri, care a fost lăsată de Dumnezeu la îndemâna omului. Aşa te iubesc eu pe tine, prin viaţa mea, prin fiinţa mea slabă şi însetată. Nu vreau nicio gratuitate din partea lui Dumnezeu, vreau să simt nisipul fierbinte pe talpa goală.

To: zmeul_albastru@yahoo.com

Câteva pagini din Scott Fitzgerald şi parcă totul e... altfel. Prinzi curaj să deschizi porţi. La început totul este frumos. Suntem îndrăgostiţi pentru că nu ne cunoaştem. Dacă am şti ce urmează după aceea, am trage cât mai mult de îndrăgosteala asta şi nu ne-ar mai interesa deloc să punem întrebări şi să aşteptăm răspunsuri, am alerga beţi, îmbătaţi de noi înşine fără nevoia de luciditate şi adevăr. Noi vrem însă cu orice preţ să terminăm cât mai repede cu misterul, crezând că după aceea, în baia de lapte ce urmează, descoperim eternitatea. Şi când colo, de cele mai multe ori, întâlnim sfârşitul. Căci oamenii nu au curajul să se arate goi. Le este ruşine. De aceea mint. Îşi ascund cicatricile, rănile, slăbiciunile, defectele, părţile vulnerabile care dor la o adiere de vânt.

Asta este tot ce avem noi mai de preţ. Nu ne este frică să zburăm şi să coborâm în Iad împreună. Ne-am lăsat dezgoliţi şi am avut curajul să trăim tot. De la mângâiere la gândul crimei, de la lacrimi de fericire la sânge. Şi când trăieşti la cotele astea, nu ai de ce să te mai ascunzi.

Oamenilor le este la îndemână să mintă, să-şi pună măşti, să se prefacă, să fie duplicitari, ipocriţi, pe scurt, altfel decât sunt. Ai putea oricând să fii aşa. Dar ce rost are? Cu mine eşti ca şi cum ai fi cu tine. Ştii că nu te judec, nici măcar atunci când nu te înţeleg. Ştii că îţi dau sfaturi, fără să te constrâng. Omul are nevoie să mintă atunci când are nevoie să se apere şi să îşi trăiască viaţa dincolo de celălalt, bariera care îl constrânge. Omul e liber. Doar în închipuirea noastră el este legat. În realitate, e liber. Nimeni nu poate să lege cu adevărat pe nimeni. Nu s-a inventat lanţ pentru suflet. Trăim tot ce vrem să trăim, cu voia sau fără voia celuilalt, în ciuda normelor şi a prejudecăţilor sociale. Trăim tot ceea ce considerăm că ne este necesar şi că ne ajută să înţelegem mai mult, să simţim altfel. Dacă ceea ce trăieşti cu mine nu îţi este de ajuns, este normal să cauţi în altă parte. Alegerile pe care le facem sunt individuale. Existăm în funcţie de ceea ce alegem. Nu poţi să alegi decât pentru tine şi eşti răspunzător de fiecare secundă pe care o trăieşti. Viaţa nu îţi dă nimic înapoi. Ceea ce faci rămâne făcut. Nu poţi să ştergi, nu poţi să te întorci să schimbi, nu poţi să zici că nu s-a întâmplat. Fiecare clipă lucrează la moartea ta. Şi singura clipă care contează cu adevărat e ultima. Atunci când ar trebui să răsufli uşurat şi să nu îţi pară rău după nimic. Iubirea este singura care te determină să te schimbi, să îl pui pe celălalt înaintea ta şi să trăieşti prin el, nu prin tine. Iubirea te face să renunţi la ego-ul tău şi este singura care din doi face unu.

Draft

Omul se cunoaşte pe marginea prăpastiei, în nuditatea lui, dacă îl pătrunzi, dacă ai curaj să cobori

în el şi prin el în Infern, dacă nu te sperii de urâtul din om şi te opreşti. Omul se cunoaşte adânc prin cel mai subtil dans al sufletului şi al spiritului său. Când simţi că iubeşti un om, înseamnă că poţi să tai cerul în două cu sufletul tău, că poţi să cobori cu acel om împreună în Infernul lui şi al tău. Că acel om se arată în goliciunea lui, se dezbracă şi te lasă să exişti în el, te lasă să cauţi în el. Încrederea că celălalt nu te va ucide nu are cum să fie cu jumătate de măsură. Ori îl laşi să trăiască în tine cu totul, ori îl opreşti la uşa sufletului şi te dezminţi. Iubirea nu înseamnă să ceri unui om să se schimbe, ci să îl determini să se schimbe singur, să aibă nevoie să se schimbe, să simtă necesară schimbarea.

To: zmeul_albastru@yahoo.com

Tot ce ni se întâmplă, frumos, urât, divin, diabolic, suntem noi. Vreau să trăiesc cu tine tot. Să mă satur de tine, să te vărs şi apoi să o luăm de la capăt. Unul fără celălalt nu existăm, oricât de mult am vrea asta. În momentul în care ne-am întâlnit, ne-am amestecat sufletele. De ce ne-am certat? De ce suntem despărţiţi? Ştie vreunul? Aşa se ceartă copiii. Nu-şi vorbesc, dar nu ştiu de ce. Şi noi vom rămâne copii în tot ceea ce vom face şi ne vom spune. Oamenii care se iubesc au de multe ori un comportament prostesc.

To: floarea_soarelui@yahoo.com

Sunt cu tine. Te aştept şi te trăiesc.

Draft

Când simţi că poţi să laşi un alt om să te locuiască, îţi asumi imprevizibila şi desăvârşita suferinţă. Ştii că oricând, în orice fracţiune de respiraţie, omul acela poate să bată în tine piroane şi tu trebuie să îl laşi, să nu fugi, să nu te ascunzi, să nu-l scoţi afară din tine. Iubirea nu înseamnă să-ţi laşi sufletul să fie un teren de joacă pentru nebuni, ci un ring de dans unde nu ai voie să te opreşti, unde trebuie să rezişti până la capăt indiferent de muzica pe care o auzi, indiferent că îţi place sau că nu îţi place, că ai obosit, că îţi este frică... În infinit nu există popas. Dacă ai obosit, îţi tragi răsuflarea din mers.

To: zmeul_albastru@yahoo.com

Mă uit în monitorul computerului. Cearcăne, unghii roase, ochi trişti, gura strepezită, buze uscate, epiderma tăbăcită, muşchi adormiţi, un fel de bătrână costumată într-un trup de domniţă. Pe dinăuntru, ciuruită. Mă simt ca un fier care scârţâie. Şi face un zgomot atât de îndepărtat de armonie. Tu poţi să îl asculţi. Nu-mi este nici ruşine, nici frică. Poţi să mă îmbrăţişezi sau să fugi. Mie nu îmi rămâne acum decât o căldare de viaţă, o căldare spartă la fund, pe care o astup cu iubirea din sufletul meu. Sinceritatea e riscantă. Ştiu că îmi accepţi penibilul. Dar acum îmi vine să vomit. Mă duc la baie!

To: floarea_soarelui@yahoo.com

Nu-ţi car eu crucea. Crucea ţi-o cari singură. Şi oricât încerci să trişezi, crucea la fel de grea rămâne.

Draft

Zmeul Albastru are în loc de memorie umor. De asta mi-a fost frică întotdeauna, că, atunci când ai acest sindrom, lucrurile cu adevărat grave nu ţi se mai par chiar atât de grave. Zmeul Albastru nu face bătături în genunchi, oricât de multe ture dă prin viaţă. Face răni, dar bătături, niciodată. Dacă Floarea-Soarelui i-ar povesti despre moarte, el nu ar ţipa, ar râde. Amândoi suportă filmele de groază dacă nu au sonor.

Primul sărut într-un personal spre Tulcea după ce i-a legat şireturile la ghetuţele negre... stăteau faţă în faţă, pe canapelele din vinilin maro de la clasa a doua, povesteau, observau, jucau ping-pong cu sufletul. Floarea-Soarelui avea nişte ghete negre de lac, nepotrivite pentru vârsta ei, dar suficient de infantile ca să stârnească zâmbete. Erau atât de nostime, încât nu o vedeai încălţată decât cu ele. Le purta rupte, cu talpa găurită, cu pielea tocită, cu şireturile roase. Din nimic, nepregătit, printre altele, a ţâşnit primul „te iubesc". Sinonim în mintea ei de atunci cu „ai grijă de mine". Zmeul Albastru avea nişte braţe mari, de uriaş, în care o ascundea ori de câte ori se anunţa furtuna şi în care nu se mai simţea o simplă plantă, ci o fetiţă protejată.

To: zmeul_albastru@yahoo.com

Dacă ai băut pelin, ştii ce-i ăla gust amar. Lipsesc puţine condimente ca să fiu victima perfectă. Sunt jupuită ca un copan de pui pe care cineva îl ţine în mână şi îi smulge pieliţa, iar apoi îl devorează diabolic. Durere. Dezamăgire. Cum depăşeşti scârba de sine? Când eşti murdar pe corp, te duci şi te speli cu apă. Dar când ţi-e murdar sufletul, cu ce te cureţi? Iubirea presupune iertare, înţelepciune, răbdare, toleranţă. Urăsc tot ceea ce sunt. Dacă omul ar fi un om din hârtie, nu un om din carne şi sânge, aş fi în stare să bag cuţitul în el, să îl ard, să îl calc în picioare pe Dumnezeul care l-a creat astfel. Nu e Dumnezeu de vină pentru degradarea noastră. Mândria este unul dintre cele şapte păcate capitale. Mă judec şi nu ştiu să mă iert, pentru că sunt mândră. Cât o să rămân astfel, voi fi bolnavă.

To: floarea_soarelui@yahoo.com

Trebuie să accepţi omul aşa cum e el, cu toate defectele pe care ţi le dezvăluie treptat. Una e să iei atitudine faţă de un lucru negativ şi alta e să te laşi doborâtă. Fii puţin lucidă şi vezi care îţi sunt aşteptările de la un om. Fii puţin lucidă şi dă-ţi seama că nimeni nu are ce să-ţi ia pentru că nimeni nu ţi-a dat ce ai tu cu sfinţenie. Fii puţin realistă şi dă-ţi seama unde duc relaţiile cu cei din jurul tău, cu oamenii la care ţii, cât de mult se pot degrada, câte suspiciuni se acumulează. Fii înţeleaptă şi cunoaşte-i pe oameni fără să consumi energie inutilă pentru a te răzbuna. Din faptele celorlalţi putem învăţa măsura faptelor noastre. De ce vorbeşti atât de urât despre tine? Ai greşit pentru ca să poţi să înţelegi ceva din greşeală. Nu ca să te lamentezi în ea. Greşeala nu se depăşeşte cu „îmi pare rău", ci cu o respiraţie nouă, cu o viaţă nouă. Greşeala nu înseamnă sfârşit dacă mergi pe calea iubirii. Greşeala poate să cureţe dacă o trăieşti cu regret maxim şi o laşi să lucreze spre vindecarea ta.

To: zmeul_albastru@yahoo.com

Prin stilul tău poţi ţine uşor locul unui pistol sau al unui tranchilizant. Cred că ai putea încuraja orice femeie. Prin felul cum te implici într-o relaţie, ai putea să o faci să uite de sine imediat. Asta ar trebui să mă facă să recunosc că acum eşti al meu şi în secunda următoare poţi fi al orişicui. Dar este ceva în mine care mă împiedică să cred că te împarţi în mod egal. Nu afirm asta din egoism, ci din teamă. Ce pradă uşoară este omul atunci când singurătatea îl copleşeşte. Suntem fascinanţi când ne este frică, nu? Deruta apare când nu mai ai încredere. În afară de noi cine mai înţelege? Singurul care trage cu ochiul este Dumnezeu. Oamenii sunt curioşi. Întreabă, ne provoacă, vor să intre între noi.

Draft

Extraordinar este că nu îi poţi cere celuilalt nimic. Nu-i poţi cere omului pe care l-ai lăsat să te cotropească cum să te cotropească. Nu-i poţi cere să umble prin tine desculţ, căci asta ar însemna să te menajezi. Iubirea nu are cale de mijloc. E nudă. Omului aceluia nu trebuie să îi ceri. Pe omul acela trebuie să îl ajuţi să simtă ce să îţi dea, cum să calce prin tine, cum să te cunoască fără a te zdrobi. Nimeni, în afara ta, nu te cunoaşte mai bine. Nimeni nu are de unde să ştie ce te doare şi ce nu te doare. Poate, dacă ai noroc, să te intuiască, dar atât. Şi totuşi, nu poate să ştie dacă acolo unde el calcă e cărare de munte printre stânci, printre flori sau printre lacrimi.

To: floarea_soarelui@yahoo.com

Nu faci altceva decât să arunci mărgăritare la porci.

To: zmeul_albastru@yahoo.com

Înainte să ieşim pe uşă, să plecăm, m-ai cuprins în braţe. Şi cum eşti puţin mai înalt decât mine, mi-am aşezat capul pe umărul tău, ca o fetiţă, m-am cuibărit şi am simţit că a încremenit timpul în loc şi că secunda aceea a intrat în veşnicie şi că lumea toată nu există, că existăm numai noi. Eram atât de puternică la tine în braţe. Ştiu că, dacă tu nu ai fi existat ca să mă înveţi să iubesc, mă pierdeam de mult. N-aş fi rezistat în lupta asta singură. Mi-e sete de tine. Mi-e foame de tine. Am sentimentul că atunci când sunt cu tine devorăm timpul, călcăm universul în picioare, ne ridicăm la cer, coborâm în Iad. Chestia asta nu ţine de unul singur. Într-o viaţă nu simţi decât cu o singură persoană infinitul? Şi atunci... nu ai cum să te înşeli? Restul sunt aproximări? Dacă acum trăiesc minus infinit şi înainte cu două săptămâni trăiam plus infinit, care stare este cea care mă defineşte profund? Cum să fac să ştiu când trăiesc ceva serios şi când mă bălăcesc la suprafaţă? De ce eşti distant?

To: floarea_soarelui@yahoo.com

Sunt distant? Mă comport firesc, am încredere absolută în tine.

Draft

Când iubirea îţi produce o suferinţă delirantă, ar trebui să te bucuri. Înseamnă că eşti la limita autentică a vieţii. Suferinţa este singurul semn concret pe care

îl poţi avea în momentul în care iubeşti. Suferinţa aceea nudă când rezişti şi reuşeşti să nu îl scoţi afară din tine pe celălalt, ci dimpotrivă, îl accepţi, îl vezi, îl cunoşti. Lăsându-l pe celălalt să te cunoască, te laşi şi pe tine să îl cunoşti.

Minunea? Coborârea în Infern nu e pe cont propriu în Iubire. E în doi. Este singura situaţie în care Iadul nu ne primeşte singuri.

To: zmeul_albastru@yahoo.com

Nu mi-ai răspuns, de fapt, la nimic. Te eschivezi.

To: floarea_soarelui@yahoo.com

Eşti amuzantă. Mă doare faptul că mă simţi departe. Vreau să simţi tot timpul că te ţin în braţe.

To: zmeul_albastru@yahoo.com

Ce texte… te chinui mult să le scoţi? Asta înseamnă să iubeşti? Să simţi că nu poţi fără celălalt? Să simţi un gol în tine? Să simţi că nu ai niciun sens şi că nu poţi să respiri de dor?

Draft

Îmi vine să cred, în nopţile mele fără somn, că Zmeul Albastru îşi schimbă noaptea aripile de fluture în aripi de struţ şi câmpul din care se naşte în zori Floarea-Soarelui devine Cerul în care-şi pierde el zborul.... Ce mă miră încă e că Dumnezeu nu ştie nici

pe departe ce se întâmplă acolo sus, în grajduri, la el!

To: zmeul_albastru@yahoo.com

Nu-mi este frică de nimic în ceea ce ne priveşte. Am trecut prin Rai şi prin Iad şi o să mai tot trecem prin multe. Faptul că nu am rămas niciodată acolo este dovada că ne iubim. Am rămas întotdeauna în noi, nu în afara noastră. Raiul şi Iadul le-am adus în noi, nu le-am abandonat. Ne-am îndrăgostit, ne-am alergat, ne-am înşelat, ne-am jupuit, ne-am amestecat, ne-am jurat, ne-am îngenuncheat, ne-am zburat, ne-am trăit şi aşa o să facem până la ultima suflare, din nou şi din nou.

To: floarea_soarelui@yahoo.com

Îmi revin după frica de ieri. Ai plecat şi am început să mă sufoc. Abia am putut să mă abţin să-ţi dau zeci de telefoane. Mi-a fost foarte frică de toate ieri, după ce ai plecat, simţeam că o să se întâmple ceva rău. Frica asta e o mică parte din Iad, atrage răul, numai cei... o pot stăpâni. Deocamdată tot ce pot face e să nu-mi găsesc un refugiu, să nu fiu slab. Sunt bărbat şi nu pot să plâng de dorul tău. Îmi venea să alerg după tine şi să nu te mai las să pleci, gata, unde te duci? Hai să trăim serios!

Draft

Dacă nu vrei să sufoci iubirea, las-o să zboare fără să îi dai direcţia. Cu cât vei încerca mai mult să conduci

omul ca pe un aeroplan, cu atât te abaţi mai mult de la zborul liber. Zborul înalt nu se cere, se simte. Şi niciodată nu o să poţi să zbori pe un culoar diferit de sufletul tău pereche. Oricât de rătăcit eşti, la un moment dat ajungi la forma desăvârşită, la contopire.

To: zmeul_albastru@ yahoo.com

Te-am sunat acum câteva minute să-ţi împărtăşesc starea cumplită prin care trec. Nu voiam să o depăşesc singură. Şi după vreo şase apeluri, telefonul tău s-a închis sau l-ai închis. Ce mai contează? Acum, când ar fi trebuit să aud vocea ta, aud vocea unui robot. Parcă suntem în Ionesco. Monologul bătrânului. Maică-sa insista să nu plece la bal, el totuşi se duce şi când se întoarce, o găseşte deja îngropată. Dacă nu mai avem încredere, nu mai avem nimic. Acum ceva nu e firesc. Mă doare. Faci ceva care nu ne face bine, care ne face rău. Nu ştiu ce faci. Nu sunt cu tine, nu te păzesc, nu te controlez, dar te simt, te simt cu toată fiinţa mea. Nu ştiu dacă eşti acasă, dacă eşti la vreo petrecere, dacă eşti la curve, dacă eşti la biserică, nu am de unde să ştiu unde eşti şi ce faci. Şi nu asta este important. Simt că între noi doi se odihneşte o energie străină. Nu are cum să stea nimic între noi foarte mult timp. Nimic nu rezistă decât o vreme. Iubirea pe care o avem unul pentru celălalt topeşte ce e între conştient, subconştient, inconştient. Nu contează în ce timp, în cât timp. Sufletele noastre au devenit două printr-un accident. Trebuie să le reîntregim ca să se potolească Universul.

To: floarea_soarelui@yahoo.com

Nu ştiu exact ce simţi. Nu am cum să îţi ascund nimic. Dacă ceva din ceea ce fac e rău şi ajunge la tine, o să afli. Ştiu doar că nu ne desparte nimic cu adevărat.

To: zmeul_albastru@yahoo.com

Dacă mă înşeli, vreau să ştiu. N-aş alege să mă minţi. Aş alege să ştiu că nu te-ai mulţumit cu ceea ce ai. Nu te-aş putea ierta imediat. Orgoliul m-ar împinge să mă răzbun, să te rănesc. Dar dacă ce e în suflet depăşeşte orgoliul, revin la tine curând. Nu te controlez. Poţi foarte uşor când te întreb cine e la telefon să îmi spui „Dan“ în loc de „Dana“. Cât eu sunt la duş, tu poţi să vorbeşti cu ea liniştit şi să îi spui „noapte bună“. Cât eu mă uit la un film, tu poţi să stai pe mail sau pe messenger şi să trimiţi mesaje de amor. Nu am de ce să fiu spionul tău. Dacă alegi să minţi, te minţi în primul rând pe tine. Nu văd de ce nu mi-ai spune direct: vreau să trăiesc asta. Ce aş putea eu să-ţi fac? Să te opresc? Cum? Dacă vrei cu adevărat să trăieşti ceva, trăieşti şi peste mine, şi peste ceea ce te-aş ruga eu. Dacă vrei să te opreşti, o faci tot pentru că vrei tu, pentru că alegi să nu mă răneşti, să nu aduci între noi o durere meschină, inevitabilă, umană şi pentru că voiajul nostru este mai puternic decât satisfacţia unei croaziere temporare.

Draft

Există vise, există semne pe care le porţi cu tine, care te avertizează, care te atenţionează. Trebuie doar să crezi. Aseară, Floarea-Soarelui s-a visat mergând pe o stradă. Era încălţată cu nişte ghete negre din piele şi înainta în nămol. Era plină de noroi, nu i se mai

vedeau frunzele, era acoperită toată, dar înainta. Nu i se mai vedea nici culoarea. S-a trezit şi a ştiut că ceva rău urmează să se întâmple. Întotdeauna când se desparte de Zmeul Albastru, nu se mai leagă nimic. Totul e o făcătură. Viaţa e lipsită de sens. Despărţirea lor are mereu o limită, niciodată nu e definitivă. Oricât de mult îşi lasă omenescul să domine, orgolii, mândrie, rătăciri, aventuri, negări, căutări... în adânc se simt trişti, singuri, muşcaţi, neterminaţi, devoraţi de dor, de nevoia de a fi unul cu altul. De la câteva minute la câteva ore, la câţiva ani... şi după un timp ajung pe acelaşi câmp, în acelaşi punct comun în care respiră, se amestecă din nou şi râd. Niciodată nu se pot juca de-a despărţirea până la capăt. De parcă despărţirea lor e făcută anume ca să îi determine să se întâlnească din nou. De parcă mereu au nevoie să se piardă, ca să îşi testeze nevoia vitală de a fi unul în braţele celuilalt. Abandon provizoriu care verifică de fiecare dată absolutul. Şi de fiecare dată e Absolut.

Zmeul Albastru nu avea de unde să ştie că Floarea-Soarelui nu e într-o carte de colorat cu zâne, ci într-un coşmar cu balauri, unde i s-a furat graiul şi de unde nu poate să îl strige. Floarea-Soarelui îi vorbeşte în tăcere, pe ascuns, atunci când monştrii adorm fără să ştie că dorul îl surzeşte pe Zmeul Albastru şi tăcerea ei îl usucă.

To: zmeul_albastru@yahoo.com

O să pot să îţi spun întotdeauna orice. Mai direct sau mai indirect, mai în glumă, mai în serios. Şi asta pentru că eu sunt tu, tu eşti eu. Am făcut un schimb de identităţi şi, paradoxal, mai avem autonomie. Dacă am fi altfel, ne-am trăda. Cel puţin aşa cred acum.

To: floarea_soarelui@yahoo.com

Nu trebuie să-ţi faci nicio grijă, eşti fetiţa mea tot timpul şi am să te mângâi toată viaţa. Nu cred în certitudini. Nu există. Nu-mi spune nimic cert. Lasă lucrurile să se întâmple. Nu le închide în promisiuni.

Draft

Dacă nu o să mai apuc să te văd, să te strâng în braţe, să îţi vorbesc, o să mă gândesc că nu e încă timpul pentru asta şi că acum am de trăit altceva. Dar o să mor ştiind că, odată cu ultima suflare, îţi voi lăsa toată iubirea mea şi că prima lacrimă a cerului se va scurge pe obrazul tău şi-ţi va şopti despre dragostea pe care ţi-o port neîncetat, de departe, în tăcere. Ce poate fi mai banal decât moartea?

To: zmeul_albastru@yahoo.com

Miros a tine. Mă tăvălesc cu tine în somn. Mă culc. Uneori uit să te mângâi, să te privesc, să te admir. Mă obişnuiesc cu tine şi nu te mai văd. Uit că oricând pot să nu te mai am. Acum eşti aici. Dacă nu ai mai fi cu adevărat, aş realiza cât de mult timp am pierdut nepreţuindu-te. Rezistăm cât suntem angajaţi, cât pumnul stă strâns şi ne cuprinde. Când îl deschidem, începem uşor să ne scurgem, să nu mai fim.

To: floarea_soarelui@yahoo.com

Decât să îţi mai spun „te iubesc", aleg să îţi arăt asta.

To: zmeul_albastru@yahoo.com

Să nu spui tot ceea ce simţi, să nu ceri tot ceea ce vrei e o tâmpenie. Ai rezerve?

To: floarea_soarelui@yahoo.com

Dacă am rezerve? Am rezerve care ţin de învăţarea mersului în doi, nu am inhibiţii. Şi nu am inhibiţii tocmai pentru că nu avem intenţii bune, nu ne protejăm, greşim în voie unul faţă de celălalt. Doar ne-ar păsa, dacă am avea grijă, dacă ne-am dărui fără condiţii...

To: zmeul_albastru@yahoo.com

Greşeala e doar un început. Important e să fim veseli. Să ne bucure când ne surprindem, să nu clacăm când rămânem uimiţi, să ne depăşim cultul propriului eu şi să lăsăm şi aripa celuilalt să fâlfâie prin casă. Şi nu trebuie să iei niciodată în serios lucrurile care nu depind doar de tine. În rest, se rezolvă. Din ce în ce mai frumos.

Draft

Aş vrea să vină Iisus să mă spele pe picioare! Poate aşa aş avea curajul să merg fără cârje.

To: zmeul_albastru@yahoo.com

Dus–întors, Cer–Infern, în doar două clipe. Iad, Rai, niciodată între. Singuri sau împreună. Niciodată singuri împreună. Sfâşiindu-ne de durere sau delirând de extaz. Ne găsim şi ne pierdem în fiecare clipă, dar ştim că vom fi împreună pentru totdeauna. Avem certitudinea sensului existenţei noastre pentru că ne-am întâlnit. Trebuie să avem răbdare să ajungem la esenţă. Eu mă pierd uşor. Tu mă aduni. Ai fantezii erotice în ceea ce ne priveşte?

To: floarea_soarelui@yahoo.com

Fantezii erotice? Dragostea dintre noi doi o ia mereu înainte. Dacă o să rămână vreodată în urmă, dacă o să înceteze vreodată să mă surprindă, atunci am să mă gândesc şi la fantezii. E ca şi când ai găsit laguna vieţii tale şi încerci să-ţi imaginezi un loc frumos. Imaginaţia mea trăieşte prin noi doi, se concretizează.

Draft

Oamenii când iubesc sunt solitari, au un legământ în taină cu Dumnezeu – o lege nescrisă a celulelor de care depinde respiraţia lor. Omul îl scuipă de multe ori în faţă pe Dumnezeu fără să ştie, se şterge la fund cu sufletul lui şi luptă pentru puţinătatea din el, uitând că veşnicia nu se câştigă astfel. Să trădezi atunci când iubeşti înseamnă de fapt să consimţi la sinuciderea ta, să-ţi baţi joc de ceea ce are fiinţa asta amărâtă şi săracă mai frumos, să calci în picioare singura parte absolută a creaţiei: sufletul. Omul nu poate face nimic mai frumos decât să-l aştepte pe Dumnezeu să i se aşeze în braţe, să-i dea o cană cu apă şi să-l mângâie pe

cap. Aşteptarea aceasta sacră care îţi salvează sufletul de urât şi de micime este o luptă cu Diavolul. Omul nu vrea să-l aştepte pe Dumnezeu. De cele mai multe ori, îi cere lui Dumnezeu aşteptarea. Sunt momente în care nu mai ştiu să cad în genunchi, nu mai ştiu să-i vorbesc lui Dumnezeu.

To: zmeul_albastru@yahoo.com

Mi-e dor să facem dragoste! Mi-e dor să ne dorim. Prin parcări, pe străzi, prin baruri, pe vârf de munte sub cerul liber, în pădure printre mărăcini, noroi şi zăpadă, în fân sau pe plaja de nudişti, la cinematograf, la teatru, oriunde ne vine, cu accesorii, cu legume, cu fructe, îmbrăcaţi, dezbrăcaţi... atingerile, şoaptele, şşşştttttttt. Uneori uităm toate astea şi trebuie să ni le reamintim. Eşti în toate celulele mele. Imposibil să mă desprind, oricât am încercat. Eşti în toată respiraţia mea. Şi nu găsesc niciun sens în afară de tine. Îmi apari în tot ceea ce încerc să fiu, completezi fiecare gând, fiecare sentiment, îmi domini toate senzaţiile. Te-am testat. Te-am spart în mii de bucăţi şi te-ai refăcut fără să laşi nicio crăpătură. Iubirea li-peşte bine.

To: floarea_soarelui@yahoo.com

Ieri, ca de fiecare dată, am descoperit ceva nou, să te doresc şi să nu mă satur. Cred că aş putea să fac un atac cerebral dacă nu m-aş opri. Putem avea tot ce ne dorim. Fantezii fără tine? Când văd câte un fund frumos pe stradă. Sâmbătă am avut acel flash (corect?) cu o fată, se uita în ochii mei şi ştiam că e suficient să o iau de mână şi să mergem într-o cameră. Culmea, în timpul ăsta îl ţinea de de mână pe prietenul ei care îi povestea ceva preocupat, iar ea, perversa pământului. În felul ăsta poţi să cunoşti oamenii de la distanţă, e o chestie ce ţine de psihologie:)

Draft

„Aş vrea"", „mi-aş dori", „o să..."

Urăsc viitorul şi condiţionalul.

Viaţa te obligă să înveţi să eviţi a mai participa afectiv la slăbiciunea fiinţei. Am învăţat să fiu prezent, neavând cum să fiu viitor. Detest tot ceea ce nu pot avea pentru că nu găsesc niciun rost în restricţia pe care ţi-o impune viaţa sau în toleranţa gratuită pe care ţi-o inoculează dogma.

Eu vreau totul.

Vreau să fiu Dumnezeu, vreau viitorul pentru o secundă, vreau cerul într-un colier la gât, vreau să fiu apă.

De ce să avem voie să fim doar puţin din ceva? De ce să nu fim totul?

Viitorul? O barcă cu vâsle pe un lac încremenit pe care nu-l deranjează nici măcar respiraţia naturii. Întinzi mâna, dar nu-l poţi avea, nu-l poţi atinge şi atunci de ce să mai întinzi mâna, nu? De fiecare dată când pierzi pariul ăsta cu Dumnezeu şi te simţi trădat spui: „A fost pentru ultima oară!" O altă situaţie ridicolă! Ultima oară, ultima sărutare, ultima privire, ultima dragoste, ultima lacrimă, ultima îmbrăţişare, ultimul oftat... acest ultimatum, un răcnet fără pic de autentic. Un spectacol al neisprăvirii.

To: zmeul_albastru@yahoo.com

Când mi-ai luat mâna în mâna ta... sau când mă priveai ştrengăreşte... tăcerea care şoptea dulce... să mai zic de felul în care mi-ai spus: „Cât o să te mai încăpăţânezi până o să trăim cu adevărat?", păi astea sunt bucăţi din Rai. Nu-ţi mai trebuie nici mâncare, nici somn, nici odihnă, nimic din ce-i pământesc când te urci astfel la cer. Şi aerul de ieri, îngemănarea dintre iarnă şi primăvară, când nu este nici prea cald, nici prea frig, de parcă cele două anotimpuri şi-au propus să facă dragoste şi să ne desfiinţeze. Sublim? Oare ăsta e cuvântul potrivit? Nu cred că s-a inventat încă vreun cuvânt pentru cât de frumoase sunt clipele cu tine. Ce importanţă are dacă este ciclic sau nu? Dacă ne împăcăm, dacă ne despărţim şi tot aşa, de nenumărate ori, când ştim amândoi că revenirea este inevitabilă, că ne suntem aer şi că nu putem trăi separaţi aşa, la infinit.

To: floarea_soarelui@yahoo.com

Mă gândesc la tine non-stop, tic-tac, tic-tac, timpul trece greu. Arzi în mine pur şi simplu în fiecare secundă. Îmi petrec mult timp la birou, stau singur fără tine atâtea ore, dar tu eşti hoaţă. Tocmai când nu mă aştept, mi te strecori în minte. Ştiu că oricât de departe sunt de tine, sunt cu tine şi că nicio altă femeie nu te poate egala.

Draft

Ne ţineam de mână. Fulgii de zăpadă ţeseau o perdea între corpurile noastre. Ne-am sărutat şi i-am

prins cu buzele. S-au topit şi am rămas cu gustul îngheţului în suflet. Blestem. Dumnezeu a înnebunit de gelozie.

To: zmeul_albastru@yahoo.com

După ce am vorbit la telefon, am înghiţit cu greu un colţ de pâine goală şi apoi am plecat la spital. Destul de dificil accesul la terapie intensivă. Trebuie să le spun de fiecare dată o groază de poveşti... Scopul mi-l ating însă. Mama e mai bine. E comică. Înfăşată în perfuzii şi tuburi, dar cel puţin vorbeşte. Şi astăzi am reuşit să o fac să şi râdă. Când am intrat eu în salon, tocmai scoteau un cadavru. Murise un pacient. Era al doilea în ziua aceea. Maică-mea era irascibilă. Îmi zicea că nu mai suportă peisajul de-acolo şi că pleacă. Cum să plece aşa dezbrăcată? La terapie intensivă e ca pe plajă la Vamă, nuditate. În plus are o groază de domni bine prin preajmă care o „curtează" pentru că reuşeşte să îşi bea ceaiul singură şi să nu folosească plosca, toţi cu accesorii: perfuzii şi măşti de oxigen. Slavă Domnului că nu şi-a pierdut umorul! Printre vaiete şi gemete, noi două râdeam cu lacrimi. N-a durat mult că m-au scos afară. Mâine o iau de la capăt. Încerc să o fac să vadă partea bună a experienţei prin care trecem, dacă are o parte bună şi, chiar dacă nu are, găsim noi una. Nu suntem niciodată pregătiţi pentru confruntarea cu imprevizibilul. Ne batem mereu cu pumnii în piept cât de curajoşi şi cât de talentaţi suntem în situaţiile serioase pe care ni le oferă destinul şi, când ne vine ceasul să ne confruntăm pe bune cu realitatea, facem pe noi frică. Sufletul nu miroase. Oricât de stricat este. Aşa reuşeşte diavolul să se ascundă în noi.

Draft

Respect tăcerea, taina, misterul. Să acţionezi fără explicaţii. Cine are nevoie de explicaţii dacă nu cel care, în loc să-şi poarte crucea cu demnitate, o târăşte în urma sa? Ce urât este atunci când vrei să faci ceva şi, înainte de a face, exprimi în cuvinte. În subconştient îţi aranjezi momentul. Ce frumos este să surprinzi, să fii imprevizibil, să laşi viaţa din tine să se desfăşoare, sângele să curgă. Cum ar fi să vrei să te aşezi în genunchi să cânţi într-o gaură din pământ ca să scoţi greierii la lumină şi, înainte de a săvârşi ritualul, să anunţi? Ar fi penibil. Lucrurile mari se întâmplă în taină, se săvârşesc în tăcerea de nepătruns a sacrului. Când trăieşti momente mari, nu ai nevoie să le verbalizezi, să le exprimi pentru că le-ai mărunţi, le-ai micşora dimensiunea. E important să ştii să taci, să taci şi să vorbeşti tăcând. E important să fii treaz, să nu dormi, atunci când îngerul se coboară şi îţi şopteşte taina. Şi copacii sunt aiuriţi şi obosiţi, şi în delir, dar ei se odihnesc în picioare pentru ca, dacă îngerul vine, să nu îi găsească niciodată adormiţi. Şi copacii mai fac ceva. Îi cer îngerului să rostească vorbele cât mai şoptit, să nu le afle nimeni misterul, pentru ca, atunci când le este greu şi coroana li se înclină, să aştepte mila timpului şi-apoi să tacă şi să dispară.

To: floarea_soarelui@yahoo.com

Într-adevăr, linişte. Te-am sunat şi tot linişte a fost. Azi va fi iar linişte. Eu am să scap iarăşi târziu şi tu o să ai treabă la spital şi iar o să ne vedem formal. Ce linişte e, într-adevăr. Dacă am putea să fim atât de puternici încât să rămânem mereu cei mai importanţi.

To: zmeul_albastru@yahoo.com

Nici nu ai habar că eşti treaz în fiecare celulă a mea, în fiecare secundă, în fiecare răsuflare. Atât de frumos a fost ieri când m-ai zărit dintre atâţia oameni şi atât de bine a fost ieri când nu am mai fost singură la spital, ci cu tine. Săptămâna asta m-a speriat. Am fost mult prea aproape de moarte. Întâlnirile cu tine îmi dau curaj. Relaţia cu tine îmi dă viaţă. Iubirea pentru tine îmi dă sens. M-a căutat Sal. Nostalgic şi melancolic. Ce tâmpiţi sunt bărbaţii în situaţii din astea. Parcă sunt nişte muieri. Atacă sentimental. M-a revăzut în ziua când eram în rochia neagră, cu cizmele roşii şi cu eşarfa roşie la gât… şi când aveam un oarecare chef de viaţă. Cred că de asta persistă şi roşul în mailul lui. Aş putea să îi ţip un pic în urechi, dar nu-mi stă în fire. Iar vremea când mi-aş fi dorit să îl muşc de urechi… a trecut.

Draft

Am intrat în biserică. Simţeam cum Dumnezeu avea nevoie să-mi confirme din nou ridicolul. La chioşcul cu lumânări, printre iconiţe, iconiţe şi icoane se vindeau exemplare dintr-o carte de bucate şi CD-uri cu muzică populară. Am crezut că nu văd bine şi mi-am apropiat nasul de geam. Mi-am dat seama că de vină nu era vederea mea şi nici faptul că nu înţelegeam de ce simţim nevoia să ne îndepărtăm tot mai mult de sacru. Problema nu este a mea, ci a noastră. În loc să ne acceptăm condiţia, fugim de ea. În loc să coborâm în Infern

pentru a învăţa apoi să urcăm spre Absolut, îl coborâm pe Dumnezeu de pe cruce şi îl călcăm în picioare.

To: floarea_soarelui@yahoo.com

Îmi vine să înnebunesc că nu pot să plec să te văd şi sunt nevoit să stau aici. Ce-mi pasă mie de problemele astea, când mie îmi este groază să fiu departe de tine, să nu te pot vedea acum şi în fiecare clipă.

To: zmeul_albastru@yahoo.com

Niciodată nu o să pot să îţi spun ce ai produs în mine când mi-ai cerut să fiu a ta, să ne trăim viaţa împreună, să împărţim bucata asta de timp şi să ne hrănim clipele cu iubirea din noi. Am simţit că Dumnezeu a coborât din picturile gotice, chiar şi din cele bizantine, mi-a luat talpa între palme şi a început să o sărute.

Te porţi uneori cu mine de parcă nici nu te porţi, de parcă nici nu este real. Este atât de frumos, încât nici nu pot să cred că mi se întâmplă mie. Şi alteori te porţi urât. Dar niciodată atât de urât încât să mă alungi sau să mă sperii...

To: floarea_soarelui@yahoo.com

Sunt extrem de gelos pe momentele tale de voluptuoasă singurătate.

Draft

De ce m-ai lăsat singură în noaptea Sfântului Nicolae? De ce nu te-ai oprit? Ne-a pedepsit, Zmeule

Albastru. Dormim în paturi separate. Dar eu sunt sigură că vedem acelaşi răsărit. Azi-noapte am visat un copil pe care-l ajutam să iasă dintr-o mlaştină. Nu-mi place când visez copii. Urmează să mi se întâmple ceva rău. Nu e o superstiţie şi nici nu-mi inoculez asta. E o observaţie bazată pe ceea ce se întâmplă în plan real, după o astfel de prezenţă onirică. Întotdeauna am putut să vorbesc cu tine despre necunoscut. Poate că suntem atât de aproape de întuneric.

To: zmeul_albastru@yahoo.com

Să-i zic mamei Tatăl nostru şi să o mângâi pe frunte? Dar eu nu am mâini şi nu ştiu să spun rugăciuni, nu mai am Dumnezeu şi nu am corp. Sunt o umbră în căutarea unei identităţi. Vrei ceva de la o umbră? Nu cred. Umbrele nu au suflet. Te înşeli dacă crezi asta. Nu confunda umbrele cu viaţa. Eu nu sunt viaţa. Eu sunt o minciună. Sunt o eroare. Îţi dai seama de ironia asta în fiecare clipă şi este prea absurdă ca să renunţi la ea, nu? Te tentează tot ce nu are sens. Şi eu, da pot fi un nonsens, nonsensul vieţii tale, nonsensul vieţii noastre. Mă aştepţi ca să îţi împlineşti nonsensul? Nu există sens. Iubirea? Şi ea este un nonsens, un nonsens pentru că ne lasă să existăm. Eu mă simt rău, mă simt urât. Faci ce vrei. Aşteaptă-mă, uită-mă, trădează-mă, ucide-mă. Nu am putere să omor nici măcar o furnică, darămite să omor răul din mine. Plătesc pentru minciuna în care trăiesc. Tot ceea ce mi se întâmplă, se întâmplă. N-am nicio fereastră deschisă care să îmi arate lumina. Cum vrei să ies? Tu intri câteodată şi întunericul din mine te sperie şi fugi. Nu vreau să te pierd. Dacă mă părăseşti, nu mai am pentru ce să trăiesc. Ce trăiesc eu? Ce din ce simt, simt cu adevărat?

To: floarea_soarelui@yahoo.com

Dacă ai să păţeşti ceva rău într-o zi, fără ca eu să te pot apăra, am să mă răzbun pe Dumnezeu.

Draft

Secunde, secunde, secunde, fracţiuni surprinse odinioară şi acum, dintr-odată, suma lor dă nimic. Nu mai contează dacă e luni sau sâmbătă, dacă îmi iau blugi sau rochie de seară, dacă citesc Kant sau cartea de telefon, nu mă mai interesează dacă am manichiura făcută sau sunt neepilată, într-un cuvânt nu mă mai interesează cum le-ar plăcea celorlalţi să fiu, sunt aşa cum simt să fiu, fără să fiu în funcţie de nimic. Sunt posedată de tine.

Sentimentele, emoţiile, stările pe care le-am aşezat în străfunduri, nu se mai pot schimba niciodată. Nici cu erase, nici cu delete. Le conţinem, le ducem cu noi cât avem viaţă.

To: zmeul_albastru@yahoo.com

Ce trăim e total!

To: floarea_soarelui@yahoo.com

Îţi spun că te iubesc şi e inutil. Aş vrea să nu îţi mai spun nimic şi să trăim totul. De unde ai siguranţa că e total? De unde ştii dacă ceea ce simţi acum, simţi pentru totdeauna? Greşeala e că vrem să simţim toată viaţa într-o secundă prezentă. Cum să simţim ceva ce nu există? Totul e doar ce simţim acum.

Draft

De ce-i uităm pe morţi? Pentru că ei nu ne mai ajută! Există oare cineva care să renunţe când ştie că poate să aibă?

To: zmeul_albastru@yahoo.com

Ispita este la fiecare pas. Nu trebuie să o cauţi, trebuie doar să deschizi ochii, sufletul, picioarele, şliţul, curul, gura, portofelul, spatele... depinde de fiecare în parte. Eu ispitei vreau să-i deschid timpul, să se manifeste, să mă provoace, să mă iau la trântă cu ea şi să îi rezist. Ispita apare pentru a ne învăţa să îi facem faţă.

To: floarea_soarelui@yahoo.com

Trebuie să am o răbdare nobilă cu tine, mai ales că, în ceea ce ne priveşte, cari o cruce care nu există de fapt, e falsă. Eşti singura femeie cu care pot să trăiesc totul. O să îmi spui că mă înşel. Nu mă înşel.

To: zmeul_albastru@yahoo.com

Nu spun că te înşeli. Spun că sună pompos. Cum spunem să scăpăm de cuvinte. Să nu ne mai spunem nimic şi să facem totul. Aş vrea să reîncep să vorbesc când aş fi stăpână pe energia cuvintelor rostite. Când vorbim fără să credem, decidem viaţa din noi. Fiecare cuvânt rostit există pentru că tu îl faci să existe. Dacă este o minciună, naşti o moarte.

Draft

Mi-ar plăcea să pot să spun că şi în trăirea superficială, neatentă, murdară este un sâmbure de frumos. Dar cum aş putea să spun asta, când frumosul acela este peren, te răvăşeşte, te pierde, e inutil. Trebuie să fii nebun ca să fii îndrăgostit de adevăr. Şi trebuie să fii puţin obraznic ca să nu poţi să trăieşti altfel. Discernământul este creat dintr-o singură secundă. O singură secundă desparte a fi de a nu fi. Trecutul nu se mai schimbă, trecutul este un timp mort, dar care, transformat în remuşcări şi în regrete, în eşec, în păcat, te ucide. Pentru cei care nu ştiu să trăiască prezentul, trecutul devine o teroare, un vacarm. Cel mai mare blestem pe care îl are omul de dus este blestemul lipsei de răbdare, să nu vrei să-l aştepţi pe Dumnezeu, să o iei înainte, să încerci să îi iei locul. Este eşecul absolut, este crima desăvârşită, este pierderea definitivă a speranţei, a vieţii, a iubirii.

To: floarea_soarelui@yahoo.com

Când eşti tu fericită şi eu sunt fericit.

To: zmeul_albastru@yahoo.com

Aş vrea să te văd tot timpul, să stăm seara după ce ne terminăm treaba şi să toarcem. Să povestim de toate, ce-am făcut toată ziua, cu ce oameni ne-am intersectat, ce ni s-a întâmplat, chestii importante, neimportante, prostii, adevăruri, minciuni, nimicuri, revelaţii... După ce minţi un om, mai poţi să ai încredere în tine că, de la un moment în care te hotărăşti, poţi să nu îl mai minţi. Ţine doar de respect şi de credinţa că, spunând adevărul, nu ai ce să pierzi, nu devine nimic altfel decât vrei. Adevărul este forma prin care laşi să fii cunoscut aşa cum eşti. Adevărul este un risc, dar în preajmă îl ai permanent pe Dumnezeu.

Draft

Fericirea nu este un obiectiv pe care îl atingi şi gata. Fericirea trebuie întreţinută şi se poate pierde în fiecare secundă. Dacă o dobândeşti la un moment dat, asta nu înseamnă că o păstrezi definitiv oricum. Trebuie să ajungi să îţi cunoşti sensul în viaţa asta şi să nu mergi împotriva naturii tale, să nu te abandonezi. Fiecare are un sens. Până nu şi-l descoperă, este veşnic nefericit. Atâta tot.

To: floarea_soarelui@yahoo.com

Mă frământă problema timpului scurs degeaba între noi. De ce ai plecat? Mă întreb cât timp o să mai trăim aşa, ce-o să le spun nepoţilor mei despre iubirea vieţii mele, că or să mă întrebe, da' bine tataie, dar unde e ea acum? Şi eu am să le spun: îşi face cumpărăturile cu soţul ei în piaţa Matache. Şi-o să ne întâlnim la băi pentru reumatism în vreo staţiune demodată şi o să depănăm amintiri. Acest mesaj nu trebuie să ţi-l trimit. Sunt gânduri ale mele ascunse, pe care nu trebuie să le cunoşti. Aşa că le ţin doar pentru mine. Şi eu o să te iubesc, mereu, oricum. Aştept să te reîntorci. Până atunci, timpul meu s-a oprit.

To: zmeul_albastru@yahoo.com

Oare dacă m-aş pierde pe o potecă şi n-aş mai şti să mă întorc, m-ai căuta la nesfârşit sau ai renunţa? Am îngropat mult din mine până să te cunosc. Îmi lăsasem afară doar rănile să respir. M-ai ajutat să ies uşor. Încă am părţi din mine înfipte în pământ. Încă nu merg, dar visez să zbor. Iubesc. Mă simt singură. E posibil?

To: floarea_soarelui@yahoo.com

Mă îngrijorează că te simţi singură, mor de ciudă că nu simţi că sunt alături de tine. O să tot greşim unul faţă de altul, la fel cum o să ne tot iertăm mereu când o să greşim pentru că suntem dependenţi. Te-am minţit. Poate asta o să oprească inima ta să mai bată? Întoarce-te şi învaţă-mă Calea Adevărului şi fă-mă să nu-mi mai fie frică să mă arăt aşa cum sunt.

Draft

Toţi oamenii au un cancer care îi devorează, un rău adânc, nesfârşit, infinit. Şi toţi îşi dau seama înainte sau după. Ce-a fost, va mai fi. Trebuie să îmi urmez sufletul. Aşa măcar ştiu că nu am decât două ieşiri: ori o iau razna, ori devin legendă.

To: zmeul_albastru@yahoo.com

Mi-e frică să nu mă răneşti, ai scobit în mine mult, ai lăsat cicatrici, răni adânci. Ne-am jupuit unul pe celălalt, ne-am maltratat sufletul, dar e atât de frumos. Nu-mi este frică să trăiesc aşa. Vreau să mă ţii departe de o caricatură de dragoste. Poate că o să trăim momente când o să ne devorăm, când o să ne urâm, când o să ne anulăm, când nu o să ne mai recunoaştem, când o să ne minţim iar, dar în adânc, tot noi vom fi. Dacă unul se duce mai în larg şi nu mai ştie să se întoarcă, celălalt e dator să-l recupereze. În iubire nu abandonezi.

To: floarea_soarelui@yahoo.com

Suntem noi doi, pur şi simplu, unici în universul ăsta infinit.

To: zmeul_albastru@yahoo.com

Dacă o să te las vreodată să dansezi singur, înseamnă că am făcut vreun infarct, vreun atac, mi-am pierdut identitatea. Să nu mă iei în serios. Să mă ţii strâns în braţe, fiindcă o să îmi revin. Nu pot să trăiesc fără tine. Dacă o să îţi spun vreodată altceva, să nu mă crezi. Oamenii îşi cer libertatea. Eu îţi cer să mă ţii legată de tine pentru că altfel nu ştiu să trăiesc.

Draft

Când aveam trei ani, am întrebat-o pe mama de ce nu poate inima mea să bată o singură dată. Şi mama

mi-a răspuns: „Dacă ar bate o singură dată, n-ar mai exista golurile dintre bătăi". Şi de ce-aş avea nevoie de golurile acestea, am întrebat-o apoi? Şi ea mi-a răspuns: „Pentru ca într-o zi, cineva să vină şi să le umple".

To: floarea_soarelui@yahoo.com

Mă bucur pur şi simplu că te văd. Nu o să îţi dau drumul niciodată. Când o să vrei să dansezi singură, o să te legăn, fetiţa mea, şi o să-ţi revii. Ai învăţat să ierţi.

To: zmeul_albastru@yahoo.com

Aşa poate o să le spui şi altora. Aceleaşi cuvinte, aceleaşi alinturi. Dar mereu te vei întoarce la mine, nu o să rezişti mult printre străini. Privirea ta m-a năucit. De parcă m-ai fi atins cu limba, nu cu ochii. Se produc între noi rafale energetice colosale, nevoi pe care nu avem cum să le controlăm, ne depăşesc, ne stăpânesc. Electrizantă relaţie. Cred că noi doi o să murim trăsniţi de un fulger fie într-un moment în care ne scuipăm cu dracii, fie când ne scăldăm cu îngerii.

Draft

În orice clipă putem să cădem de proşti. Nu reuşesc să mă gândesc niciodată la moarte fără să tremur. Acum, mai mult decât oricând, îmi doresc să trăiesc.

To: floarea_soarelui@yahoo.com

Ai mare grijă pentru că nu sunt un simplu nebun cu felinarul în mână. Dacă ţi-e frică de moarte, eu nu te oblojesc, eu vreau să-ţi sărut rănile. N-ai să poţi niciodată să mă ucizi în tine, nu asta e libertatea pe care o cauţi.

To: zmeul_albastru@yahoo.com

Putem să ne tăiem venele cu riscul de a ne cunoaşte mai mult? A trece cu tine prin Iad şi a nu fugi de suferinţă înseamnă Iubire.

Draft

Ce faci când ai ajuns în vârf? Urci mai departe. Râd în timp ce vorbesc şi invers. Rezultă o behăială penibilă din care nimeni nu înţelege nimic. Şi repet. Uităm că suntem nişte particule de praf aruncate prin univers şi că „drumul spre frumos" tot în groapă sfârşeşte. În tot acest mister care se numeşte viaţă, avem o singură certitudine: sufletul. Este singurul pe care merită să te bazezi.

Credinţa că lumea asta nu se termină aici şi aşa, că statutul de marionetă pe care îl simţim acut are un scop, şi că jocul ăsta pervers, care se numeşte destin şi pe care ni l-a propus Dumnezeu, se extinde dincolo de moarte, acolo unde nimic din ceea ce este fizic nu mai are valoare.

Poate că timpul care se scurge ar trebui să se scurgă şi în sensul sufletului nostru, acolo unde, mai timid, se ascunde întotdeauna partea cea mai nehotărâtă şi mai fragilă din noi.

Suntem stropi ai aceleiaşi ploi, suntem respiraţii ale aceluiaşi Creator, suntem picături ale aceleiaşi

lumânări care în noaptea Învierii se va aprinde, va arde şi se va stinge întru...

To: floarea_soarelui@yahoo.com

Empatizez cu tine mai mult decât mă aşteptam. Îţi simt emoţia din tot corpul. Asta e realitatea. Nu poţi să o exprimi.

To: zmeul_albastru@yahoo.com

Parcul de distracţii încă este deschis în creierul meu. Stomacul rumegă fără oprire timpul, glanda tiroidă se zbate şi îmi dă senzaţia aia inutilă de sufocare. Suferinţa din iubire este incontrolabilă. Oricât de puternici am fi, iubirea ne copleşeşte atunci când se prăbuşeşte în noi. Căci niciodată un om care iubeşte nu va fi în stare să explodeze în exterior. Răul este al lui, al sufletului şi se întâmplă în tăcere. Suferinţa din iubire nu se împarte.

Draft

Două medalioane de argint: ank sau crucea vieţii. Al meu stă agăţat de piatra neagră, în formă de inimă. Al tău?

To: floarea_soarelui@yahoo.com

Ţi-am recitit mailuri mai vechi, e fantastic, m-a cuprins febra. Îmi dădeau senzaţia că ne apropiem foarte rapid de ceva, ceva incontrolabil. E şi multă bucurie şi multă tristeţe la un loc. Suportăm o pană în comunicare acum. Nu ştiu de ce şi n-am de gând să-mi smulg părul din cap să aflu. Presupun că te simţi puţin singură, chiar şi atunci când eşti cu mine. Eu am avut senzaţia asta de multe ori în ultimul timp. Nu trebuie să te sperii, ţi-o spun tocmai pentru că vreau să depăşim momentul.

Draft

Mi-am legat viaţa de un fir de păr. Nu mă zbat, de frică să nu-l rup.

To: zmeul_albastru@yahoo.com

Ieri ne priveam în infinite feluri, dar nu primeam şi nu reuşeam să ne transmitem nimic, eram ca în trenuleţul ăla din parcul de distracţii — după ce te-ai dat în el şi ţi-a plăcut, eşti năucit, ameţit, derutat. Nu regret că m-ai înşelat şi că te-ai culcat cu alte femei. Pentru că, dacă mă doare, mă doare superficial, e ca o operaţie fără anestezie. Profund, nu mă atinge. De mine nu te poate rupe nimic. Nu regret nicio clipă ceea ce ai făcut. Regret că nu am putut să te fac să nu faci asta. Încă mă simt părtaşă la această aruncare în gol. O parte din noi... s-a dus. Ce o să simt de-acum încolo nu ştiu. Ştiu doar că vreau să simt. Să simt orice. Nu vreau să mi se atrofieze sufletul. Vreau să trăiesc tot.

To: floarea_soarelui@yahoo.com

Treci printr-o perioadă foarte dificilă şi vreau să mă simţi viu lângă tine, nu doar un decor. Viaţa-i foarte tristă, aşa, în general, dar eu vreau să te văd pe tine râzând, fericită, iar atunci când eşti speriată, vreau cel puţin să mă strigi. Chiar dacă ţi-am greşit.

Draft

Totul ţine de înţelesul pe care îl dăm. Opreşte puţin timpul să mă odihnesc. Sunt momente când ai senzaţia că ai uitat tot. Că nu mai ştii să te ţii de mână, să îmbrăţişezi, să săruţi. Aşa cum au dispărut, se pot întoarce, dacă te laşi deschis şi le primeşti.

To: zmeul_albastru@yahoo.com

În fiecare zi o să ne mai cunoaştem puţin, în aşa fel încât la final să ştim cât mai multe unul despre celălalt. Cu tine am curajul să fiu eu, oricât de mult rău mi-ai face. Fug de tine şi tot la tine mă întorc. Pentru că sunt în tine, nu în afara ta. De asta simţi la fel. Tu înţelegi ce şi pe cine am pierdut. Am pierdut încrederea în ceea ce eram, în ceea ce simţeam. Mă vezi acum. Sunt constipată. O buruiană. Buruiana nu are nicio funcţie, mi se pare o prezenţă de-a dreptul tâmpită. Nici măcar să fie folosită ca hrană pentru animale. E smulsă şi aruncată la gunoi. Şi trist este că e verde, e o chestie vie, care vede, care ştie cine e. Nu regret ceea ce trăiesc. Este unic. Nu poţi fi buruiană în fiecare zi. Şi dacă am forţa să văd mai departe decât buruiana asta care mă copleşeşte în prezent, să văd ceea ce sunt eu cu adevărat, nu ceea ce devin în funcţie de o experienţă sau alta, atunci înseamnă că merită să trăiesc pentru că înseamnă că iubesc viaţa, cu tot ceea ce îmi oferă ea. Mi-ai spus că nu te iubesc. Că sunt superficială. De-ar fi aşa, aş fi avut o salvare. Dar nu e aşa. Nu avem cum să scăpăm unul de altul. Nu noi ne-am unit. Viaţa.

Draft

Ne jucăm cu Dumnezeu de parcă ar fi şireturile de la pantofi. Le legăm şi le dezlegăm când avem chef. Aşa facem toţi când suntem tineri. Până la un moment dat. Orbecăim şi marea întâlnire vine pe nepregătite şi nu ştim să-i facem faţă. Îl scuipăm în faţă pe Dumnezeu şi ne ratăm existenţa, pentru că facem pe noi de frică să ne luptăm cu el faţă în faţă, să îl privim în ochi şi să-i acceptăm provocarea. Păcatul fundamental este eşecul existenţial al fiecăruia de care suntem răspunzători.

To: zmeul_albastru@yahoo.com

Încă n-am descoperit femeia care să se ridice măcar până la glezna ta.

Bineînţeles, şi acum ai îndoieli, dar nu-ţi fac un compliment, spun adevărul. Te iubeeeeeeeeeeeeeeeeeeeeeesc.

To: zmeul_albastru@yahoo.com

Câte e-uri! Mulţi de „e" în iubirea noastră prezentă. Faptul că te iubesc mă ajută să ies din groaza şi necredinţa în care am intrat. De ce nu mi-ai văzut faţa de copil când te-ai culcat cu alte femei? Sau de ce nu simţeai că te strâng în braţe când le lăsai să te atingă? Eu unde eram?

Am greşi mai puţin dacă nu am uita unul de altul. Sau nu am mai greşi deloc dacă ne-am comporta ca şi cum celălalt e cu noi.

Draft

De-ar fi adevărat că omul deţine liberul arbitru, s-ar vorbi mai mult despre altceva. Eul e tenace, tenebros, detestabil... şi poate că nici măcar nu există.

To: floarea_soarelui@yahoo.com

Chiar dacă ţi-am făcut ceva oribil, chiar dacă am avut un suflet impotent într-un moment crucial, nu vreau să te pierd. Există riscul ăsta, să pierzi totul din neglijenţă, neatenţie, nepăsare, într-un cuvânt, dintr-o greşeală. Şi totuşi, poţi pierde tot? Eu unul n-am să permit lucrul ăsta, chiar dacă ar fi să mă iau la trântă cu tine. N-am să te pierd pentru nimic în lume.

Draft

Mă spăl singură. Ştie cineva unde e Zmeul Albastru? Trebuie să îi spună cineva că nu pot să mă spăl singură pe spate. Cine mai stă să se uite la mine când mă bălăcesc sub apă, pe cine mai stropesc, cu cine mai râd în hohote la duş? Ai dispărut din viaţa mea cu slip cu tot. Vrei să-mi trăiesc viaţa la nesfârşit în cadă, aşteptându-te? Hai să ne umplem cada cu multă spumă şi să ne topim în ea cu tot ce am greşit.

To: zmeul_albastru@yahoo.com

Niciunul nu este perfect. Fiecare are căderile lui. Dar dacă reuşim să trecem peste noi şi să vedem dincolo...

To: floarea_soarelui@yahoo.com

Oamenii nu au dreptul decât la miracolele la care contribuie prin propriile lor fapte. Nu ne pică nimic din cer.

To: zmeul_albastru@yahoo.com

Îmi vine să te strâng de gât... cu săruturi.

Draft

În timp ce mor... o să îmi las bucăţi din suflet pe marginea vieţii tale. După ce nu o să mai fiu, să te opreşti când ţi-e dor, să le iei, să îţi aminteşti cât de mult te-am iubit şi să râzi. Tu nu o să crezi cât de mult te-am iubit decât atunci când nu o să mai fiu, pentru că atunci o să respiri mai greu. O să te aştept pe un colţ de nor. Când plouă, să ştii că m-am dezechilibrat. Nu ştiu cât de jos o să cad. S-ar putea ca în unele vise să te trezeşti cu mine în pat. Nu o să fac gălăgie. Cel mult o să-ţi las pe pernă parfum de crini albi pentru ca dimineaţa să zâmbeşti.

To: floarea_soarelui@yahoo.com

Sunt trist fără tine.

To: zmeul_albastru@yahoo.com

Nici nu ai putea să fii altfel când trăim în minciună.

To: floarea_soarelui@yahoo.com

Nu vreau să te pierd.

To: zmeul_albastru@yahoo.com

Să nu-ţi trădezi sufletul. E mult mâl unde sunt. Şi multe liane care m-au legat. De una singură nu am cum să mai ies. Eşti singurul care mă poate scoate. M-ai ajutat să scot o mână, să scot un braţ... ajută-mă să-mi scot sufletul. Nu mă lăsa aici. Aş zbiera toată viaţa şi mi-ai auzi urletele la fiecare respiraţie. N-ai putea să te odihneşti, căci mi-ai simţi tristeţea. Iubirea noastră nu are cum să fie doar acum. Nu a început şi nu s-a sfârşit. E Infinit. Vreau să te privesc în ochi când îţi zic toate astea.

To: floarea_soarelui@yahoo.com

Nici eu nu cred că iubirea este limitată. Dar îţi trebuie un strop de nebunie să simţi asta.

Draft

Învaţă să nu dai importanţă lucrurilor fără valoare absolută.

To: zmeul_albastru@yahoo.com

S-ar putea să trăim momente cumplite, să vină o vreme în care să avem senzaţia că nu mai suntem noi. Atunci va fi cel mai frumos să luptăm. Când unul se rupe, celălalt să aibă răbdare să se refacă. În Iubire nu începe şi nu se termină nimic. Timpul nu are cum să ne desprindă unul de celălalt niciodată.

To: floarea_soarelui@yahoo.com

În iubire trebuie să poţi cere totul sau cel puţin să tinzi spre asta. Iubirea îţi permite pentru că sfidează convenţia, formalul. Când nu ceri nimic, e clar că nu poţi primi mare lucru.

To: zmeul_albastru@yahoo.com

Şi eu te-am visat aseară. Intrai în curte, la bunica. Erai cu o fată mică de statură şi cam urâţică. Te-ai dus să dormi cu ea în patul nostru. Şi strigai să vin şi eu să dorm cu voi. Şi nu am venit. Am dormit singură. Ai spus că eu sunt fetiţa ta şi că aşa voi rămâne până când voi muri. M-ai minţit?

To: floarea_soarelui@yahoo.com

Îţi este frică să nu suferi din nou. Te-am făcut să suferi. Te iubesc. Cum vine asta? Exact aşa vine.

To: zmeul_albastru@yahoo.com

Îmi este frică, dar îmi place. Frica are mereu ceva viu în ea.

Draft

Despre sinucidere nu se vorbeşte. Dacă ai curaj să te sinucizi, nu vorbeşti despre asta. Despre sinucidere vorbesc numai cei care nu au curajul să se sinucidă.

To: floarea_soarelui@yahoo.com

Când simţi altfel, umblăm pe cărări separate şi există riscul să nu mai nimerim locul de întâlnire. Ca să mergem împreună, trebuie să simţim la fel, să căutăm acelaşi drum.

To: zmeul_albastru@yahoo.com

Simt că nu înaintăm. Ne-am oprit. Nu vreau să rămân. Mă simt obosită. Mă simt slăbită şi lipsită de puterea de a mai spune ceva. Ştii cum se simte o femeie care iubeşte când află că a fost înşelată? Cred că la asta nu te-ai gândit înainte. Nu mai înţelege nimic. Dar dacă se simte iubită, îşi revine. Căci nu înşelatul este cea mai mare dramă a cuplului. Ci abandonul. Să fii în doi, dar de fapt să te simţi singur. Dacă trădarea este superficială, nu se concretizează în nimic serios. Rămâne doar fântâna nesecată a unor frustrări.

Draft

Când pierzi tot ce ai mai de preţ, nu te mai sperie nimic, nu-ţi mai este frică de nimic. Dragostea nu poate avea însă niciun preţ, iar dacă totuşi cineva îndrăzneşte să-l pună, atunci nu poate fi decât preţul vieţii.

Eu n-am iubit înainte de a te iubi. Iar cu cât te iubesc mai mult, cu atât îmi este mai rău. Nu pot să te iubesc prin cuvinte. Nu este felul meu de a urla în gura mare, de a-mi dezlega buzele şi a lăsa să zburde în voie zeci de mii de sunete. Te iubesc în tăcere, fără să-ţi împărtăşesc ceea ce tu deja ştii.

Cu tine am fost în Rai, dar nu l-am recunoscut şi, drept pedeapsă, am căutat suferinţa în cele mai vesele

locuri, considerând că fericirea nu mi se cuvine. N-am ştiut că poţi să înnebuneşti de dor. Mi-a fost imposibil să deschid gura, să respir, să clipesc. Am preferat să mă las încătuşată în imaginarul meu, singurul care mi te aducea înapoi. Nu aveam nicio motivaţie să exist. Şi, în fond, pentru ce aş fi existat fără tine? Inima îmi bate obligată. Trag de toată fiinţa să reziste, dar dorul de tine mă ucide. Dragostea are dreptul suprem asupra celor care trăiesc din ea. Nu te consider vinovat. Trei zile am delirat, termometrul s-a dus deja la 40 de grade, de două săptămâni organismul îmi refuză orice aliment, apa îmi rămâne pe buze, hainele nu le mai suport pe mine, parcă au gheare şi mă rănesc, trupul îmi e întins pe un pat de campanie, pereţii albi mă apasă, fereastra cu gratii îmi ţine sufletul legat de trup, un miros vag de crini mă caută, îmi piaptănă respiraţia. Îmi simt sufletul greu, de parcă e supus unei anestezii. Ambele mâini îmi sunt anchilozate din cauza acelor de la perfuziile care-mi perforează venele, bandajul de la încheietură e fixat de bara metalică, ventilatorul se învârte deasupra capului şi-mi aminteşte de neputinţa de a zbura, aripile-mi sunt legate, iar tranchilizantele pe care mi le prescriu sunt îngrozitor de mari, de parcă trebuie să înghit nişte mingi de rugbi.

Faptul că nu m-ai iertat a fost o crimă. Cu orgoliul se luptă cu răbdare. Ai vrut să mă adormi, m-ai întors cu spatele la zid, ai îndreptat arma spre mine şi, când să apeşi pe trăgaci, mi-am întors inconştientă capul. Ochii îmi erau deschişi şi te priveam fix. Abandonată unei come totale, îţi urmăream totuşi fiecare gest. În loc să mă omori cu demnitate, în loc să mă omori cu dragoste, ai preferat să mă omoare dorul de tine. O crimă mică, murdară, dar sigură.

Până nu demult îmi stăpâneai cu asprime doar conştientul. Erai prezent în cele mai lipsite de importanţă acţiuni. De când am aflat că am cancer, ai trecut şi pragul subconştientului, acolo unde visele mi te aduc dureros de aproape. Te simt cu toată căldura ta. E îngrozitor să mă trezesc dimineaţa şi să constat că toată acea dragoste nemărginită s-a întâmplat de fapt în vis.

Ştiu însă că atunci când nu ştiam să iubesc, trăiam fără să ştiu că trăiesc. Când am început să iubesc, am ştiut că nu trăiesc degeaba. Într-o zi voi muri cu adevărat, însă iubirea mea nu va prinde niciodată ziua aceea.

N-am ştiut niciodată cine este de vină, adevărata vină i-am atribuit-o lui Dumnezeu. El ne-a făcut să trecem prin ce am trecut. El ne-a păcălit să ne punem crucea în spate şi să urcăm Golgota, neştiind că, de fapt, cu fiecare pas ne ducem spre pieire. Cu cât înaintăm mai mult, cu atât ne afundăm într-o hazna fără sfârşit şi, neştiind că această Golgotă nu se termină decât în sufletul nostru, am îndrăznit să sperăm să atingem lumina în timp ce realitatea ne scufundă în mlaştina propriilor noastre excremente, în toxinele omenirii, în secreţiile abjecte ale organelor, în nesiguranţa memoriei, în spasmele sângelui, în războaiele spermatice, în erupţiile celulelor. Toată această Golgotă în care mi-am pus speranţa regăsirii de sine n-a fost decât o explozie, drumul spre boala finală, moartea. Am învăţat un lucru esenţial: oamenii cărora le este frică să moară nu au spirit de aventură.

p.s. Greşeala e individuală. Nu se compară. Păcatul nu este fapta săvârşită, ci suferinţa provocată în urmă. Urcă Golgota singur pentru că moartea nu poate să se întâmple la grămadă. Mântuirea este pe cont propriu. Nu scapi de păcatul tău ascunzându-te după păcatul altuia.

To: floarea_soarelui@yahoo.com

Eşti în eroare — dacă am fi fost împreună, ai fi fost atât de sătulă de mine, de mângâierile mele din noaptea precedentă, încât ai fi simţit nevoia să te las singură. Când ne avem, ne respingem. Când ne pierdem, ne dorim. Să învăţăm să trăim în echilibru.

To: zmeul_albastru@yahoo.com

Mereu ai avut umor. Te scoţi. Mi-a căzut oblonul. E ca într-o cameră-seif. Dacă se activează alarma, se închid instantaneu uşile. M-am simţit violată, lăsând între noi o altă persoană. E ca şi când pentru un timp nu am mai fost suficienţi.

To: floarea_soarelui@yahoo.com

Esenţial şi vital pentru mine e să nu te pierd. Argumente o să găseşti destule împotriva mea pentru că am greşit. Dar mie nu-mi mai pasă acum decât că nu vreau să te pierd, indiferent de situaţie. Nu e ceva logic, nu e ceva raţional, dar nu pot trăi fără tine.

To: zmeul_albastru@yahoo.com

Să nu te furişezi niciodată, să nu îmi ascunzi niciodată nimic doar de dragul de a mă proteja. Să te comporţi aşa cum simţi, pentru că aşa ne cunoaştem unul pe celălalt. Iar dacă nu îmi convine, o să-ţi spun. Nu vreau să avem o relaţie comună, nu vreau să devenim măşti, oameni care se prefac doar ca să nu rănească. Noi doi nu vom mai fi niciodată aşa. Vreau să iubesc tot ceea ce ştiu că eşti şi tot ceea ce urmează să aflu. Poţi să spui adevărul doar atunci când iubeşti nud. Abia când începi să trăieşti doar în adevăr poţi să ai încredere în celălalt. Când totul este pe faţă, simplu, când nimic nu este ambiguu şi nu se interpretează, încrederea răsare din nou. În mocirlă nu ai cum să vezi clar.

Draft

Castelul de nisip, adăpostul provizoriu... până la primul val mai mare care vine şi distruge totul. Şi apoi o iei de la capăt sperând de fiecare dată că va fi ultima dată.

To: floarea_soarelui@yahoo.com

Când te ţin în braţe, am cea mai mare încredere din câtă există pe lume.

To: zmeul_albastru@yahoo.com

Singura încredere pe care o ai e dată de tine. Nu îţi ajunge o viaţă să te cunoşti pe tine, darămite să te cunoşti prin celălalt. Mie mi se pare o aventură de necomparat cea a curajoşilor care sunt nebuni şi trăiesc în doi, îşi sunt suficienţi unul celuilalt şi se caută fără sfârşit. Mie asta mi-ar plăcea să trăim. Să nu ne terminăm niciodată, să ne alergăm, să ne îmbrâncim, să ne pierdem şi iar să ne găsim, să ne distrugem, să ne recreăm. Nu cred că poţi să arunci o undiţă şi cu ea să prinzi mai mulţi peşti. Omul are un suflet. Şi cred că un suflet nu se poate împărţi. Se poate da unei fiinţe, doar unei singure fiinţe, un timp. Nu vreau să cred în promisiuni sau vise.

Draft

Greul în viaţă este doar o metaforă. Viaţa este ori albă, ori neagră. Ce este în afară de alb şi de negru e tuse, nu e viaţă. E o chestie bolnăvicioasă. Eu vorbesc de viaţă. De viaţă! Înţelegi? Nu variaţiuni pe tema „vieţii". Frica ne conduce spre eşec, frica de a nu lua decizia firescului. Nu poţi să te minţi aşa la nesfârşit. Trebuie să îţi accepţi micimea ca să poţi să o depăşeşti. Şi oricum, oricât de mult încerci să te ascunzi după propriul deget, în adâncul tău ştii foarte clar adevărul despre tine.

To: floarea_soarelui@yahoo.com

Nu poţi să-i ceri omului să viseze într-un anumit fel, că doar visele sunt singura libertate pe care şi-o permite omul, nu-i aşa?

To: zmeul_albastru@yahoo.com

Ce frumos a definit Christos Yannaras păcatul: eşec existenţial. E frumos! E atât de frumos cât vrem noi să fie!

To: floarea_soarelui@yahoo.com

Îmi doresc să mergem împreună undeva departe, fie munte, fie mare, fie nisip, fie iarbă, nu contează. Ce s-ar întâmpla acolo nu vreau să visez, dar pot intui că m-aş simţi cu adevărat liber şi fericit. Mi-e dor să fim noi. Ne-am regăsi atât de repede fără bruiaje create de alţii.

Draft

Ne putem lovi oricât de urât. Nimic nu mă va face să nu te iubesc. Urâţenia din noi nu mă va îndepărta şi nu mă va face să-mi fie frică. Dacă pot să trăiesc tăcerea, pot să trăiesc orice.

To: zmeul_albastru@yahoo.com

Mi-e foame de viaţa simplă, sfinţită, curată. Mă simt murdară, urâtă şi mi-e scârbă. E incomod să trăieşti permanent cu greaţa de sine. Nu mai pot face niciun pas. Mă simt ca o râmă. Mă târăsc. Nu mai pot să respir pământ.

To: floarea_soarelui@yahoo.com

Toţi trecem prin stări de căcat fără puncte de sprijin, important e cui dăm puţin din rahatul nostru. Orice depresie are o cauză bine determinată.

To: zmeul_albastru@yahoo.com

Vreau înapoi copilul din mine. Vreau să miros din nou a crini, să-mi strecori frunze de măslin pe sub mine şi să ne ascundem în castelul de la munte, păziţi de câinele orb, să ne acoperim trupul cu cărţi, să ne cânte robinetul de apă stricat şi vinul roşu răsturnat pe noi să ne mângâie. Nu-ţi mai aduci aminte decât ce a fost important şi de multe ori nu se regăseşte în amândoi. Ar trebui să reţinem ce e important pentru celălalt. Te defineşte. Aşa îl avem, îl cunoaştem.

To: floarea_soarelui@yahoo.com

Când iubeşti nu mai poţi lua decizii matematice. Aşa e simplu, ne despărţim până se clarifică situaţia. Dar poţi pierde totul. Îţi permiţi?

Draft

Trecut de miezul nopţii. M-am trezit într-o baltă de sânge. Jumătate din aşternut era imprimat cu o pată roşie. Am început să plâng. M-am trezit. Te-ai speriat mai mult de sperietura mea decât de situaţie. Mama spunea că poţi să empatizezi profund cu o persoană între doi şi şase ani. Dacă depăşeşti perioada asta şi mai eşti viu, e o întâmplare. Căsătoria noastră depăşeşte termenul de graţie al mamei. Ne încadrăm la „Tot ce e în plus, e bonus". A fost un miracol că te-ai trezit. Era în perioada în care nu mă mai auzeai. Mi-ai propus să mă duc la baie, să mă spăl şi să îmi pun un tampon. Ca un câine ascultător, ţi-am urmat sfatul. Mă simţeam foarte slăbită. Totul părea că se mişcă şi că nu are contur. Pereţii se dilatau, niciun obiect nu era clar. Pe cer era o lună umflată de toate visele celor care şi-au holbat sufletul la ea. Parcă eram într-un trip. Mi-am dat două

palme. Nimic. M-am aşezat pe veceu. Am simţit cum se desprinde ceva din mine. A ţâşnit un cheag de sânge de dimensiunea unui cartof. Am băgat mâna în veceu, am apucat bucata de carne căzută, cu textura unui ficat aţos şi mi-am dat seama că tocmai avusesem un avort spontan. Ne-am dus la urgenţă, neştiind că nu au secţie de ginecologie. Ne-au trimis la Filantropia. M-au luat destul de repede la întrebări. Norocul a fost că nu erau paciente. Numele, vârsta, hainele jos, picioarele desfăcute, corpul abandonat pe masa ginecologică, rece, aspră, în faţa unor ochi blazaţi, obosiţi. Nu îmi place controlul ginecologic. Îl compar mereu cu un viol. Şi cred că niciunei femei nu-i convine să îi atace intimitatea un instrument de fier, oricât de steril ar fi, o cameră de luat vederi, un ecograf, o mână străină, neprietenoasă.

— Domnul să aştepte.

— Este soţul meu.

— Cu atât mai bine. Sunteţi în perioada menstruaţiei?

— Nu.

— Când aţi avut ultima oară ciclu?

— Nu ştiu.

— Cum nu ştiţi?

— Nu-mi ţin calendarul.

— Neglijentă. Aproximativ?

— Nici aproximativ nu ştiu.

— Faceţi parte din categoria femeilor care umblă cu tampoanele în geantă?

— Nici măcar. Când îmi vine, îmi cumpăr.

— De cât timp aveţi hemoragia?

— Nu ştiu. Dormeam. Să fie câteva ore...

— S-a mai întâmplat?

— Nu.

— Menstruaţia e regulată?

— Nu.

— Dureri înainte, în timpul, după?

— Uneori.

— Poate fi orice. Chiar şi cancer. Analizele vin în două săptămâni. Până atunci încercaţi să staţi cât mai imobilă şi cumpăraţi-vă vitamina K.

— Două săptămâni?

De la ieşirea din camera de gardă şi până la semaforul din Piaţa Victoriei, unde am găsit primul taxi liber, am trăit cei mai palpitanţi 200 de metri din viaţă, mi-am revăzut tot filmul.

— Ce ai?

— A spus „chiar şi cancer".

— Putea să spună orice.

— Dar a spus asta, nu altceva. Şi am pierdut un copil.

— Până nu îţi vine rezultatul de la analize, nu văd de ce te consumi.

— S-ar putea să am cancer, s-ar putea să mor.

— De ce râzi?

— Tu ce ai face dacă ţi-ar spune cineva la 4 dimineaţa că există posibilitatea să ai cancer?

— Sunt convins că la orice oră ţi-ar da cineva vestea asta, e ceva. Dar s-ar putea să nu ai şi să trăieşti, de asta ce zici?

— Ţie oricum puţin îţi pasă.

— Îmi pasă mai mult decât crezi, dar nu înţeleg care e rostul să te ambalezi aşa fără să te bazezi pe nimic sigur şi să iei în serios o ipoteză care se poate să nici nu existe.

— Ai putea să pari mai implicat.
— Să plâng?
— Crezi că de asta am nevoie?
— Să te compătimesc?
— Încerci să mă enervezi cu un scop?
— E nevoie?
— Nu vreau nici să mă iei în braţe, nici să încerci să faci vreun efort să-mi distragi atenţia. Lasă-mă dracului în pace.
— Eşti obosită. După ce o să dormi, o să vezi altfel lucrurile.
— Tu crezi că eu am chef să dorm acum? De când am ieşit din maternitate nu îmi mai controlez mintea. Creierul mi-e ca o râşniţă. Gândurile fac scurtcircuit. Ştii cum îmi bate inima? Ştii ce simt? Tu nu auzi şi nu vezi nimic din ce am nevoie.

Ne-am urcat în maşină. O tăcere rece ne-a îmbrăţişat singurătatea. „Încotro merg?", mă întrebam. De ce mergem în aceeaşi direcţie, dacă sufletele noastre zboară singure? Ar fi fost suficientă o mângâiere, o strângere de mână sau să-mi zâmbească şi să îmi spună că timpul nu are valoare şi că vom fi o echipă indiferent de încercările la care ne va supune viaţa. Dar nimic... Asta s-a întâmplat de curând. Încă doare.

To: zmeul_albastru@yahoo.com

Pierdusem copilul nostru. Visul nostru de a pune seminţe în pântecul meu şi de a creşte zâmbete şi lacrimi se dusese dracului. Mai ţii minte cum m-ai întrebat: „Eşti bine? Atâta vreau să ştiu, dacă eşti bine?" „Da", ţi-am răspuns. „Cerul meu nu mai e chiar la locul lui, dar sunt bine." Am înţeles doar că îngerii şi-au pus aripi ca să râdă de noi. Noi ne confecţionam zâmbete ca să dăm senzaţia că suntem îngeri. Cine pe cine păcăleşte?

Draft

„Trebuie să ne despărţim. Nu mai pot să trăiesc aşa. Nu mai vreau. Nu te mai iubesc. Nu mai simt nimic. Nu mai suntem cei ce am fost." Texte, texte, texte. Dincolo de toate poveştile nemuritoare cu zmei şi balauri, el vede pajiştea noastră luminoasă, plină de rouă, pe care alergam ţinându-ne de suflete. Simţeam că mă sufoc de fiecare dată când trebuia să îl mint, pentru că ştiam că fereastra dintre noi nu se mânjeşte niciodată şi transparenţa ei mă împiedică să mă ascund. Într-un timp a început să îmi facă jocul, să îşi pună ochelarii de soare şi să vadă povestea prin plasticul lentilelor portocalii. Nu am putut să îi spun: „De la fereastra mea se vede asta. Sunt suspectă de cancer. Vreau să smulg firul de crin singură". Trăiam nefiresc, împotriva a tot ceea ce respiram şi pledam permanent pentru despărţire. Mi-era atât de clar gândul morţii, încât nu voiam să îl împart cu nimeni. Problema despărţirii din senin s-a pus după ce ne-am iubit ca nebunii. Nu a mai contat diagnosticul. Hemoragia se oprise şi oricum atracţia dintre noi era de nestăvilit. Sărutul lui făcea inundaţie, îmi pătrundea prin tot trupul şi ajungea şi la vecini. Mă muşca tare şi cu sete, îmi prindea carnea în dinţi şi, ca un animal care nu vrea să dea drumul prăzii, mă devora. De multe ori, hohotele noastre de râs acopereau bătăile în calorifer ale vecinilor deranjaţi. Nu credeam că

poţi să fii atât de lucid după un delir în care te pierzi, în care nu mai ştii cine eşti de atâta plăcere şi să spui „pas", ca la cărţi. Uite că poţi. Pentru că delirul nu e întotdeauna un delir care să te cuprindă profund sau pentru că durerea este atât de sfâşietoare încât te trezeşte din cea mai desăvârşită stare şi pentru că o poveste de dragoste poate fi oricând o tură de rentz.

Îmi înghiţeam mereu lacrimile. Femeile plâng des în situaţii din astea. Unele ţin să se vadă, altele încearcă să ascundă. Şi într-un caz, şi în celălalt, doare al dracului. M-am îmbrăcat. Mi-am tras chiloţii tanga cu dantelă verde, blugii peste ei, sutienul cu frunze de magnolie, rochia vişinie şi mi-am pus sandalele cu toc pe care le cumpărasem exact în ziua aceea pentru el. Mi-am prins centura în talie, peste rochie, colierul de scoici verzi la gât, mi-am cules sacul de piele în care aveam telefonul şi ceva mărunţiş, i-am smuls ochelarii de soare din mână, mi i-am pus la ochi, căci din acel moment şi eu trebuia să încep să mă obişnuiesc cu lentilele portocalii, l-am sărutat şi am dat să ies. M-am întors, am luat punga plină cu scoicile şi cu pietrele pe care le culesese pentru mine de la mare şi am ieşit. După primii cincizeci de metri, când am fost sigură că Zmeul Albastru nu vine după mine, mi-am dat drumul. Am început să plâng. Nu se vedea nimic. Ochelarii şi părul meu lung îmi acopereau perfect faţa. Plângeam ca o proastă, călcam strâmb şi dădeam în toate gropile şi bordurile din cauza tocurilor. La semafor am luat o maşină în braţe. Şoferul m-a înjurat. M-am trezit puţin din starea aceea hipnotică şi mi-am continuat drumul spre nicăieri. Mă simţeam atât de penibil cu punga după mine, plină cu

pietre şi scoici, cu rimelul întins şi cu faţa de toantă. „Vreau să ne despărţim. Nu te mai iubesc." Atât am fost în stare să îi spun. Nu era mai simplu să îi mărturisesc: „Am cancer. Nu ştiu cât mai am de trăit?"

To: floarea_soarelui@yahoo.com

Ne despărţim. Am mai luat această hotărâre o dată, dar eu am cedat pentru că mi-a fost frică de inutil, de timpul fără rost departe de tine, mi-a fost frică de tot ce poate fi mai rău, mi-a fost frică să te pierd. Dar o să fie o probă foarte bună pentru relaţia noastră această perioadă. O să fii nevoită să iei o decizie, pe care o să ţi-o asumi cu toată fiinţa ta. Iubirea din tine nu ai cum s-o ucizi.

To: zmeul_albastru@yahoo.com

Îmi este dor de tine. Şi nu din cauza toamnei care mi s-a lipit de suflet. Am ieşit din Parcul Unirii, m-am plimbat prin toate locurile prin care hoinăream împreună, te respir şi, în loc să îmi treacă, îmi este din ce în ce mai dor de tine. Aşa va fi toată viaţa. Până mor o să-mi fie dor de tine.

Draft

E prima noapte când prind nori, covorul de stele lipseşte şi luna nouă le zâmbeşte oacheşă altora. E prima noapte cu tunete, cu coşmaruri, e prima noapte când natura e violată şi se dezlănţuie într-o teroare pe care ne-o împărtăşeşte cu generozitate. Natura nu ştie să fie altfel. Au fost luni întregi de foc când sudoarea îţi acoperea corpul, când hainele ţi se lipeau de trup de

parcă făceau dragoste, când venele de la tâmple spărgeau epiderma, când inima atenţiona începutul unui concert pentru violoncel de Bach, când tălpile crăpate care sărutau pământul te sfâşiau de durere.

To: floarea_soarelui@yahoo.com

De acum încolo există orice risc.

To: zmeul_albastru@yahoo.com

M-am îndrăgostit din nou de tine. Eşti plin de haz. Nu o să mă plictisesc niciodată. Când tu o să îmi dai papucii, eu o să încep să râd şi o să te aştept pentru că ştiu că nu o să poţi să mergi mult cu pantofi cu toc. Când eu o să fac migrenă de la mirosul nebun de crini şi o să te trimit să îi muţi în altă cameră, ştiu că tu o să spui „da", dar, de fapt, o să închizi geamul şi o să ne sufoci de frumos.

To: floarea_soarelui@yahoo.com

Respir adânc şi evoc chipul tău în minte şi zâmbetul tău de copil îndrăgostit. Aşa mă liniştesc. Şi mă simt iar zeu pentru o zi.

Draft

Încă am gust de tine. Afară ninge. Îţi aminteşti cum spuneam când ne prindeam fulgii de zăpadă în suflet? „Asta înseamnă că ne-am logodit." Avem încă un copil, în Cer. În Iad nu era. Am trecut eu pe-acolo. E mult frig în noi. Suntem logodiţi indiferent de anotimp.

Ce bine că am făcut logodna vara, când e mai zăpuşa-lă. Ne iubiiiiiiiiiiiiiiiiiiim! E ceva mai important decât asta? Avem doi îngeri în Cer. Să nu ne pierdem. Să ajungem să îi cunoaştem.

To: zmeul_albastru@yahoo.com

Când nu denumeşti mailul în niciun fel, în franceză apare la subiect „neant". De fiecare dată mi se pune un nod în stomac. Mailurile de la tine nu se pot numi neant. Şi uite că în realitate se numesc.

To: floarea_soarelui@yahoo.com

Te-am simţit străină pur şi simplu, de parcă nu ştiam al cui e trupul pe care îl ţin în braţe.

Draft

Mergeam şi nu puteam să îmi număr paşii. Fiecare pas era o clipă care trecea şi pe care nimic şi nimeni nu mi-o mai putea da înapoi. Am încercat să stau pe loc. Dar timpul nu cade în astfel de curse. Mă vedeam bătrân la rându-mi, cu părul cărunt, cu amintiri, cu nostalgii, cu remuşcări, cu frustrări, cu crime, cu iubiri. Mă vedeam deja la sfârşit, când nici nu începusem bine sau când sfârşitul pe care eu îl simţeam atât de acut era de fapt începutul maturizării mele. Trecerea timpului mă speria de moarte. Gândul în sine mă copleşea. Nu îl puteam cuprinde. Nu ştiam ce e important şi ce nu e important, ce are valoare şi ce nu, ce e frumos şi ce nu, ce sunt credinţa, lupta, disperarea. Gândul

inutilităţii, al nimicniciei mă anihila. Îl simţeam atât de prezent în fiecare pas, în fiecare respiraţie, în fiecare gest. După fiecare clipă dată înapoi lui Dumnezeu, îl întrebam pentru ce am avut-o. Pentru a lăsa câteva trăiri incerte să-mi spargă sufletul în bucăţi, pentru a lăsa sute de morţi să îmi sfărâme mintea, pentru a lăsa mii de speranţe să îmi inunde celulele. Cui folosesc toate astea? Nu tot lui Dumnezeu? Ne-am născut dintr-un egoism al naturii şi din acelaşi egoism murim.

To: zmeul_albastru@yahoo.com

Te-am privit ieri în ochi. Am avut senzaţia că ţi-am atins sufletul. Aluneci uşor. Ai nevoie încă să zburzi. Nu ai încredere în noi, nu aşa cum spui, simţi un pic diferit. Spui că mă iubeşti, dar încă te zbaţi între tine şi mine. Există un loc liber între noi care te lasă să zbori.

To: floarea_soarelui@yahoo.com

Numai la tine mă gândesc. Îmi este dor de tine. Timpul a început să curgă din nou, ca un râu liniştit. Am ridicat pânzele şi cârmaciul m-a încredinţat că ţine bine cârma. De data asta o să ieşim în larg împreună. Deocamdată mă mulţumesc cu acest râu liniştit, când timpul nu curge haotic şi imprevizibilul ocean e la mii de mile intuiţie depărtare.

Draft

De cele mai multe ori pretindem că suntem ceea ce nu suntem. De cele mai multe ori dăm vina pe cel de

lângă noi pentru nefericirea noastră şi îl tragem la răspundere pentru cât de rău ne este. Ce treabă are cel de lângă tine dacă tu eşti nefericit? De ce aştepţi mereu să ia altcineva decizii pentru tine? Alegi singurătatea în doi în locul singurătăţii nude. Alegi ciorba reîncălzită în locul mâncării proaspete, fie ea şi fast-food. Şi dacă tu alegi de bunăvoie, fără să te oblige nimeni, de ce te plângi?

To: zmeul_albastru@yahoo.com

Sufletul nu este o gumă de mestecat. Nu se întinde şi nici nu se rupe, şi nici nu se dă din gură în gură. Deşi am trecut prin multe, nu ne-am pierdut. Am avut doar senzaţia că ne pierdem, o senzaţie care de altfel ne-a ajutat să ne revenim. De cele mai multe ori ne dăm seama cât de important este ceea ce avem atunci când nu mai avem.

To: floarea_soarelui@yahoo.com

Se spune că femeile nu ştiu niciodată ce vor. Şi se mai spune că iubirea necondiţionată nu inspiră femeile. Au şi vorbele astea un sâmbure de adevăr.

Draft

Privesc în mine, de parcă asist la o autopsie. Dumnezeu nu trebuie judecat. Dumnezeu trebuie gâdilat ca să vorbească. Greşelile pe care le facem, le facem dintr-o acută singurătate. Dumnezeu e un copil care se teme de singurătate. Am învăţat cât de important este să te lupţi să trăieşti simplu, să te baţi cu tot ceea ce încearcă să te determine să îţi complici existenţa, cu

îngerii şi cu demonii. Fiecare om, dacă este atent, are în viaţă o întâlnire care-l marchează, poate chiar mai multe. Dar o întâlnire revelatoare are sigur fiecare om, o întâlnire care te ajută să te descoperi, să te cunoşti, să fii. La ce-ţi folosesc toate astea? La ce te ajută să te cunoşti, să te descoperi? Încă nu ştiu. Sunt secrete pe care omul nu le va afla niciodată de la viaţă cât timp se bălăceşte. Cum ar fi, de exemplu, să afle ziua în care moare. Este un secret al vieţii să nu deconspire moartea. Ce solidaritate. Este atât de simplu pragul dintre a observa şi a trăi. Deschid o carte scrisă de Christos Yannaras şi citesc: „Sunt zile pe care le observ în cele mai amănunţite culori şi forme, şi zile pe care le uit şi care nici măcar nu mă ating. Trăirea superficială a vieţii mă înnebuneşte. Este cel mai crud exemplu că trăieşti inutil, că eşti departe de Dumnezeu, că umbra te domină, te mănâncă, te roade, te distruge. De ce îi este frică omului să trăiască fără întrerupere? Să iubească şi să urască tot? Să nu te mai întrebi, să nu-ţi mai răspunzi, să tratezi totul cu toată fiinţa, să fie simplu, să faci ceea ce simţi, să simţi ceea ce gândeşti, să gândeşti.

To: zmeul_albastru@yahoo.com

Depăşim în doi, ca într-un dans. Când unul iese de pe ring, celălalt e dator să îl aştepte sau să îl tragă înapoi. Să vezi filmul „Marele Gatsby".

To: floarea_soarelui@yahoo.com

Eu ştiu că nu vom pierde niciodată nimic din ce avem. Este doar o criză prin care trecem. Se poate termina bine sau prost, dar niciodată nu o să pierdem ce avem noi. Indiferent cine ar apărea între noi, ar fi provizoriu. La un moment dat vom reveni unul la celălalt. Ne e dat să fim unul.

To: zmeul_albastru@yahoo.com

Cât de frumos este că în problemele spiritului şi ale sufletului nu există cârje. Trebuie să te descurci singur. Mă doare carnea de dor. Nu cred că există om care să regrete starea pe care o are atunci când iubeşte. Mi-e dor să mă rog, să-mi spăl sufletul, să mă mângâie lacrimile care curăţă.

To: floarea_soarelui@yahoo.com

Iubirea este şi foarte fragilă, şi foarte puternică în acelaşi timp. E fragilă ca un copil care plânge după bomboane şi puternică asemenea unui suflet liber, capabil să zboare.

Draft

Oamenii nu se schimbă decât dacă vor ei. Dacă aştepţi să se schimbe ceva în cel de lângă tine, aştepţi pentru că asta e opţiunea ta. Cei mai mulţi cu care avem de-a face sunt nişte persoane extraordinare, numai că nu atunci când facem noi pereche cu ei.

To: zmeul_albastru@yahoo.com

Ne vedem atât de puţin, de parcă Dumnezeu ne dă cu porţia, de frică să nu îi luăm Cerul cu iubirea noastră. Îmi este atât de dor de tine, că am senzaţia că nu mai am pământ sub picioare. Să nu mă laşi, te implor, n-aş mai ştii să respir. Viaţa o să ne schimbe la fiecare pas. Cu cât stăm mai mult împreună, cu atât mai puţin o să ne dăm seama de asta. Dacă am sta puţin despărţiţi, revenirea ar fi diferită, am găsi de fiecare dată ceva nou. E o tehnică şi asta, să menţii o relaţie vie, dar încă nu vreau să o încercăm. Ştiu că noi doi nu am putea să ne plictisim niciodată unul de celălalt. Şi am certitudinea momentelor absolute de tăcere, în care ascultăm liniştea şi ne pierdem unul în altul la infinit.

To: floarea_soarelui@yahoo.com

Cine nu poate să înghită infidelitatea să o scuipe. Am greşit, în niciun caz nu pretind că pot fi şi infidel şi să te şi iubesc. Ne potrivim foarte bine la gusturi, nu-ţi face probleme.

Draft

O femeie m-a oprit pe stradă în faţa primăriei şi m-a rugat să îi completez o fişă. Era o cerere pentru eliberarea unui buletin. Nu ştia să scrie. Era ţigancă, avea în jur de cincizeci de ani, peste 100 de kilograme, cu haine rupte şi murdare, dar ştia să spună „vreau". Am început să completez rubricile. Acolo unde i se părea că aş interveni cu o curiozitate personală, gen „naţionalitate", „religie", „stare civilă", ridica sprânceana şi ezita să răspundă spontan. Trebuia de fiecare dată să îi arăt că formularul cere toate informaţiile pe care eu i le transmiteam şi că nu este o impoliteţe. Mă simţeam ca în Dostoievski. Ipostaza era aceeaşi. Miza era alta. După ce mi-am terminat

treaba, i-am înapoiat hârtia şi a plecat. Aşa cum nu m-a rugat să îi completez datele, nici nu mi-a mulţumit. Aşa cum a venit, aşa a plecat. M-a distrat, nu m-a deranjat. Formularul urma să îi folosească fiului ei care era handicapat, nu se deplasa, era grav bolnav, nu avea nici pensie şi nici şomaj, nu avea studii, era de naţionalitate română, necăsătorit şi ortodox. Un bărbat la vreo treizeci de ani ţinea de mână o fetiţă de vreo cinci ani. Era clar carne din carnea lui. Semănau. Erau frumoşi. Pe lângă ei a trecut nefericita mamă cu copilul handicapat. Altă viaţă. Alt destin. Câţi trecem zilnic unul pe lângă altul şi nu ştim nimic unul de altul? Câte poveşti trec zilnic pe lângă noi, de câte drame sau comedii ne izbim în fiecare secundă, ce este important în toată agitaţia asta? Totul durează o melodie, începe şi se termină, ne provoacă. Eu afară, în haos. Un om bolnav ascuns între pereţii unei case, în haos. Nu este nicio diferenţă între a fi afară sau a fi înăuntru. Haosul este acelaşi.

To: zmeul_albastru@yahoo.com

Tata a împlinit 80 de ani. L-am întrebat dacă regretă ceva şi mi-a răspuns: „Nimic". L-am întrebat dacă ar mai vrea să trăiască ceva deosebit şi mi-a răspuns: „Toată viaţa mea a fost şi va rămâne până în ultima clipă deosebită". Aş vrea să ajung de vârsta lui şi să am liniştea asta, împăcarea, lumina şi zâmbetul.

Draft

Azi am intrat în biserică. Mergeam pe stradă şi nu mai aveam claritate. Nu mai aveam claritate. Nu în

privire. În suflet. Ce cumplită senzaţie de pierdere a fiinţei. Am făcut ceea ce nu am făcut din copilărie. M-am trântit în genunchi în faţa unei icoane cu candela aprinsă şi am început să plâng. Simţeam că o mare de întuneric se năpusteşte peste mine. Căutam o cârjă. Aşa fac oamenii slabi. Îşi acceptă nimicnicia doar când sunt cu ştreangul de gât. Am ieşit de-acolo fără să simt nicio schimbare profundă. Îmi potolisem doar lacrimile. Nu ştiu dacă o să mai apuc să îţi spun în faţă cât de mult te iubesc. Şi că faptele mele trădează tot ceea ce simt. Trec din nou printr-o perioadă grea. Foarte grea. Din nou la limita minţii mele. Distanţa între firesc şi nefiresc este atât de subtilă. Eşti ce am mai frumos. Şi plătesc tot acest chin şi tot acest urât, pentru că te ţin departe de adevăr. Toate s-ar şterge dacă ţi-aş recunoaşte diagnosticul. De ce aleg să te mint? N-am apucat să citesc „Decăderea minciunii" de Oscar Wilde, poate m-ar fi ajutat. Totul este mult mai simplu decât credem noi că este şi atunci... complicăm. Nu ne mulţumim cu puţin. De fiecare dată vrem altceva şi mereu tot ce nu ne aparţine. Există şi în acest sens o terapie, dacă te interesează drumul spre acest sens.

To: floarea_soarelui@yahoo.com

Adevărul crud este că nu putem fi statornici ca un pom. Putem însă avea rădăcini puternice, astfel încât să nu ne smulgă vântul, şi eu asta am simţit, că există pericolul să-mi pierd pământul şi, odată cu el, toată identitatea mea fragilă. Şi am hotărât să lupt pentru sufletul meu şi să-ţi spun adevărul. Nu ştiu dacă ai să te simţi vreodată umplută de mine, plină de mine până la refuz.

Vreau să creştem frumos în soare şi în ploaie şi vreau să avem cele mai puternice rădăcini din pădurea asta nebună.

To: zmeul_albastru@yahoo.com

Să faci lucrurile la timp, căci dacă le faci când poţi sau când crezi că trebuie, s-ar putea să nu mai ai pentru ce să le faci. Şi... dragostea, dacă o întâlneşti, te îndepărtează de urât. Ai fost agresiv. A ridica tonul din senin înseamnă agresivitate. Mă gândesc că poate ţi-ar face bine să nu mă mai vezi o perioadă, să nu mai ai motiv să te enervezi. Dacă te enervezi cu alţii, aş vrea să nu te întâlneşti cu mine pe post de gunoi.

Draft

Să faci cum simţi, să nu te constrângi, să nu te chinui, să vină de la sine, firesc, simplu. Ce poate fi mai frumos? Dacă sufletul tău intră în relaţie cu un alt suflet şi comunică, simţi. Nu ai nevoie de cuvinte. Sunt suficiente gesturile, privirile. Cuvintele sunt adiacente. Oamenii se înţeleg în profunzime dincolo de vorbe, se intuiesc, se susţin, se iubesc adică. Dacă nu comunică dincolo de cuvinte, nu pot comunica prin cuvinte. Comunicarea nu este limitată. Comunicarea este totală, nu se porţionează. Asta este frumos. Cu lucrurile serioase nu ai cum să încerci o cale de mijloc. Lucrurile serioase le iei în serios sau în glumă. Nu poţi să nu le iei în niciun fel, să le ignori, să te faci că nu există. Lucrurile serioase sunt atât de puţine, încât te obligă să nu le eviţi. Dacă le eviţi şi nu eşti în stare să ţi le asumi,

te ucid, te transformă în ceva mediocru. Dumnezeu nu te iartă. Dacă porneşti războiul cu el, trebuie să îl duci până la capăt. Am învăţat să fac din fiecare clipă o sărbătoare. Să mă arunc în fiecare secundă, să nu mă tem de viaţă, să nu mă abţin, să las clipele să mă înnebunească, să îmi clocotească pulsul, să am curajul să trăiesc soarele, să îmi ţâşnească sângele prin gânduri, să râd să mă audă tot universul, să îngenunchez lumina.

To: floarea_soarelui@yahoo.com

Viaţa e ca o sală mare, plină cu oameni. Te trezeşti aruncat pe o uşă şi începi să-ţi faci loc, dai din coate, răzbaţi, te zbaţi, urli, strigi, comunici, eşti călcat în picioare, te ridici, te scuzi, eşti mândru, iubeşti, urăşti sau pur şi simplu dormi. De la o anumită vârstă, eşti înghesuit pe un culoar din ce în ce mai îngust şi-ţi dai seama la un moment dat că nu mai există cale de întoarcere. Nu ştii decât că te zbaţi să ajungi undeva la capătul celălalt al sălii, făcându-ţi loc printre ceilalţi oameni. După ce intri pe acel făgaş ireversibil, în care e o înghesuială mai ordonată, totul se termină ieşind pe altă uşă. Şi gata. Timpul şi mişcarea nu au nicio valoare când sunt cu tine.

Draft

Vreau să fim nuzi, dezbrăcaţi, goi, să ne arătăm goliciunea, vreau să ne iubim tot şi să ne urâm tot şi să ne devorăm tot. Astfel vom rezista. E o luptă pe viaţă şi pe moarte! Noi doi nu ne jucăm cu Iadul. Chiar suntem în el. Ştiu că simţi că te iubesc. Trebuie să simţi că sunt acolo chiar dacă nu sunt şi atunci când te

sperie lipsa mea, găseşte-mă în sufletul tău. De-acolo nu o să ies niciodată.

To: zmeul_albastru@yahoo.com

Putem să fim curve. Putem să ne minţim şi să trăim altceva decât ceea ce simţim. Putem să facem uşor tot ceea ce este urât şi banal. Dar faţă de noi înşine niciodată nu o să putem să ne ascundem cu adevărat. Faţă de ceilalţi, o putem face. Dar faţă de noi, niciodată. Şi Iadul atunci începe cu adevărat. În momentul în care te joci cu sufletul. În momentul în care te obligi să trăieşti ceea ce nu vrei să trăieşti. Din mii de motive. Decizia ne aparţine. Ratarea, la fel. Fiecare om ştie foarte clar când optează, de ce şi pentru ce optează.

To: floarea_soarelui@yahoo.com

Nu s-a întâmplat nimic cu tipele de pe facebook. Tot ce le-am scris e teorie. Eşti a mea şi numai a mea, să-ţi intre bine în cap.

To: zmeul_albastru@yahoo.com

De câte ori ţi-am spus „sunt bine"? Acum câteva clipe mi-am amintit cum îmi atingeai pielea după ce mi-ai spus că m-ai înşelat şi cât de greu mi-a fost să mă dăruiesc din nou fără reţineri. Câte scenarii îmi treceau prin cap, câte filme, câte gânduri pe milimetru de secundă. Ce cuvinte le spuneai, cum le abureai, cum le atingeai, cum le ţineai în braţe, cum o făceai... Te-am sunat pentru că nu mai puteam, trebuia să îţi aud vocea. Simt că mă sufoc fără tine. Şi nu e nicio metaforă în toată chestia asta. Poţi să îmi spui tot ce vrei, cum pot să te cred sau să mă îndoiesc.

Draft

Nu e nicio dramă în faptul că doi oameni care s-au iubit nu se mai iubesc. Se spune că oamenii se pierd din neatenţie. Uneori da, alteori nu. Viaţa este imprevizibilă. Apar situaţii, oameni care îţi schimbă chiar şi cele mai profunde valori. Şi asta nu pentru că eşti o fiinţă superficială. Ci pentru că, pur şi simplu, se întâmplă.

Vreau să împart cu tine toată senilitatea omenirii. Nu vreau să îmbătrânesc departe de tine, absurd.

To: floarea_soarelui@yahoo.com

Vreau să trăiesc cu tine şi numai cu tine, într-o lume sfântă numai a noastră. Cred că abia după ce te sufoci în mizerie cauţi cu adevărat să trăieşti curat.

To: zmeul_albastru@yahoo.com

Vreau să fii tatăl copiilor mei. Am ştiut asta de când ne-am făcut verighete din cerceii mei. Ne-am îndepărtat de început. Ţărmul abia se zăreşte. Dar reîntoarcerea e posibilă. Dacă ne este mai bine pe uscat, decât pe mare, luptăm să ajungem pe uscat.

To: floarea_soarelui@yahoo.com

E o perioadă mai grea, dar o să trecem prin ea împreună. Învăţăm în fiecare zi să trăim. Suntem ceea ce gândim.

Draft

Singurătatea uneori aduce cu sine nevoia de a ucide.

To: zmeul_albastru@yahoo.com

Cât de simplu ne ştergem la cur cu ceilalţi. Nu sunt un înlocuitor. Sunt sau nu sunt. Şi în ultima vreme nu prea sunt. Iar acest prea... doare. Prin urmare, îţi spun ce ţi-am spus aseară. Numai că aseară te uitai la mine şi orice spuneam, râdeai. Cine dracului suntem? Ne spunem cât de mult ne iubim, ne tot spunem şi dincolo de cuvinte ce e? Într-o zi o să ai urechile înfundate şi nu o să mă auzi că strig după ajutor. O să mor, uşor, uşor, lângă tine. De ce faci asta?

To: floarea_soarelui@yahoo.com

Şi eu simt „beţia" asta a trăirii, fără vorbărie. Şi pe mine mă irită vorbele, chiar şi cele despre iubire, când îţi spun parcă mă zgârie ceva pe creier, parcă mă aud de două ori pe mine însumi şi tot eu însumi îmi spun: ştiu, nu mai e nevoie să-mi spui.

Draft

Sper să îmi ţii locul lângă tine. Nu sunt departe. M-am dus doar până la toaletă. Doar că e budă de

ţară, fără condiţii, îmi ia mai mult timp până mă dezbrac.

To: zmeul_albastru@yahoo.com

M-am îndrăgostit. Reîndrăgostit. A nu ştiu câta oară. Ştiu că aşa o să fim împreună până murim. O să ne iubim şi o să ne urâm, fără să ştim ce e iubirea sau ura sau ştiind o să continuăm. Ne vom ţine de mână chiar şi atunci când vom crede că suntem la mii de kilometri distanţă unul de altul. Dacă într-o zi te-aş pierde cu adevărat, aş spune că întâlnirea noastră a fost cea mai bună glumă a lui Dumnezeu şi atunci i-aş face cadou viaţa mea, căci fără tine de ce i-aş mai lăsa-o? Urăsc condiţionalul.

To: floarea_soarelui@yahoo.com

Tot ce vreau eu să-ţi spun e să nu te scarpini invers. Vorbeşti foarte urât despre tine însăţi şi nu-mi place. De exemplu: ce înseamnă că dacă n-ai să reuşeşti, te aşteaptă moartea? Nu mi-ai distruge şi mie viaţa pe lângă a ta? Crezi că aş mai putea trăi fără tine. Te înşeli amarnic. Lucrurile autentice nu se precipită niciodată, nu se impacientează. Am încredere totală în tine. Ai să iei o decizie singură şi ai să împaci îngerul cu dracul.

Draft

Zmeule Albastru, cu copiii nu se glumeşte. Am fost un copil şi eu.

To: zmeul_albastru@yahoo.com

Promite-mi că noi nu vom trăi „Nunta-n cer". Se-ntâmplă în jurul nostru! Visez foarte urât de câteva nopţi. Acum câteva zile am mai visat un bebeluş, eram pe o masă de spital, trebuia să nasc, mi-au scos fătul, nu i-au tăiat cordonul ombilical pentru că trebuiau să îl bage din nou în carcera uterină, nu era încă format, arăta ca un monstru, plin de sânge, iar faţa mea era asemenea unui crater, tapetată cu sudoare şi cheaguri. Azi-noapte am visat viermi, mulţi viermi albi care ieşeau din mine. Am umplut o cadă de viermi şi de excremente. Mă trezesc de nu ştiu câte ori noaptea din somn, transpirată şi speriată. De ce?

To: floarea_soarelui@yahoo.com

Am râs copios la mesajul tău. Stai liniştită. Te apăr eu de toţi monştrii.

Draft

Oamenii îşi doresc bogăţii, averi, moşteniri. Eu l-am dorit pe Zmeul Albastru, o evadare într-o lume de basm, necondiţionată, liberă. Ne trebuia puţin ca să fim fericiţi. Ne trebuia să ne avem, să nu ne rătăcim, să ne păstrăm în fiinţă oriunde, în Rai sau în Iad. Dar uneori, din neglijenţă, din neatenţie sau din teamă ne pierdem în cele mai josnice şi meschine gânduri, ne alungăm din cele mai de temut simţiri şi, neputând să ne asumăm singurătatea, îl înjurăm pe Dumnezeu. Aşa trăim departe de sine. La limita de neîndurat a micimii

omeneşti. Zmeul Albastru era tot timpul acolo, pentru mine, ca potirul care aşteaptă în taină împărtăşania. Dar eu nu mai ştiam.

Îmi trebuia atât de puţin să fiu fericită. Îmi trebuia să îl văd, să-i mângâi trupul cu privirea şi să îl îmbrac în bucuria pe care o simţeam atunci când îmi era aproape. El nu îmi dădea niciodată nimic. Mă lăsa pe mine să îmi iau tot ce aveam nevoie, ca nu cumva ceea ce mi-ar fi dat el să nu fie potrivit sufletului.

Nu voi şti să vorbesc niciodată prin cuvinte despre dragostea aceasta. Dar voi şti să las viaţa să îmi zdrobească sufletul cu bogăţia ei şi să îmi îngroape timpul în explozii de frumos. Şi mai ştiu să las timpul să vorbească despre dragostea aceasta. Pentru că el este acum singurul cu care mă lupt.

To: zmeul_albastru@yahoo.com

Toţi avem parte de o lecţie de viaţă. Eu vreau să cred că, din toată mizeria asta, o să îmi găsesc din nou mătura şi o să pot din nou să zbor şi să fiu liberă.

To: floarea_soarelui@ yahoo.com

Dacă vezi că sunt bătut în cap, te rog eu să-mi dai o palmă după ceafă, fără menajamente. Vreau să nu pierd nicio clipă cu tine.

Draft

Viaţa e plină de opţiuni şi de semne de circulaţie. Depinde cât de bine faci slalom. Ascultă-ţi sufletul când

e vorba despre noi. Nu-i lăsa pe ceilalţi să îţi pună altă muzică şi să crezi că am tăcut. Bat în acelaşi timp cu inima ta, în surdină, căci sunt departe. Mi-e tare frică că nu mă auzi. Şi totuşi, undeva ne întâlnim, undeva unde noi doi nu vom afla niciodată, ne întâlnim într-un nod strâns legat de cer şi... şi suntem.

To: zmeul_albastru@yahoo.com

Nu vreau să trăim urât. Şi nu vreau să ne facem rău. Atunci când ţie îţi este rău, mie cum crezi că îmi este? Unul fără altul nu avem cum să trăim. O să respirăm dor, nu oxigen. Să încercăm să nu ne lăsăm speriaţi de nimic, să nu ne deruteze slăbiciunea din noi, laşitatea, frica. Suntem mai tari decât toate astea, dar, din neatenţie, putem să ne pierdem într-o fracţiune de secundă. De cele mai multe ori oamenii, când ajung în curmătură, se opresc. Nu au curajul să meargă înainte. Drumul spre frumos nu are dublu sens. Dacă ai pornit să cauţi, nu te opreşti.

To: floarea_soarelui@yahoo.com

Las timpul la aprecierea ta. Aş vrea doar să nu uiţi că este şi un timp al nostru, să nu mă excluzi din ceea ce trăieşti, din absolut nimic.

Draft

M-am retras în singurătate degeaba. Eşti oriunde. Crinul miroase în mine din ce în ce mai puternic. Stau departe ca să nu îi simţi mirosul. Nu vreau să îţi fac rău.

To: zmeul_albastru@yahoo.com

Te iubesc. Poţi pune la îndoială cel mai puternic cuvânt. Poate spui: „Vorbe, vorbe, vorbe". Nu-ţi cer nimic. Nici măcar să mă crezi. Faci ce vrei. Nu o să mă poţi opri să te iubesc.

To: floarea_soarelui@yahoo.com

Îmi este dor de tine de înnebunesc şi nu mă raportez la un timp concret, exterior. Este timpul din sufletul nostru, adică infinit.

To: zmeul_albastru@yahoo.com

Aş vrea să pot să te iubesc aşa cum nu am ştiut şi cum nu am făcut-o niciodată. Poţi să îţi dai seama că iubeşti dacă simţi că te sufoci de dorul celuilalt, dacă simţi că este aerul care-ţi face posibilă viaţa. Deci iubirea trece prin plămâni.

Draft

Uneori cuvintele nu trebuie să existe, căci, dacă există, strică. Uneori vorbeşti fără cuvinte. Uneori cuvintele rănesc pentru că se revoltă. Uneori cuvintele trebuie să tacă, să facă linişte şi să asculte cum vorbeşte tăcerea. Uneori cuvintele se rostogolesc în săruturi şi nu se mai numesc vorbe, ci taină. Sărutul unei mângâieri. Să se sărute două mâini, să se certe două mâini, să-şi povestească două mâini. Mângâierea unei tăceri. Să se mângâie două priviri. Să se atingă două priviri. Să se

dezmierde două priviri. Nu ştiu să vorbesc despre dragoste prin cuvinte.

To: floarea_soarelui@yahoo.com

Vreau să te văd râzând. Lasă lacrimile pentru atunci când o să fii cu mine. Crede-mă, o să ai nevoie.

To: zmeul_albastru@yahoo.com

Mie îmi vine să te sun din cinci în cinci minute să îţi spun că fluturii mei din stomac fac pui peste pui, se înmulţesc ca nebunii. E posibil să mori de fericire? Săptămâna trecută am simţit că mă sufoc de dorul tău. Iar acum simt că îmi plesneşte inima de câtă lumină mă inundă. Uneori, cele mai simple situaţii îţi sunt suficiente ca să fii fericit. Fluturii mei nu aşteaptă, nu au răbdare, zboară ca nebunii în toate direcţiile, mă gâdilă şi nu mă lasă să tac.

Draft

Când eşti pe un drum cu sens unic şi când nu mai există cale de întoarcere, nu-ţi mai permiţi orice. Fiecare secundă te costă altfel. Am început să îmi dau voie să exist, să mă consum fără restricţii, să fac nebuniile altei vârste şi să simt mirosul fiecărui gând care-mi face inima să tresară şi mă provoacă la viaţă. Când eşti la o respiraţie de moarte, nu mai ai vârstă.

To: floarea_soarelui@yahoo.com

Corpul tău miroase a crini şi are gust de fagure de miere.

To: zmeul_albastru@yahoo.com

Ca să pot să încep să-mi asum ceva, am nevoie de mine. M-am pierdut, m-am ascuns, trebuie să mă eliberez. Nu poţi respira la nesfârşit cu tubul de oxigen înfipt în faţă.

To: floarea_soarelui@yahoo.com

În fiecare zi deschid mailul să văd ce îmi mai spui. Aştept cuvinte noi. Aşa mă hrănesc. Îţi văd faţa aia de copil mereu, când te trezeşti dimineaţa şi eşti insuportabil de frumoasă. Tu nu ai cum să greşeşti. Tu nu greşeşti grav. Greşelile tale sunt necesare să te descoperi. Suferinţa pe care mi-o provoci mă face să te iubesc mai mult.

To: zmeul_albastru@yahoo.com

Nimic din ceea ce a fost nu mai poate să fie. Trebuie să schimb macazul, să o iau pe o altă linie, altfel o să sar în aer. Nu revin la nimic din ceea ce am avut. Tu simţi că te transformi într-o crisalidă. Dacă simţi că te transformi în ceva, fie şi într-o crisalidă, încă eşti viu. Eu nu simt nimic. Constat că am îngheţat. Nici respiraţia nu mi-o mai simt. Şi nici nu vreau să simt ceva. Vreau să trăiesc acest nimic până o să mă satur de el. Cu riscul de a nu mă sătura niciodată.

To: floarea_soarelui@yahoo.com

Nu-ţi mai face atâtea probleme. Până la urmă, iubirea dintre noi o să se dovedească mai puternică. În fond şi la urma urmei, este instinct pur de conservare să învăţăm să trăim în armonie. Nu avem încotro pentru că altfel murim.

Draft

Eu cred că nu distanţa dintre noi este tragică. Ci felul cum înţelegem distanţa asta. Ne ameninţă sau ne este indiferentă.

Omul nu poate schimba cursul evenimentelor din viaţa lui, ci doar felul în care le înfruntă. De cele mai multe ori, imaturitatea se transformă în neînţelegeri, gelozii, certuri, regrete şi acuzaţii. Doar oamenii slabi se spijină dependent unul pe celălalt, doar oamenii incompleţi care cred că pot prinde formă într-un întreg. Rodul unei astfel de uniri sporeşte nedesăvârşirea unei relaţii. Când simţi că s-a terminat, nu accepta virgula. Pune punct şi dă-ţi altă şansă.

To: zmeul_albastru@yahoo.com

Nu suntem doi străini, indiferent în ce punct o să ajungem, dacă o să ne intersectăm sau vom rămâne două linii paralele, nu putem să negăm ce am trăit până în acest moment. E ca şi cum ne-am nega sufletul. Mi-a fost ruşine când m-ai luat de la spital. M-ai găsit goală, fără nimic, cu sufletul pustiu, dezorientat. Între noi doi s-a pus soarele. Ne orbeşte. Cum crezi că putem să ne mai vedem unul pe celălalt?

To: floarea_soarelui@yahoo.com

Eu zic să învăţăm unul de la altul şi să acţionăm atunci când e nevoie, în momentele-cheie. Asta presupune implicare şi dăruire, nu detaşare şi respingere.

To: zmeul_albastru@yahoo.com

Ne certăm din ce în ce mai violent. Ne pierdem minţile. Se poate întâmpla orice. Orice. Dincolo de cuvintele noastre e o lume pe care o simţim şi o trăim. Dar ce folos când sufletul cere cârje şi când nu mai are puterea să zboare singur?

To: floarea_soarelui@yahoo.com

M-am uitat pe îndelete la poze. Apropo, ţi-am spus vreodată că eşti o femeie sufocant de frumoasă? Ne-am transformat. Dar nu ne-am pierdut. Încă suntem vii.

To: zmeul_albastru@yahoo.com

Las-o baltă. Nu mai există nimic din ce a fost şi nici măcar nu ştiu dacă a fost ceva. Din acest moment, nu îţi mai cer nimic. O să ajung la mal singură. Nu mai rezist în larg. Am îngheţat. Şi tu spui că e cald.

To: floarea_soarelui@yahoo.com

Nu vreau să-mi ceri ceva. Vreau să-mi ceri tot. Singura mea şansă este iubirea ta.

To: zmeul_albastru@yahoo.com

Nu mai există niciun dacă sau poate între noi. Nu mai există nimic sau nu există nimic. Fără „mai".

To: floarea_soarelui@yahoo.com

Nu ştii să-mi ceri atunci când ai nevoie de ceva de la mine.

To: zmeul_albastru@yahoo.com

Mă simt ca în filmele mute.

To: floarea_soarelui@yahoo.com

Adevărul e că n-am niciun haz fără tine. Vreau să vii înapoi.

To: zmeul_albastru@yahoo.com

Nu ne poate constrânge nimic, suntem liberi.

To: floarea_soarelui@yahoo.com

Indiferent cu cine flirtez, e steril. Nu coboară nimeni în suflet ca tine.

To: zmeul_albastru@yahoo.com

Nu există vină, nu are logică, s-a oprit inima. Atât.

To: floarea_soarelui@yahoo.com

Niciodată nu o să mă satur să trăiesc cu tine. Bine sau rău la Infinit, după ce trece orgoliul şi rămâne sufletul.

To: zmeul_albastru@yahoo.com

„Toate aşa-zisele suflete frumoase au la bază un rău fiziologic." Nietzsche în „Ecce homo": cum devii ceea ce eşti.

To: floarea_soarelui@yahoo.com

Oriunde merg te caut pe tine.

To: zmeul_albastru@yahoo.com

Am zburat cu aripi de hârtie, a venit furtuna, le-a înmuiat şi m-am izbit de pământ. Mi-a rămas capul înţepenit într-o baltă şi nu mai am vise. Ce ciudat. Şi eram sigură că am aripi de cea mai bună calitate. Oare am fost atât de neatentă, sau mi-a fost atât de frică să zbor mai sus?

To: floarea_soarelui@yahoo.com

Urăsc tot ce te bucură în afară de mine.

To: zmeul_albastru@yahoo.com

Certitudinea absolută a ceea ce sunt s-a proiectat asupra unei realităţi întâmplătoare oarecare, tot el o spune şi este ceea ce mi s-a întâmplat mie. Nu am cum să neg. Când ceea ce ni se întâmplă nu coincide cu ceea ce intuiam sau speram, reacţionăm ca la boală. Suntem confuzi, derutaţi, incomodaţi pe moment, poate o perioadă ne luptăm, după care ne vindecăm sau murim. Din dragoste mor adolescenţii şi spiritele imature. Romantic, dar unde duce asta? Nici măcar Shakespeare nu a insistat pe asta.

Din iubire nu moare nimeni. ÎnvIază mulţi.

To: floarea_soarelui@yahoo.com

E absurd să negi ceea ce e evident. Avem nevoie unul de altul pentru că respirăm unul prin altul.

To: zmeul_albastru@yahoo.com

Poate că sfârşitul din oameni există de la bun început, dar noi evităm să îl vedem sau să îl acceptăm.

To: floarea_soarelui@yahoo.com

Important e să-mi scrii, să mă ajuţi să respir.

Draft

Ne-am reîntâlnit a doua zi. Şi am refăcut drumul pe care cu o seară înainte l-am parcurs singură. Doar că acum îl ţineam strâns de mână pe Zmeul Albastru şi îi povesteam cu detaşare despre ceea ce simţisem cu o zi înainte. Cinismul este singura soluţie când încerci să reproduci intensitatea cu care sufletul tău a vibrat într-un moment de abandon. Mergeam pe trotuarul

opus, în sens invers faţă de ziua precedentă, împreună şi vedeam viaţa cu totul altfel. Nu există nimic care să te despartă de omul pe care îl iubeşti. Doar moartea. Moartea desparte fizic. Sufletele nu au cum să fie despărţite decât de lipsa de iubire. Dintre ziduri, praf, claxoane, zăpuşeală am fugit la Vama Veche. Am dansat până la răsăritul soarelui, când din ritmurile diverse pe care ne-am întins trupurile a început să se audă Ravel. Răsăritul îşi făcea apariţia, bărcile pescarilor se desprindeau de ţărm, corpurile bete, amorţite, boeme, îndrăgostite s-au prăbuşit pe ţărm, iar de undeva, de nicăieri sau de foarte aproape, din boxele de la Stuff, răsuna Boleroul. ***La Vama Veche soarele răsare pe*** Boleroul ***lui Ravel. Şi mi-am adus aminte că inima bate, că sufletul e un praf de nisip, că privirea are aripi, că poţi să faci plajă pe timp, că poţi să alergi printre valuri sau prin valuri şi să te îneci în frumos, că de cele mai multe ori ceea ce ţi se întâmplă este pentru că laşi să ţi se întâmple şi că nu ai cum să te plângi atât timp cât tu consimţi la devenirea ta. Un singur lucru ştiu. Când iubeşti, moartea rămâne un simplu medalion agăţat de o brăţară la glezna piciorului tău.***

To: floarea_soarelui@yahoo.com

„Would you like to be my harem?"

To: zmeul_albastru@yahoo.com

Super. Cu un singur amendament. Îţi cer să mă anunţi şi pe mine când începi şi va fi decizia mea ce fac după.

Draft

Zmeul Albastru s-a pornit. Avalanşă de sms-uri. Acide. Răspunsuri pe măsură. Considerăm că răfuiala la telefon este mult mai activă. Sună. Sun. Nici nu mai ştiu. Tonalităţi ridicate, glasuri transformate, vene umflate, tâmple care zvâcnesc, mâini care tremură, ochi bulbucaţi. Niciunul nu reuşeşte să îl convingă pe celălalt. Ne certăm ca nebunii, în timp ce sufletele noastre se iubesc dincolo de tot ceea ce spunem. Ne jurăm despărţiri în timp ce ştim că nu am putea trăi despărţiţi niciodată. Cred că firmele de telefonie mobilă ar trebui să ne devină sponsori pentru dramele noastre. Sau să-şi facă publicitate organizând tot felul de concursuri în care primeşti ca premiu impulsuri. Să recunoaştem că cele mai multe telenovele se consumă la telefon. Sms: „A fost o încercare. Nu am de gând să încep nicio altă relaţie".

CERUL NU MAI E LA LOCUL LUI

To: floarea_soarelui@yahoo.com

Am întâlnit-o pe fata visurilor mele şi sunt fericit. În rest, mă zbat să supravieţuiesc ca tot omu', şoapte/ţipete, culori/întuneric şi apoi...

To: zmeul_albastru@yahoo.com

Şi eu sunt fericită. Mi-am regăsit aripile. Perioada în care nu ne-am vorbit e comparabilă cu o moarte clinică. N-am mai crezut că o să mai fiu în stare să îţi vorbesc vreodată despre asta. Am sperat că tăcerea dintre noi vorbeşte mai mult decât vorbesc cuvintele şi că tu simţi mai mult decât îţi arătam eu că fac. Imaginează-ţi filmul: suntem într-un F-117 în curs de prăbuşire, fiecare sare pe cont propriu. Despărţirea de tine nu a fost doar o despărţire. Erai în toate celulele mele, în sânge, în toţi porii. Nu pot să mai zic nici măcar „îmi pare rău", ar fi amuzant. Cum să zic asta când tu eşti fericit?

Draft

O să mă suni într-o zi şi o să îmi spui că nu mai eşti cu fata aceasta. Şi eu n-o să te întreb: dacă fata visurilor nu este cea cu care să îţi petreci viaţa, atunci care?

To: floarea_soarelui@yahoo.com

Nu trebuie să te justifici!

To: zmeul_albastru@yahoo.com

Nu ţi-am scris ca să mă justific. Nu e un act formal şi sec. Erau puţine reacţii pe care puteai să le ai după atâţia ani de tăcere... Spuneai până nu demult: „Tu nu eşti asta, nu, nu poţi fii asta, nu poţi să te porţi aşa" şi simţeai că nu sunt eu, în ciuda a tot ceea ce spuneam sau făceam. Ştiu că indiferent cine a apărut în viaţa ta, ceea ce este între noi este mai presus de voinţa noastră şi nu are cum să fie schimbat de nicio altă persoană care apare. Suntem părţi ale aceluiaşi suflet. Iniţial, când am citit „fata visurilor mele", m-a buşit râsul. Nu te-am crezut sau am vrut să fie o minciună. Tipic femeiesc. După care mi-am dat seama că nu este problema mea şi că motivul pentru care am revenit nu este să îţi scormonesc ţie viaţa. N-am spus decât foarte puţin din tot ceea ce am de spus. Nu e momentul în care să ai timp pentru asta. Dacă va fi vreodată momentul, o să aflăm.

To: floarea_soarelui@yahoo.com

Nu-ţi port niciun fel de resentimente.

To: zmeul_albastru@yahoo.com

M-ai sunat cândva şi mi-ai spus: „Simt că mă iubeşti aşa cum te iubesc eu. Şi asta indiferent de ce îmi spui tu". Nu ţi-am spus nimic pentru că ştiai tot. Mai ai o singură şansă. Ca tot ceea ce ai trăit cu mine să nu fie autentic, să fi fost doar o închipuire. Tu… cel care nu se înşela niciodată şi care avea certitudini absolute. Să-ţi spun ceva esenţial? În tot acest timp nu am simţit niciodată ceva legat de tine la trecut. Ştii ce-i spuneam mamei când eram mică? Că atunci când o să fiu mare, o să mă fac apă. Într-un fel… mă simt aşa.

To: floarea_soarelui@yahoo.com

Of, of, ai suflet de copil! Sper să nu te schimbi niciodată.

Draft

Perioada asta pe care o trăim acum este ca aceea pe care o trăieşte un părinte care îşi lasă bebeluşul

acasă şi nu are posibilitatea să stea să vadă cum creşte. Dar bebeluşul nu o să ştie niciodată că părintele a făcut asta şi nu o să îl judece. Noi suntem bebeluşi acum. Ne distrugem ca să ne recreăm şi la întâlnire să fim curaţi. Nu am niciun sens fără tine. De unde ştiu asta? Nu pot să respir. La gândul că te pierd, mă sufoc.

To: floarea_soarelui@yahoo.com

Scrie-mi pe o bucată de lemn şi las-o să plutească pe ocean. Eu asta fac acum şi ghici ce ţi-am scris pe ea?! Am simţit că ţi-a fost rău. Sper să nu fie adevărat.

To: zmeul_albastru@yahoo.com

Am trăit fiecare în lumea lui tot timpul ăsta. Cum dracului nu ne-am dat seama?

To: floarea_soarelui@yahoo.com

Mă trezesc dimineaţă gol ca un porţelan gata să se spargă. Apoi mă duc la muncă, vin seara acasă şi tot gol mă simt. Până şi gândurile au un ecou sec. Se întorc tot la mine şi nu ştiu unde să le mai pun. Gol şi mic, căci tu nu eşti aici. Şi fiecare zi trece ca o scuză. Şi dacă nu o să îmbătrânim împreună, viaţa mea va fi o mare scuză.

To: zmeul_albastru@yahoo.com

Încearcă să mă ignori. Nu merit atenţia ta.

To: floarea_soarelui@yahoo.com

Eşti totul pentru mine şi aşa vei rămâne toată viaţa.

To: zmeul_albastru@yahoo.com

Ţie ţi se pare că ai umor?

To: floarea_soarelui@yahoo.com

Ţi se pare că eşti serioasă?

To: zmeul_albastru@yahoo.com

Dacă te uiţi la viaţa mea acum, o să te simţi ca în faţa unui desen animat.

To: floarea_soarelui@yahoo.com

Hai să ieşim din convalescenţa asta a sentimentelor contradictorii. Hai să ne asumăm.

To: zmeul_albastru@yahoo.com

Spre deosebire de mine, tu ai certitudini. Nu ştiu dacă asta te face să te simţi într-un fel sau în altul, nu ştiu dacă te apropie de nefericire. Zbori în bătaia săgeţii?

To: floarea_soarelui@yahoo.com

Aseară a fost ceva de nedescris. Mă fascinai, te simţeam detaşată şi în acelaşi timp ştrengăriţă. Aseară mi-ai arătat câtă putere ai asupra mea, cum mă iubeşti.

To: zmeul_albastru@yahoo.com

„Copacii sunt efortul nesfârşit al Pământului de a vorbi cu Cerul" — Tagore.

To: floarea_soarelui@yahoo.com

Şi eu mă sufoc de dorul tău.

To: zmeul_albastru@yahoo.com

Credinţa este pasărea care cântă atunci când încă nu au apărut zorii.

To: floarea_soarelui@yahoo.com

Nu te juca, Doamne, cu mine!

To: zmeul_albastru@yahoo.com

De tine am nevoie. Doar de tine.

To: floarea_soarelui@yahoo.com

Oamenii l-au inventat pe Dumnezeu ca să nu moară de plictiseală.

To: zmeul_albastru@yahoo.com

Dacă plângi pentru că soarele a dispărut din viaţa ta, nu crezi că nu o să te mai poţi bucura de stele?

To: floarea_soarelui@yahoo.com

Niciodată nu ne dăm seama când începe dragostea, ci mereu realizăm asta doar când o pierdem. Lucrurile importante în viaţă ţin de un fel de al şaselea simţ, nu ai cum să fii pregătit să le înfrunţi, orice ai face.

To: zmeul_albastru@yahoo.com

Citesc mailurile tale şi mă simt atât de aproape. Dar aproape de ce? Din ce în ce mai des am senzaţia că îmi pierd minţile, că port în mine un cadavru. Îţi este familiară senzaţia, nu? Reacţie la supradoza de speranţă, de iluzie.

To: floarea_soarelui@yahoo.com

În ceea ce priveşte dragostea şi iubirea, le poţi trăi cu adevărat doar dacă rişti tot, dacă te dai tot. Doar nu vrei acum să încep şi eu să mă dau cu capul de pereţi. Astea sunt „trăiri" tipic femeieşti. Dacă tu crezi că lumea începe şi se termină cu suferinţa ta, eşti nebună.

Draft

Nu simt nici măcar bucata de carne ce îmi acoperă scheletul. Opreşte-mi sufletul din tremurat. Cântă-mi un cântec de leagăn.

To: zmeul_albastru@yahoo.com

Aş fi vrut să fie altfel.

To: floarea_soarelui@yahoo.com

Îmi lipseşte zâmbetul tău.

To: zmeul_albastru@yahoo.com

Căzut pe spate, la pământ, nu poţi privi decât în sus.

To: floarea_soarelui@yahoo.com

Nu sunt perfect, te aştept cu imperfecţiunile mele. Poate ar trebui să ne apropie, nu să ne facă să ne respingem.

To: zmeul_albastru@yahoo.com

Când nimic nu e sigur, totul e posibil. Nu îmi mai găsesc locul. Ce-i drept, nici nu l-am căutat unde trebuie.

To: floarea_soarelui@yahoo.com

Dacă arunci un om pentru că nu coincide cu idealul tău, înseamnă că nu îl iubeşti pentru ceea ce e, ci pentru ceea ce ai fi vrut să fie.

To: zmeul_albastru@yahoo.com

Nu ai de unde să ştii cum sunt, ce simt, ce se întâmpla în/cu mine.

To: floarea_soarelui@yahoo.com

Părerea mea e că acum trăim un rahat mai mare decât înainte. Nu văd niciun sens în a fi despărţiţi. DAR asta nu înseamnă că trebuie să ne complacem în a trăi un nimic îndulcit. Ştii foarte bine ce ai de făcut, nu îţi mai spun eu.

Draft

Vise, vise, vise... Ce săraci am fi dacă nu am avea vise. Mare parte din viaţă ne-o petrecem dormind şi visând. Mi-e un dor nebun de Portiţa, să mănânc ciorbă cu apă din Razem, să adorm cu valurile la nas, să mă ascund într-o scorbură de nisip şi să citesc Chuck Palahniuk la umbră când soarele se dezlănţuie în miezul zilei, să am pielea sărată şi plină de nisip, să umblu desculţă şi dezbrăcată, doar cu o eşarfă aruncată pe mine când trebuie să mă duc la duş, să mă pierd în discuţii interminabile pe vreo terasă rătăcită şi să ascult un concert de vioară la lumina focului de august. VISEZ!!!!! Cine mai ştie dacă va mai fi... ca în cer...

To: zmeul_albastru@yahoo.com

Fug cât pot, cât am respiraţie şi tălpi pentru suflet. Nu ştiu încotro, nici nu trebuie să ştiu. Cad, mă ridic şi tot aşa, mă târăsc, dar nu mă las. Încăpăţânare? Ambiţie? Prostie? Destin? Cine ştie?

To: floarea_soarelui@yahoo.com

Tu singură mi-ai spus că nu mai vrei să fim intimi. Pentru mine asta înseamnă că trebuie să păstrez distanţa.

To: zmeul_albastru@yahoo.com

Dacă aş putea să mângâi obrazul Cerului cu mâna.

To: floarea_soarelui@yahoo.com

Alegerile înseamnă sânge, nu vorbe? Să înţeleg că mai bine te las să-mi vorbeşti, să te zbaţi, să-ţi ascult dialectica vinovăţiei şi a crucificării, fără să-ţi spun şi ce cred eu.

To: zmeul_albastru@yahoo.com

Te iubesc dincolo de tot ceea ce ţi-am spus vreodată sau nu ţi-am spus încă.

To: floarea_soarelui@yahoo.com

Metafizica mea, poezia mea, şi totul ca să-ţi fie ţie bine.

Draft

Mă simt într-un vârtej în care te văd cu ochii minţii, te pipăi cu mâinile minţii, te ating cu buzele minţii. Parcă nu eşti tu. Dar nu eşti tu, pentru că eu nu sunt eu. Sunt speriată, încolţită, ameninţată de propria mea neputinţă. Lupta cu crinul din mine nu este uşoară. S-a agăţat strâns de mine şi în loc de apă se hrăneşte cu sângele meu. Curge durere din suflet. Robinet stricat. Caut instalator. Eu însămi ar trebui să fiu. Deocamdată sunt în vacanţă. Copilul din mine s-a speriat

de mama focului. Acum s-a retras în vizuină şi-i e frică să mai scoată capul. Nepăsarea e arma cu care ucizi sigur. Uşor, uşor până într-o zi, când se termină. Şi când îţi vei scoate dopul din urechi, va fi prea tărziu.

To: zmeul_albastru@yahoo.com

Cu cât vreau să te îndepărtez, cu atât simt că îmi este imposibil.

To: floarea_soarelui@yahoo.com

Am aflat eu că femeile sunt foarte impresionate de tipii nepăsători.

To: zmeul_albastru@yahoo.com

De fiecare dată când ţi-am zis să ne despărţim, nu mi-am dorit asta cu adevărat. Am minţit. Ba mai mult decât atât, te-am şi convins că ceea ce spun este aşa cum spun.

To: floarea_soarelui@yahoo.com

Am luat decizia şi nu îmi mai pasă de consecinţe. Nu ştiu ce o să se întâmple, nu ştiu ce o să facem când o să ne întâlnim pe stradă când o să crăpăm de dor. Aştept clipa când o să fii doar tu cu tine şi ai să ştii ce vrei de la noi doi. Poate că atunci o să facem cunoştinţă cu adevărat. Ce-o fi, o fi, eu unul am sărit în apă.

To: zmeul_albastru@yahoo.com

Sufletul tău. Când iubeşti, celălalt eşti tu în oglindă. Cum poţi să te desparţi de tine? Să te urăşti pe tine?

To: floarea_soarelui@yahoo.com

Fidelitatea poate fi exprimată simplu: alegerea omului de a dărui fructele cele mai frumoase unui singur om.

PARIURI PE CLIPE DE CEARĂ

Draft

Mi-e dor să înotăm în largul mării, să nu mai vedem ţărmul... Mi-e dor să urcăm pe munte, spre Pătrunsa, până nu ne mai simţim picioarele, să muşcăm dintr-un colţ de pâine proaspătă şi să ne lingem degetele de smântână, să ne lipim buzele de ţâţa vacii şi să tragem cu calicie laptele afară, să ne înfundăm nările cu miros de iarbă proaspătă şi privirea cu sălbăticie, să ne punem cireşe după urechi, să îmi faci cercei din răşină şi vise din conuri de brad, să-mi astupi trupul cu nisip şi să-mi laşi părul să se pieptene în bătaia valurilor, să sărut prin sărutul copacilor, să privesc prin ochii Cerului. A? Moartea îmi zâmbeşte din colţul camerei. Mă auzi? Ia-mă de aici, fă ceva. Viaţa ar trebui să fie o eternă lecţie în care să ne pregătim să murim.

To: zmeul_albastru@yahoo.com

Am ştiut întotdeauna când îţi era rău, dar nu aveam ce să fac. A trebuit să trecem prin asta. Nu aveam cum să sărim etape doar pentru că noi considerăm că nu e corect, că e ilogic, că nu trebuie să ni se întâmple. Nu regret nimic din ceea ce am trăit sau trăiesc pentru că oricum ni se întâmplă. E mai presus de voinţa mea. Şi frumuseţea nu este să schimbi cursul apei, ci să îl simţi, să îl accepţi şi să intri în armonie cu el. Din fericire, noi doi, indiferent unde vom fi în viaţa asta sau în alta, vom comunica neîntrerupt prin ceea ce simţim.

To: floarea_soarelui@yahoo.com

Poate o să ne mai întâlnim la o cafea şi o să ne cunoaştem şi noi mai bine, şi o să râdem de toate problemele astea legate de iubire. Că şi iubirea poate fi un broscoi deghizat într-un prinţ frumos ☺. Sunt sigur că nu ţi-ai pierdut umorul.

To: zmeul_albastru@yahoo.com

Ne naştem, creştem, ne îndrăgostim, suferim de gelozie, ne despărţim, îmbătrânim, murim. Acum câţiva ani spuneam: omul este ceea ce îşi aminteşte despre sine. Acum adaug: dar, în acelaşi timp, este şi idealul spre care tinde. Iadul este locul în care trecutul se războieşte mişeleşte cu omul, este locul în care amintirile, ca nişte larve din filmele cu extratereştri, crapă şi cresc infinit din trupul şi sufletul nostru. Singura care te ajută să traversezi Iadul şi să nu rămâi îngenuncheat în el e iubirea. Iubirea nu are amintiri, nu are trecut. Când iubeşti, nu vorbeşti despre persoana iubită la trecut. Budiştii sunt convinşi că omul este întotdeauna altul, născându-se neîncetat. Ştii cum defineşte Nichita Stănescu omul? „O pată de sânge care vorbeşte."

To: floarea_soarelui@yahoo.com

Am întâlnit pe altcineva.

To: zmeul_albastru@yahoo.com

Care din noi suntem noi? Cel de atunci, cel de acum, cel de mai târziu? Cu câtă uşurinţă trecem de la un vis la altul? Ştiu că în toată perioada cât nu am vorbit, ai primit semne de la mine. Gânduri care te-au făcut uneori să tresari, senzaţii, mirosuri, imagini, zgomote, frig... şi bătăi acute de inimă. Indiferent cine este acum lângă tine, nu are legătură cu noi. Noi comunicăm prin respiraţia noastră şi asta nu o să ne-o ia nimeni şi nu o să dispară niciodată. Mi s-a confirmat asta în toată perioada cât nu am comunicat concret. Gândul a fost mai puternic decât noi. Cât de uşor putem trece de la un „te iubesc" la un alt „te iubesc"? Am reînceput să fac fotografii. A fost o perioadă lungă, ani de zile, în care nu am reuşit să leg nicio imagine. Nu mai vedeam nimic. Într-o zi, Dumnezeu a trimis peste mine o ploaie, de parcă mi-ar fi şoptit: e de-ajuns, acum poţi să te trezeşti. Mi-a redeschis uşa sufletului şi am început să respir. Îţi aminteşti cât de mult râdeam împreună? Aproape din orice... Oricine iubeşte trebuie să iubească până la capăt şi să-şi asume tot ceea ce îi scoate înainte dragostea.

To: floarea_soarelui@yahoo.com

O iubesc!

To: zmeul_albastru@yahoo.com

Avem tot timpul din lume. Dacă suntem ceea ce am crezut noi că suntem. Aşteptarea este o iluzie. În viaţă, în general, nu ai ce să aştepţi. Trebuie să poţi să trăieşti tot şi la final să vezi ce rămâne. Dacă nu ne-am lămurit încă, vom vedea la final ce am fost. Coaja se vede întotdeauna, miezul te surprinde.

To: floarea_soarelui@yahoo.com

Acum trăiesc altceva.

Draft

Avem de făcut împreună un drum luuuuuuuuuung. Să ajungem doi bătrânei cu părul cărunt, cu nepoţi, cu zâmbete, să ne ţinem de mână, să ne pupăm şi să râdem de început.

ÎN MINE CREŞTE UN CRIN

To: floarea_soarelui@yahoo.com

Să nu uiţi că răul ăsta îl trăim împreună chiar dacă suntem singuri acum.

To: zmeul_albastru@yahoo.com

Vrei să ne întâlnim să vorbim despre vreme?

To: floarea_soarelui@yahoo.com

Suntem goi, suntem desculţi şi urlăm de fericire printr-o simplă privire. În mine este soare, iar eu nu te văd decât pe tine, respir prin tine şi sunt fericit.

To: zmeul_albastru@yahoo.com

Nu am trăit o aventură. A fost toată răsuflarea de care am fost în stare. O să mor.

To: floarea_soarelui@yahoo.com

N-o să se întâmple nimic rău. N-am să permit nimănui să-ţi facă rău. Tot răul de la tine să vină la mine! Când te culci seara, gândeşte-te că te iubesc, când te scoli dimineaţa, gândeşte-te că te iubesc.

To: zmeul_albastru@yahoo.com

Am văzut „Love in time of cholera".

To: floarea_soarelui@yahoo.com

Oamenii se cunosc în funcţie de împrejurări. Sufletele se întâlnesc dincolo de orice împrejurare. E suficientă o singură privire ca să ştii că omul acela ţi-e predestinat. Mie mi-a fost suficientă o simplă emisiune la radio, ce să mai vorbesc de privirea ta. Când e vorba de suflet, nu suntem constrânşi de împrejurări.

Draft

Căutăm moartea atunci când suntem copleşiţi de viaţă, dar e o capcană pentru că moartea nu e o evadare. Amelie Nothomb spune că singurul temei pentru sinucidere e frica de moarte — paradoxal, nu? Frica de moarte e de fapt frica de dorinţa de moarte. E, practic, o dovadă palpabilă a faptului că nu suntem obligaţi să trăim, că nu ne putem complace în marionete fără să

ne minţim, altfel n-ar putea fi dorinţa de moarte mai puternică decât viaţa.

To: zmeul_albastru@yahoo.com

Zile la rând am deschis şi am închis adresa de mail pentru că nu reuşeam să leg două cuvinte. Aş fi vrut să te întreb multe, aş fi vrut să îmi răspunzi, aş fi vrut să ştiu unde eşti, ce faci, cum eşti.

To: floarea_soarelui@yahoo.com

Trebuie să alegi cu cine şi cum vrei să trăieşti. Nu poţi permite ca minciuna asta să devină un stil de viaţă, care să te domine. Eu unul nu mă mai întorc la ceea ce am trăit înainte.

To: zmeul_albastru@yahoo.com

Să miroşi moartea şi să îţi dai seama că viaţa ţi-a trecut printre degete ca nisipul, când aveai forţa să o strângi în pumn. Asta e absurdul, o felie din ironia divină, umorul divin. Să te întrebe cineva: „De ce eşti fericit(ă)?" şi să îi răspunzi: „Degeaba". Ce tare!

To: floarea_soarelui@yahoo.com

Când vrei să te desparţi, te desparţi, indiferent de voinţa celuilalt. Şi greşeşti amarnic: eu nu ne-am părăsit pe noi doi (în limbajul dragostei), nu am cum să fac asta pentru că te iubesc şi nu exist fără tine. Eu am oprit minciuna dintre noi doi.

To: zmeul_albastru@yahoo.com

„Faptul că exist eu dovedeşte că lumea nu are nici-un sens." Cioran. Îţi aminteşti?

To: floarea_soarelui@yahoo.com

Ai grijă să nu laşi golul ăla să devină din ce în ce mai mare şi să-ţi umple viaţa. Dacă e doar un balon, sparge-l cu un ac, POC! Dacă-i o apă adâncă, zbate-te până nu-i prea târziu. Dacă-i mocirlă, suflecă-ţi pantalonii şi mergi mai departe sau strigă-mă. În niciun caz eu nu stau pe margine. Te caut tot timpul. Nu ştiu dacă am puterea să te ajut, dar nu o să mă las păgubaş niciodată. Ştiu că mă iubeşti dincolo de ceea ce spui.

To: zmeul_albastru@yahoo.com

E o diferenţă clară între carnea friptă şi cea crudă, între un cer desenat şi unul viu, între respiraţie şi masca de oxigen, între o privire clară şi una sedată.

To: floarea_soarelui@yahoo.com

Ce trăim noi doi, deocamdată, este o contradicţie permanentă. Dacă ai să înţelegi contradicţia, atunci ai să înţelegi şi haosul din mine.

Draft

E timpul pentru sare pe rană. Realitatea sfârtecă. N-aş vrea să mor aiurea. Aş vrea să mor cu sărutul tău pe buze. În rochie albă de mireasă.

To: floarea_soarelui@yahoo.com

Nu înţeleg ce atâta nebunie. Ce tot înnebuneşti atâta? Ce-ai să faci când o să ai de-a face cu lucruri mai grave în viaţă? Îţi smulgi tot părul din cap? Am visat toată noaptea că urlai la mine, iar eu mă simţeam neputincios şi nu înţelegeam de ce te agiţi atât. Mai termină cu nebunia asta odată, că altfel o să înnebunim toţi. Şi eu, şi mama, şi bunica. AAAAAAAAAAAAAAAAAAAAAAAA.

Draft

Oamenii simt sau nu simt că nu sunt numai carne, simt sau nu simt că dincolo de tavanul albastru, poetic botezat cer, nu se ascunde Infinitul, simt sau nu simt că Dumnezeu există, că viaţa nu înseamnă numai viaţa de-aici, că moartea nu înseamnă numai moartea de dincolo, că nu există un concret absolut, o regulă absolută, nu există o reţetă, nimic din toate acestea care să te convingă mai mult decât fiinţa ta. Lupta se dă între tine şi tine, între tine şi Dumnezeu. Nu prin intermediari. Iubirea nu se calculează la pătrat sau la cub, nu se pune nici pe cântar şi nici nu se împlineşte prin formulele mistice întâlnite într-un basm din copilărie. Iubirea nu este ceva frumos şi nici ceva urât. Nu aduce fericire sau groază. Nu primeşte bogaţi sau săraci. Nu ucide şi nu naşte. Este ceea ce te ţine în viaţă chiar dacă tu îţi dai seama, chiar dacă nu. Diferenţa între a şti că iubeşti şi a nu şti că iubeşti nu e importantă. Ţine doar de gust. Totul în viaţă ţine de gust.

To: floarea_soarelui@yahoo.com

Relaxează-te. Disperarea nu te lasă să vezi nimic clar.

Draft

Să nu începi cu aforisme: „Tot ceea ce este inutil este util", „Tot ceea ce ni se-ntâmplă are o logică", bla, bla, bla. Filosofia ciocanului. Ai puţin curaj să mori. Ce laşi în urmă în afară de o pajişte plină de clipe veştejite, mii de umbre fără respiraţie, fantome, frică, indiferenţă? Dacă viaţa tot trece, atunci să treacă oricum, nu? La ce bun să ridici un om căzut, să speli noroiul din privirea unui copil sau să scoţi ţeapa înfiptă într-un suflet deznădăjduit? La ce bun? Cui foloseşte? Faci ceva care să folosească la ceva. Întotdeauna facem ca să primim în schimb satisfacţie. Niciodată nu facem ceva necondiţionat. Iubirii îi cerem credinţă, prieteniei îi cerem virtute, lui Dumnezeu îi cerem certitudini. Garanţia ne fentează. Nu putem respira dacă nu avem garanţii. Sufletul şi-a câştigat statutul de mobilă. Trebuie să existe un act care să îi certifice valoarea. Îi cerem raţiunii parteneriatul, logicii subordonarea. Sufletul nu face altceva decât să zburde între o existenţă şi o nonexistenţă, dacă cele două veşnicii mai au vreun sens pentru muritorul de azi.

To: floarea_soarelui@yahoo.com

Nu ne facem timp de noi. Soarele răsare. Soarele apune. Ce este între? Aşa ne pierdem. Nimeni nu ne dă acest timp. Dar putem să ni-l luăm singuri.

Draft

Cât de uşor poţi să-ţi vinzi sufletul... atât cât deschizi un robinet sau cât laşi să se rostogolească pe asfalt un zâmbet, atât cât îţi înfigi tocul de la cizmă într-o pâine caldă sau cât îţi legi o brăţară de iederă pe chip. Stăm să ne gândim minute întregi cu ce să ne îmbrăcăm dimineaţa, ce cuvinte să folosim într-o conversaţie, cu ce mască să defilăm în funcţie de context, dar oare de ce nu acordăm tot atât de mult timp unui părinte care ne aşteaptă zile întregi şi ne poartă dorul în suflet şi nu ne cere să venim să-l vedem, sau unui copil care arde să ne strângă în braţe şi noi nu suntem în acel moment acolo. Câţi fluturi ucidem în tot ce facem inutil?

To: floarea_soarelui@yahoo.com

Nu ai dreptul să ai îndoieli. Deznădejdea e un păcat. Crezi şi atunci când pare o nebunie să crezi. Aici te diferenţiezi de restul.

Draft

Visele se pot închide în vârste sau în suflete. Ca să se împlinească, nu trebuie să le atingi. Iarna. Aşa şi-a numit Dumnezeu naşterea. Brazi albi, albi până la durere, albi până la extaz. Parcă nu erau lângă mine vii, cu inima, cu nelinişti, cu frică. Parcă erau desprinşi dintr-o fotografie alb-negru. Ce ipostază desfrânată şi-a ales Dumnezeu la naştere. Liniştea ciripea. Un delir al plictiselii se rostogolea prin faţa privirii mele. Plictiseala lui Dumnezeu era incontrolabilă. Dumnezeu se năştea plictisit şi nimeni nu avea cum să intervină. Asistând la naşterea lui Dumnezeu, am devenit complice la plictiseala lui. Plictiseala lui Dumnezeu sau frica infinitului de neant. Iarna lui Dumnezeu sau iarna noastră, iarna ta, iarna mea. Brazi albi, îmbrăcaţi în chiciură îmi creşteau în suflet în fiecare secundă. Fiecare clipă dădea naştere unei rădăcini. Viaţa mea... o pădure ninsă, unde urlă tăcerea, unde cresc neliniştile, unde se ucid păsările care nu plâng, ci zboară, unde se zgâiesc remuşcările şi cioturi, zeci, sute, mii de cioturi de conştiinţă ne strangulează insistent speranţa. Nu te consola că folosesc singularul. Este un singular obiectiv. Te include. Imaginează-ţi o pădure de brazi vii, dar îngheţaţi, brazi care tac ţipând, care nu mai respiră, dar trăiesc, morţi, dar vii. Şi undeva... tu, eu, noi. O creangă ruptă, naivă, care se prinde singură de pământul facerii. În lupta cu Dumnezeu nu ai nevoie de milă. De milă ai nevoie în lupta cu Diavolul. Anii trec, anotimpurile se schimbă şi crenguţa s-a prins de aripa unui înger şi a învăţat să zboare. Şi crenguţa a crescut între două veşnicii şi iarna nu a rupt-o şi, după un timp, din pădurea de brazi îngheţaţi s-a desprins setea de viaţă. Dumnezeu nu mai era plictisit. Călcăm iubirea în picioare pentru că iubirea este pretutindeni. Crezi că atunci când eşti doar o creangă, Dumnezeu te lasă pe mâna diavolului. Dumnezeu te naşte, Diavolul te creşte. Şi de murit, mori singur. Aripile noastre se zbat până cât de sus îndrăznim să zburăm. Infinitul nu are paznici. Nu există limită în sine. Există frică, o frică acută de zbor, căci „omul este o pasăre cu rău de înălţime". Frica s-a născut din iubirea lui Dumnezeu, de aceea omul îi cade atât de uşor în plasă. Fiecare naştere a omului se întâmplă sub semnul

acut al iubirii originare. Şi totuşi, Dumnezeu a sădit un gram de frumos atunci când ne-a părăsit. Ne-a lăsat ceva din nebunia pădurii. A ales pentru mântuire lemnul, şi-a crucificat trupul crucificându-şi naşterea, astfel încât să ne facă să ne amintim din când în când că aceia care putrezesc nu sunt decât brazii care fug de primejdie. Înainte de a creşte brad, trebuie să te naşti creangă. Înainte de a birui, trebuie să accepţi frica născută din Dumnezeu, înainte de a zbura, trebuie să aştepţi iarna lui Dumnezeu să treacă pentru a nu muri în zborul tău îngheţat pentru totdeauna. Dumnezeu a inventat sufletul, iar omul a inventat felul cum să scape de el. Putem să fim noi atunci când nu mai trăim după chipul şi asemănarea unei umbre.

To: floarea_soarelui@yahoo.com

Mai bine te omor cu mâna mea decât să te pierd.

Draft

Muşchiul creşte pe copaci, florile se ofilesc, norii acoperă cerul, mintea parcă îmi naşte scorpioni, tâmplele îmi zvâcnesc, aşteptarea, aşteptarea, aşteptarea este cumplită atunci când nu are niciun sens. Miroase a moarte.

To: floarea_soarelui@yahoo.com

Trebuie să faci ceea ce simţi tu că trebuie să faci, indiferent de consecinţe. Dacă n-ai avea puterea să fii liberă, eu te-aş dispreţui.

Draft

Când iubeşti nu-ţi mai aparţii.

To: floarea_soarelui@yahoo.com

Să cazi, să te ridici, să mergi mai departe. Ce e mai important: să trăieşti călduţ, fără întrebări, fără suferinţă, să înoţi la suprafaţă sau să te laşi sfâşiat, să te doară, să cureţi mizeria din tine, să smulgi toate buruienile şi să înoţi în adânc fără teamă că te încolăceşte vreo iarbă?

Draft

Oamenilor nu le este frică de păcat, le este frică de consecinţa păcatului, pentru că oamenii nu trăiesc concretul, trăiesc proiecţia concretului, nu cred în viaţa de aici, cred în viaţa de apoi. Pentru că oamenii sunt laşi. Păcat este tot ceea ce roade conştiinţa.

To: floarea_soarelui@yahoo.com

Minciuna mă derutează. Nu mai ştiu cine eşti, cine sunt. Pe cine iubesc?

Draft

M-ai învăţat să alerg. Aminteşte-mi să zbor. Suflă-mi peste privire curaj ca să-mi văd aripile.

Draft

N-am trăit nimic din ce mi-aş fi dorit să trăiesc. N-am apucat. Mereu am avut timp să trăiesc pe lângă sau pentru alţii şi am pierdut exact ce era mai de preţ: viaţa adevărată, fără accesorii. Sunt oameni care s-au strecurat prin gaura acului şi au mai avut zile să râdă. N-am fost printre ei.

To: floarea_soarelui@yahoo.com

Ne înţelegem dincolo de cuvinte. Vorbim chiar dacă tăcem. Minciuna apare când nu-ţi mai asculţi sufletul.

Draft

Dacă mi-ai fi spus să aleg între tine şi viaţa mea, aş fi ales viaţa mea. Iar tu ai fi plecat supărat, neştiind că de fapt viaţa mea eşti tu.

DE CE TREBUIE SĂ NE JUSTIFICĂM MEREU
CĂ SUNTEM AŞA CUM SUNTEM?

Draft

Când doi oameni nu se mai înţeleg, trebuie doar să accepte că sunt într-o relaţie nepotrivită. Frustrările, complexele se nasc din încăpăţânarea de a nu vedea o relaţie aşa cum este ea, ci aşa cum încercăm noi să fie. Să fii independent este întotdeauna o alegere personală. Chiar şi atunci când este involuntară. Nimic şi nimeni nu te poate constrânge să depinzi, pentru că numai tu singur poţi decide asta. Dependenţa este produsul unei

minţi bolnave, subjugată de temeri imaginare şi de propria teamă... Să depinzi înseamnă să încetezi să mai crezi în tine însuţi. Să depinzi înseamnă să nu mai crezi. Te-am sunat de câteva ori să îţi aud vocea. Erau momentele în care sticluţa cu diazepam îmi făcea cu ochiul. Aveam nevoie să te aud. Nevoia are legătură cu dependenţa? Dacă nu respiri, mori.

To: zmeul_albastru@yahoo.com

Ai crezut vreodată când ţi-am spus „vreau să ne despărţim?"

To: floarea_soarelui@yahoo.com

Nu m-am bazat niciodată pe niciun „te iubesc" sau „nu te iubesc" spus de tine.

To: zmeul_albastru@yahoo.com

Ai simţit vreodată cu adevărat despărţirea noastră?

To: floarea_soarelui@yahoo.com

La început nu, dar după o perioadă da. Şi mai mult decât atât, mi-am asumat-o.

To: zmeul_albastru@yahoo.com

Ai simţit vreodată, în toată perioada cât am tăcut, că îţi vorbesc, că exist, că sunt într-un fel cu tine?

To: floarea_soarelui@yahoo.com

Da.

To: zmeul_albastru@yahoo.com

Ce am trăit noi nu a fost o joacă. Poţi să mă simţi ca trecut?

To: floarea_soarelui@yahoo.com

Da, din punctul de vedere al fostei noastre relaţii.

To: zmeul_albastru@yahoo.com

Spuneam că ne simţim mai presus de cuvinte. Dacă era aşa, simţeai că e ceva în neregulă. Dacă mă iubeai, aveai nevoie să exist, nu?

To: floarea_soarelui@yahoo.com

Nu poţi să mă condamni. Nu ai niciun drept.

To: zmeul_albastru@yahoo.com

Când iubeşti, există „destul"?

Draft

Aştept analizele. Refac trasee. Mă apăr de trecut, căci îmi confiscă fiecare bătaie a inimii. Închid telefonul sau îl dau pe silent şi nu mai sunt disponibilă pentru nimeni ore întregi. Stau cu aparatul în mână şi nu mai sunt în stare să văd nimic. Îmi

vine să râd când în jurul meu oamenii au probleme de look. Riduri, câteva grame în plus, noua linie de fashion, drame peste drame. Nu pot să trăiesc fără tine. Dacă asta ar fi alternativa, nu aleg viaţa. Robinetul curge din ce în ce mai puţin, picătura se scurge şi se aude din ce în ce mai rar şi în curând... va fi linişte. Insuportabilă tăcere care ne înghite şi ne uneşte. Boala e angajată de la naştere să ne scoată din joc, trăim cu senzaţia că lumea asta nu se va termina niciodată, ca într-un banc prost. Tragem de guma de mestecat până se rupe sau până nu mai are gust, nu o aruncăm niciodată când încă mai are aromă. Vrem totul până la epuizare. Până şi Cerul se tăvăleşte de râs şi-şi schimbă forma şi, dintr-o mare tigaie albastră, devine o batistă în care să ne suflăm nasul.

INFINIT, Nedefinit

To: floarea_soarelui@yahoo.com

Este peste puterea şi voinţa mea să accept că nu mă iubeşti. Însă această realitate a mea nu te obligă pe tine. În toţi anii ăştia în care am trăit amândoi ţinându-ne de mână cu îngerii, Dumnezeu şi demonii, nu am apucat să vorbesc cu tine singură. N-ai fost niciodată liberă. De ce? A venit timpul să iau şi eu o hotărâre. Îmi este foarte greu să fac asta, pentru că înseamnă să renunţ la libertatea mea, să renunţ la singurul adevăr din mine. Şi asta după ce am dobândit puterea să trăiesc alături de tine fără ca tu să fii cu mine. Am reuşit să trec peste toate slăbiciunile timpului, peste toate iluziile, să reduc totul în mine la foc.

Draft

Te iubesc mai mult decât te-am iubit atunci când îţi spuneam.

To: floarea_soarelui@yahoo.com

Iubirea nu e un apendice de care să scapi când îţi convine ţie. Iubirea nu are nicio legătură cu raţiunea. De aia îndrăgostiţii se poartă prosteşte, spun lucruri incontrolabile, de neiertat, dar toate nu sunt decât nostime la final.

Draft

Dacă ai şti prin ce trec, oare ce ai face? M-ai lua în braţe şi m-ai legăna. Şi niciodată nu ai fost departe de ceea ce mi-am dorit. Asta se întâmplă când oamenii simt, nu?

To: floarea_soarelui@yahoo.com

Ceea ce eşti cu adevărat nu-ţi poate lua şi nici da nimeni şi nimic. Indiferent cum ne manifestăm în exterior, în interiorul nostru ascuns, cunoscut doar nouă înşine, rămânem aceiaşi toată viaţa. Şi din punctul ăsta de vedere, oamenii sunt ori laşi, ori curajoşi. Aş mai vrea să-ţi scriu o groază. Ce prostie să ne tăiem aripile singuri. Ce prostie...

MI-AM LĂSAT TESTAMENTUL ÎNTR-UN BALON DE SĂPUN

Draft

Aripile mele sunt pline de sânge. Sunt în delir în timp ce tu crezi că fac looping. Amân cât pot de mult întâlnirea cu ultima clipă, în timp ce tu crezi că o joc pe Ofelia. Vezi... mi-e greu să spun... o să mor, sunt bolnavă, am cancer, sunt pe ultima sută de metri... dar cum să spun toate astea când eu nu sunt pregătită să le spun. Da, bine, ce penibil să încerci să te pregăteşti pentru moarte. Ei bine, eu când eram mică, aşa mă gândeam, că la întâlnirea cu moartea nu mă pot duce oricum. Şi uite că exact aşa te duci. Oricum. Şi că altfel nu se poate. Cu mâinile în buzunar, fluierând, că n-ai alternativă. Mai am atâtea de făcut. Mă grăbesc să le termin. Îmi aparţin. Nu are cine să le continue. Nimeni nu mă conţine. Aş vrea să rămân în cât mai multe. De ce nevoia asta tâmpită? Frica de neant...

To: floarea_soarelui@yahoo.com

Nu te pot lăsa nefericită. Caută ceea ce ai nevoie şi revino doar dacă mai ai de ce.

Draft

Noi doi o să murim ţinându-ne de mână.

To: floarea_soarelui@yahoo.com

De acum încolo am să-ţi scriu. Dacă se termină netul, am să-ţi scriu pe hârtie. Dacă vrei, din când în când să-mi spui la ce cifră am rămas, să nu le încurc. Aseară, când te-am văzut, mi s-au înmuiat genunchii, am rămas trăsnit în mijlocul mulţimii, fără să pot face un pas sau să respir. Am avut impulsul să o iau la fugă. Apoi ai venit la masă şi eu tot trăsnit eram, nu aveam puterea nici să-ţi vorbesc şi nici să te privesc. Aşa se întâmplă de fiecare dată, mereu şi mereu, ne despărţim şi ne întoarcem unul la celălalt, ca doi magneţi.

Draft

O să mă vindec, o să revin. Mă duc puţin să îl caut pe Moş Crăciun.

To: floarea_soarelui@yahoo.com

Sunt lucruri care ne depăşesc total şi ne transformă în cârpe. De exemplu: valurile puternice ale mării, în care nu poţi face altceva decât să te zbaţi. Mereu te-am „speriat", ca pe un copil căruia îi spui să nu intre în camera secretă pentru că e bau-bau acolo. Dacă mă iubeşti, n-o să-mi poţi face rău.

Draft

Trebuie să trăim orice şi în orice condiţii, şi pe un drum de ţară, şi pe autostradă, şi pe strada cu sens unic, şi pe potecă, şi pe marginea prăpastiei, dar să trăim. Şi fără să ne punem atâtea întrebări şi să aşteptăm răspunsurile pe care oricum nimeni nu le are în el, ci mereu cineva trebuie să le inventeze. Să lăsăm viaţa să ne treacă printre degete, că oricum trece, visând la

viitor, nu la prezent. De ce trebuie? Când dansezi tango cu moartea, nu te mai interesează întrebarea asta. Cunoşti răspunsul. Cine pune întrebarea asta, trăieşte la firul ierbii, respiră pe ţeava de eşapament, are carton în loc de inimă. Totul e o glumă.

DE CE? DE CE NU?

To: floarea_soarelui@yahoo.com

Gata cu văicărelile şi cu temerile. Când omul suferă un proces de demistificare, de demitizare, oricât de dureros ar fi, dacă este unul autentic, atunci omul ştie foarte clar de ce iluzia a fost o iluzie, ştie foarte clar de ce s-a minţit. Uneori minciuna este modalitatea prin care te ucizi ca să renaşti altfel.

Draft

Mă simt posedată, urăsc tot ce e în jurul meu, mă bate gândul să-i demonstrez lui Dumnezeu că nu sunt marioneta lui. Să nu te sinucizi pentru că te gândeşti la părinţi. Sau pentru că ai apucat să promiţi cuiva. Să nu mori pentru că intervin din nou alţii. Nici în faţa morţii nu ai prioritate. Atunci n-are sens.

To: floarea_soarelui@yahoo.com

Am ajuns să stau o oră în locul în care te aşteptam pe tine, ca să descopăr iluzia sau adevărul, să le pot distinge. Am umblat ca o fantomă pe străzi, prin toate locurile în care noi am trăit. Nu mi-a fost frică niciodată de acest lucru. Şi ştii ce-am descoperit??? Că tot ce am trăit noi doi NU a fost o iluzie. Am descoperit că te iubesc şi că n-am să mai pot iubi niciodată. Vrei argumente? Am să-ţi dau argumentul suprem: VIAŢA.

Draft

Ştiu sigur că dacă unul din noi moare, îl omoară şi pe celălalt. Noi doi vom muri împreună, râzând, indiferent unde vom fi. Sufletele noastre fac dragoste neîntrerupt.

To: floarea_soarelui@yahoo.com

Probabil că ai să înţelegi ce se petrece cu mine de acum încolo. Eu nu am decât opţiunea de a rezista. Singurul argument care mă împinge mai departe este că tot am să mor şi eu ca toţi oamenii. Atât. Altă motivaţie nu am. Dar n-am nicio garanţie că într-o zi n-am să clachez. Ăsta-i „marele secret" şi, pe cât e de mare, pe atât e de simplu şi natural. Când iubeşti, nu ştii de ce o faci şi nu ai nevoie de argumente. Simţi asta. Dar dacă tu ai pretenţia să-ţi dărâmi iluziile, atunci trebuie să ai pretenţia şi să ştii de ce ele au fost iluzii. Eu nu am nevoie de aşa ceva.

Draft

Nu pot să dorm, din cauza tratamentului. Mă gândesc că acum tu dormi atât de frumos sau mă întreb dacă eşti supărat pe mine, nu dormi, stai pe canapea, zappezi, bei o bere şi mă cerţi. Dacă aş mai

putea vreodată să îţi ating sufletul, atunci Dumnezeu chiar există.

To: floarea_soarelui@yahoo.com

Îmi cer scuze că exist!

Draft

Cum să mor când nu ai apucat să mă înveţi table? Şi mi-ai promis că mă duci pe munte să mă înveţi să zbor. Închid ochii şi văd buchetul de frezii uscate din camera mea. Oare ai mai trimis sufletul la ţiganca din colţ să-mi cumpere la început de primăvară frezii? Sunt aproape de prăpastie. Cea mai mare slăbiciune este să mori dinainte.

To: floarea_soarelui@yahoo.com

Asumă-ţi ceea ce trăieşti. Viaţa nu e un joc pe calculator. Sunt momente în care poţi să păcăleşti, dar, de fapt, tot pe tine te minţi şi sunt momente oglindă, când şi dacă dai cu pumnul, rămân cioburile care-ţi arată adevărul.

Draft

Gândul morţii mă aruncă într-un nonsens absolut. Cum să mor când nici nu am apucat să trăiesc? Ce înseamnă asta? Când eşti sănătos, nu te întrebi o secundă „de ce eu?".

To: floarea_soarelui@yahoo.com

Nimeni şi nimic nu mă poate obliga să nu trăiesc aşa cum simt. Pot înţelege faptul că îţi este greu să te eliberezi. Lasă poveştile. Conştientizează ce trăieşti. Te poţi minţi o vreme, dar nu o viaţă. Cât de stricată îţi e conştiinţa încât să te faci că mizeria nu există? Ca să te cureţi, trebuie să-ţi asumi şi să încetezi.

Draft

Trăiesc o frică cumplită. Teama că o să mor fără să apuc să îţi spun cât de mult te iubesc.

To: floarea_soarelui@yahoo.com

Eu unul mor încet, încet fără tine. Devin o insectă care se târăşte în viaţa asta. De ce???????? Spune-mi tu de ce trebuie să trăim asta?????? Tocmai tu care vrei să trăieşti liberă, fără reguli, dogme, limite. De ce acum când trebuie doar să ieşi din mocirlă şi când putem să vedem cât de puternici suntem?

Draft

Mi s-a făcut frică, o frică cumplită cum nu am crezut că există. Şi frica emană ură. Urăsc!

To: floarea_soarelui@yahoo.com

Nu cred în viaţa de apoi aşa cum ţi-o reprezinţi tu. Poate că tu o să ajungi în Rai sau în Iad, dar eu sunt sigur că am să dispar de tot. Dacă sufletul meu nu-şi găseşte liniştea aici, pe pământ, atunci o să piară de tot, o să ardă tot. Îţi garantez eu asta. Dacă nu o să se poată, atunci am să-mi omor eu sufletul, am să-l nimicesc, am să-l dau altcuiva, eventual dracului. Eu nu cred în astfel de promisiuni. Eu mizez totul pe o singură carte: viaţa de aici.

Draft

Moartea te ţine doar la punctul zero. Nu poţi să scazi sau să urci.

To: floarea_soarelui@yahoo.com

Pentru o clipă am crezut că ţi-ai dat seama că noi doi nu putem trăi decât împreună. Dar văd că doar ai vrut să-mi spui poveşti despre iubire şi bere în rai.

Draft

Oricât scotocesc în buzunarul lui Dumnezeu după zile, nu primesc niciun semn. Dar merită să încerc. Cine ştie, poate şi Dumnezeu are câteodată buzunarele rupte!

To: floarea_soarelui@yahoo.com

Ca să nu existe un început, trebuie să sfârşeşti ceea ce se scurge de mai demult. Trecutul nu încape în prezent.

Draft

Dorm din ce în ce mai puţin. Vreau să termin de trăit tot ce am început, nu să mă arunc în poveşti noi, pe care nu le controlez. Vreau o lume cu început şi

sfârşit. Nu mai vreau vise. Dacă mi-e poftă de afine, vreau să mănânc afine, nu să-mi imaginez. Îmi spun mereu: „...Ca să te vindeci, trebuie să începi să îţi ierţi trecutul. Nu te mai judeca. Schimbă trecutul cu o nouă înţelegere". Îţi aminteşti de vremea când plângeai ore în şir până îţi pierdeai vocea? Nu ştim nimic despre noi. Avem senzaţia că ştim. Mereu ne ascundem, ne furişăm şi nu vrem să ne privim până la capăt. Ne punem mâinile la piept şi constatăm cât de nefericiţi suntem. În felul ăsta vom spune la un moment dat: „Am trăit degeaba" şi va fi prea târziu să mai facem ceva.

To: floarea_soarelui@yahoo.com

Ai uitat esenţialul. Că sufletul din noi e al nostru şi numai al nostru şi nu-l putem da decât celui pe care îl iubim. Eu ţi l-am dat ţie. Şi tu ce faci cu el???? Îţi doresc o bere plăcută în rai sau iad (văd că-i opţional pentru tine). Eu am să mă descurc, nu-ţi face griji. Iar în iad am să beau doar votcă cu propriul meu sânge. Nu beau bere şi am să beau doar singur. Poate am să vă salut pe tine şi pe sufletul meu de la masa alăturată. Noroc!

Draft

Zmeul Albastru m-a lăsat să stau întotdeauna la uşa de la intrarea în Rai şi din când în când mai scotea capul să strănute, să-mi facă semn cu mâna, să-mi spargă un balonaş de săpun în nas sau să mă privească ţintă în ochi şi să mă sărute pe frunte. Niciodată nu m-a lăsat să intru cu totul în universul lui. Îi era frică să nu îl fac gelos pe Dumnezeu cu iubirea mea. Ceea ce

nu a ştiut niciodată Zmeul Albastru e că eu, atunci când el dormea, mă strecuram în camera cu jucării pe vârful picioarelor şi mă destrăbălam în sufletul lui. Am trişat. Aşa fac copiii.

To: floarea_soarelui@yahoo.com

A venit iarna. Aerul rece mă înviorează. Am revelaţii reci. Paradox: când eşti îndrăgostit, nu vorbeşti despre dragoste, ci despre celelalte lucruri, cu entuziasm. Le vezi pe toate într-o lumină nouă şi jucăuşă. Îndrăgostiţii descoperă mereu principii noi în acest joc. Pe măsură ce dispare, dragostea devine din ce în ce mai des subiect de dezbatere. Se fac ecuaţii, se caută cauza şi efectul, se evocă toată mitologia la care omul apelează în lupta cu timpul, în lupta cu efemerul; se fac promisiuni, se angajează eternitatea, se semnează contracte cu Dumnezeu. Puţini au curajul să spună, atunci când o simt: nu te mai iubesc, nu mai ştiu cine eşti tu. Pentru că, în fond, nu este vorba decât despre o clipă între un bărbat şi o femeie, iar rezultatul nu poate fi decât unul singur: perpetuarea speciei sau fuga de singurătate. Şi mai puţini sunt cei care au curajul să-şi recâştige independenţa, acea individualitate care se vrea nealterabilă (vorba lui Nietzsche: independenţa e doar pentru cei puternici). În concluzie, nu e rău că pui la îndoială mitul iubirii. Problema e că mi-o spui fiind nedesprinsă de nămol.

Draft

Dacă vreodată o să cred cu adevărat că viaţa are spini în mâini, atunci înseamnă că am luptat degeaba

cu timpul. Că am luptat degeaba să nu-l las să treacă în sine şi că puteam să rămân spectatorul fidel al ironiei lui Dumnezeu.

To: floarea_soarelui@yahoo.com

Gata. Devine prea dureros oricum. Pentru mine totul a fost viaţă, am trăit totul cu tine. Dacă ar dispărea într-o zi din mine, ar însemna că sunt mort. Şi am să te rog atunci să ai grijă să-mi dai pistolul şi un glonţ. Şi eu m-am transformat, însă nu ai avut timp să mă observi. Nu te-ai oprit nicio clipă asupra mea cu adevărat, deşi te strigam în şoaptă tot timpul. Doar te-ai odihnit în braţele mele din când în când. Poate că într-o zi ai să vrei cu adevărat să mă cunoşti, să mă auzi, să mă vezi, să mă simţi PE MINE. Şi abia atunci o să stăm serios de vorbă despre iubire. Am senzaţia că sunt blestemat. Toată viaţa mea am avut impresia că stau pe fundul unei gropi şi că oamenii aruncă rând pe rând câte o privire fugară înăuntru, apoi pleacă. Nu înţeleg de ce niciunul nu are curajul să arunce şi pământul.

Draft

Uneori, cuvintele sunt ca nişte mere prea coapte. O simplă atingere le-a zdrobit.

To: floarea_soarelui@yahoo.com

E foarte trist că îţi scriu degeaba. M-ai înţeles total greşit. Mă tratezi ca pe unul care îţi cerşeşte iubirea înapoi. Este foarte umilitor pentru mine. Nu sunt aşa. Nu mai simţi ce

ai simţit, asta e. Am să-ţi explic ce-i cu teoria mea despre curva ieftină. E femeia care pretinde că iubeşte, care pretinde că are sentimente alese, profunde, care doar pretinde că se angajează total într-o relaţie, pentru ca, brusc, într-o dimineaţă să se trezească buimacă într-o altă relaţie. Este femeia care se înşală pe sine, care se minte pe sine. Eu nu cred că tu poţi fi aşa. Nu cred că nu ai simţit ce trăim.

Draft

Vorbesc prin săruturi, prin mângâieri, prin ţipete, prin lacrimi, prin râs, dar nu prin cuvinte. Sunt mult prea păcătoasă ca să vorbesc despre dragoste prin cuvinte. Şi aş mai putea să fac ceva, să vorbesc despre dragoste prin mine. Prin faptul că eu cred că soarele are două picioare şi ne aleargă copilăria în fiecare dimineaţă, că atunci când plânge, Cerul ne spală pe ochi ca să putem să-i vedem frumuseţea, că neîmplinirile sunt visele noastre prea grele pe care sacul vieţii nu îl poate căra întotdeauna, că un pod este mereu o invitaţie la dans şi că orice, oricând poate să ne bucure fiinţa. Fie că avem parte de o naştere, fie de o moarte, fie de un trăsnet sau de o furtună, în Răul cel mai de rău se ascunde ceva frumos care ţine de noi, de cât de adânc săpăm ca să îl găsim.

To: floarea_soarelui@yahoo.com

Citesc Nietzsche, *Dincolo de bine şi rău.* Apropo de îndoielile noastre, atunci când trăim ceva care ne depăşeşte, spune că numai dacă spiritul tău e pregătit de dinainte, cu multe generaţii în urmă, prin trăiri pregătitoare, numai atunci eşti capabil să depăşeşti situaţia. Şi mai frumos vorbeşte despre omul superior care trăieşte prin voinţa lui, care îşi asumă viitorul omenirii prin voinţa lui proprie. Omul curajos, care are curajul să se recreeze pe sine, fără prejudecăţi de ordin moral sau mistic, care îl pune la îndoială pe Dumnezeu, care nu înghite fariseismul ateiştilor, care e în stare să-şi dea seama că iadul şi raiul sunt nişte prostii, că nu există un loc predestinat pentru fiecare dintre noi, că Dumnezeu nu e bun în niciun caz şi că Dracul e cel mai aproape de el... Nu te distruge pe tine însăţi pentru confortul altuia. Lupta e între tine şi tine. Doar atât.

Draft

În lupta cu Dumnezeu nu foloseşti metafore. Suferinţa e concretă aşa cum viaţa e concretă şi moartea e concretă.

To: floarea_soarelui@yahoo.com

Ce înseamnă independenţa? Nietzsche: „Să te păstrezi pe tine însuţi". Spune că numai oamenii superiori sunt capabili de aşa ceva. Eu cred că şi tu eşti capabilă de asta, numai să scapi de minciuna în care trăieşti. Depinde chiar de tine. Am putea să ne recreăm. Noi doi chiar am putea face asta. Ne iubim.

Draft

Fiecare om răspunde pentru viaţa lui şi pentru moartea lui.

To: floarea_soarelui@yahoo.com

Treci printr-o criză de valori probabil. Acum ai creat una nouă, inedită: sinceritatea. Până acum sinceritatea era un reflex al unei valori mai mari — iubirea. Acum îmi vorbeşti despre sinceritate în sine, ai disociat-o de iubire. Ai grijă că tot Nietzsche a spus că omul este în mod natural mincinos. Hai totuşi să nu confundăm filosofia cu viaţa reală. Tot Nietzsche ne temperează în sensul ăsta, spunându-ne că adevărul pe care îl tot trâmbiţează unii şi alţii este unul fals, iluzoriu, pentru că trebuie să avem conştiinţa faptului că însăşi reprezentarea noastră asupra vieţii este una falsă. Tu intri într-un cerc vicios. Ce te face să crezi că acum nu te înşeli? Dacă până acum ai vorbit doar ca să te afli în treabă despre iubire? Ce te face să crezi că acum n-o mai trăieşti? Ce credibilitate mai poţi să ai acum faţă de tine însăţi? Dacă tot ai curajul să fii sinceră, atunci trebuie să ai şi modestia de a recunoaşte că nu ştii ce ai trăit, că nu ştii dacă a fost iubire sau nu, că habar nu ai ce-i aia iubire. E consolator să faci pe deşteapta acum şi să afirmi detaşată că tu faci parte din categoria celor care trăiesc superficial în dragoste. Chiar există o astfel de categorie???? Purtaţi şi voi nişte insigne atunci, ca să vă recunoaştem. Eu recunosc că fac parte din categoria celor mulţi şi slabi, spirite gregare, care caută mereu iubirea, dar n-o găsesc niciodată. Eu unul nu pot afirma în mod cert nici că am găsit-o, dar nici că am pierdut-o, poate că nici nu există. Tu faci parte dintre cei iniţiaţi. Să fiţi tare şi să căutaţi neobosită iubirea peste tot, în niciun caz înăuntrul dumneavoastră, ci mereu undeva afară!

Draft

La ce îmi mai trebuie umbrela, dacă este spartă şi plouă prin ea? La ce îmi mai trebuie pansament pentru minte dacă minciuna asta despre viaţă şi moarte, pe care o ţine Dumnezeu şi nu o dezleagă, ne sfâşie fiinţa în bucăţi ori de câte ori încercăm să ne apărăm libertatea? Politica tăcerii. Politica lui Dumnezeu. Disperarea pleacă întotdeauna din neîncredere. Iar neîncrederea pleacă întotdeauna din trădare. Şi atunci ce faci? Îţi încrucişezi mâinile la piept, aştepţi sfârşitul şi până atunci râzi. Că doar nu poţi să nu râzi. Asişti la o farsă extraordinară pusă în scenă de Dumnezeu.

To: floarea_soarelui@yahoo.com

Chiar putem discuta la rece, dacă te ţine. Mereu când înşeli, se întâmplă doar cu tine însuţi. Deşi majoritatea crede altceva. Singura autoritate în materie este propria conştiinţă. Pretextele în general nu sunt decât nişte cârje, nişte invenţii ale minţii noastre bolnave pentru a amâna să vedem ceea ce e necesar să vedem. Şi ai grijă că prezentul e „cea mai relativă noţiune asupra timpului". Este mult mai cert viitorul decât prezentul pentru om.

Draft

Universul este perfect aşa cum se găseşte. Tu eşti singurul care trebuie să se schimbe. Nimic nu vine din afară. Tu continui să cauţi încrederea în ochii celorlalţi... cauţi fericirea şi soluţiile într-o lume care suferă de aceeaşi boală ca şi tine. Oamenii se transformă des în pitici psihologici, mai mici decât o insectă, hoinăresc în lume cu coada între picioare, îşi întreţin sentimentul de culpabilitate, se tem. De îndată ce atinge acest nivel de degradare, omul nu poate decât să trădeze, să acuze, să se lamenteze, să se autocompătimească şi să mintă. Este atât de orb, încât nu poate recunoaşte că în umbra unui eşec, aparent nesemnificativ, există o boală a întregii fiinţe. Ca să o schimbe, are nevoie să schimbe totul. Să-şi răstoarne modul de a gândi şi ideile lui... Lumea este doar o bucată de gumă de mestecat care se mulează după forma dinţilor tăi. Cei care ne înconjoară şi pe care îi atragem în jurul nostru sunt expresia sinceră a ceea ce suntem.

To: floarea_soarelui@yahoo.com

Sunt ironic, îmi place să râd de viaţă, îmi place să râd de mine însumi, de toate crezurile mele, de câtă prostie, meschinărie şi ipocrizie zace în mine, de animalul instinctiv din mine. Şi, cel mai important, îmi place să mă JOC. Tu eşti cam serioasă. De ce îţi este frică să ne urâm? Haide să ne urâm până la capăt. De ce să devenim pudibonzi acum? Ceea ce ne spunem acum e mic copil pe lângă ce ne spuneam când eram mari iubiţi. Tu nu-ţi mai aduci aminte ce era la gura noastră? Dar eram şi romantici. Ce rost are să ne menajăm acum? Aşa că biiiip. Bip, bip...

RESPIRAŢIA DIN CERC

Draft

Tot ce se află în afara noastră, lumea pe care o vedem, o atingem, oamenii, circumstanţele, evenimentele pe care le întâmpinăm sunt o revelaţie a fiinţei, o confirmare a modului nostru de a gândi. Rolurile în care suntem încă încarceraţi ne dezvăluie rănile pe care nu ni le-am vindecat. În om, chiar şi în cel mai decăzut, există o voinţă involuntară, o conştiinţă inconştientă... o unitate zdrobită care strigă atunci când este scoasă la iveală. Tot ceea ce aşteptăm cu nerăbdare se întâmplă. Visele se adeveresc mereu, până şi cele mai sceptice. Doar să nu uităm că lucrurile nu se schimbă şi nu se vor schimba niciodată. Numai noi ne schimbăm.

To: zmeul_albastru@yahoo.com

Există cu adevărat „Fata visurilor tale" sau ai spus aşa doar ca să mă răneşti?

To: floarea_soarelui@ yahoo.com

Da, există cu adevărat şi nu am vrut şi nu vreau să te rănesc nici măcar în glumă. E fata visurilor şi coşmarurilor mele.

To: zmeul_albastru@yahoo.com

Cât de serioasă este relaţia cu ea?

To: floarea_soarelui@yahoo.com

Cred că trebuie să o întreb şi pe ea lucrul ăsta, căci mi-a scăpat.

To: zmeul_albastru@yahoo.com

Şi ei i-ai spus cât de mult o iubeşti, îi oferi câte o floare la începutul fiecărei luni şi îi spui că vrei să fie mama copiilor tăi?

To: floarea_soarelui@yahoo.com

Strict confidenţial.

To: zmeul_albastru@yahoo.com

Poţi să trăieşti cu altcineva după tot ce am trăit noi?

To: floarea_soarelui@yahoo.com

De ce nu?

To: zmeul_albastru@yahoo.com

Pentru orice „de ce?“ există un „de ce nu?“. De ce nu ai avut încredere în noi, în ceea ce simţeam?

To: floarea_soarelui@yahoo.com

De ce?

Draft

Avem permanent libertatea de a alege încotro ne îndreptăm. Până la urmă, este vorba de fericire, de a trăi în armonie. Asta ne dorim toţi, nu? Să scăpăm de telenovele, de drame şi să trăim fericiţi, liniştiţi.

To: floarea_soarelui@yahoo.com

Nu cred în tâmpeniile pe care ţi le-am spus în ultimul timp. Am vrut să-ţi fac rău, am vrut să te fac să suferi, am vrut să mă răzbun. Adevărul e că m-ai lovit în moalele capului. Adevărul e că nu înţeleg cum de-ai devenit dintr-odată un sloi de gheaţă. Ştiu foarte bine că nu ţi-ai bătut joc. Adevărul e că au fost cei mai frumoşi ani din viaţa mea. Adevărul e că am fost cel mai fericit. Adevărul e că ai fost femeia vieţii mele. Adevărul e că aş fi omorât pentru tine. Adevărul e că mi-aş fi dat viaţa pentru tine. Adevărul e că m-ai îngenuncheat. Adevărul e că nu mai ştiu încotro merg acum. Adevărul e că nu am să pot să-ţi spun niciodată că nu te mai iubesc. Adevărul e simplu, urât şi de nerostit. E respiraţie. Îmi pare rău pentru imbecilităţile pe care ţi le-am spus. Mi-aş fi dorit să mă laşi să-ţi spun povestea mai departe. Era singurul lucru rămas frumos în mine şi-mi doream să ţi-l dau ţie. Poate că am nevoie de timp să-mi revin. Acum, linişte.

Draft

Rezolvare pentru moarte nu există. Există însă rezolvare pentru viaţă. Ai mai mult timp pentru tine, ai mai mult timp să cazi în fiinţa ta, să înţelegi lumea pornind de la tine, nu de la ea. Nu ştiu care e diferenţa. Nu ştiu dacă pentru a simţi ploaia trebuie să ieşi afară ca să îţi treacă prin haine sau este suficient să stai sub acoperiş şi să o priveşti. Cred că e o chestie de gust. Viaţa e o chestie de gust. Pentru asta nu te poţi supăra pe Dumnezeu. Ar fi fost plictisitor şi imposibil

ca toţi oamenii să fie de acord în acelaşi timp cu acelaşi lucru. Deja când mulţi oameni cad de acord asupra unui subiect important, este ceva în neregulă. Pot să privesc Cerul şi fără să privesc pe fereastră.

To: floarea_soarelui@yahoo.com

Am să-ţi trimit şi eu o poză cu mine. Îţi promit. Una în care o să vezi un bărbat cu părul alb, foarte în vârstă, cu o privire goală, care nu face altceva decât să-şi aştepte moartea. Un bărbat care a încetat să mai creadă în ceva cu mult timp în urmă. Poate că o să te întrebi cine e. O să-ţi spui că nu poate fi bărbatul tău. O să cauţi ceva din acel om în privirea acestui nebun bătrân. O să fii foarte tristă pentru că n-o să mai găseşti nimic. Nici măcar n-o să mai poţi spune ceva. Nu-ţi va rămâne decât acea tăcere absurdă. Şi în curând ai să-ţi dai seama că acel eu, pe care tu credeai că l-ai iubit, nici măcar nu a existat. Glumesc. N-am să permit una ca asta. O să caut o altă modalitate de a scăpa de mine însumi. Nu o să mă târăsc ca un vierme.

Draft

„...de la o simplă încredere, credinţa se transformă într-o dăruire de sine fără nicio rezervă, în momentul în care se va naşte între cei doi dragostea adevărată. Şi în dragostea adevărată, cu cât îl iubesc mai mult pe celălalt, cu atât îl cunosc mai mult, cred în el şi mă dăruiesc lui. Adevărata credinţă şi adevăratul devotament care vin din dragoste nu au niciodată sfârşit, ci este vorba de o perpetuă surpriză a descoperirii celuilalt..."

To: floarea_soarelui@yahoo.com

Moşul meu e personalizarea golului din noi. Este dracul în persoană, care vrea să fie egalul lui Dumnezeu, care vrea doar să se joace, care nu acceptă rolul serios ce i-a fost încredinţat. Bineînţeles că a fost scos în afara scenei. Bineînţeles că se simte singur. Are cineva curajul să se joace cu el? Are cineva curajul să creeze altă scenă?

LA MAMA ÎN BURTĂ CÂNTĂ MOZART

Draft

Ziua întâi este ziua în care m-am născut. Din ziua aceea începe pentru mine numărătoarea. Şi în fiecare an, vine într-o zi rândul zilei întâi şi dă la o parte toate celelalte zile şi arată atunci cât este ea de importantă pentru că este ziua mea. Astăzi este ziua mea. Spuneţi-mi „La mulţi ani!". Nu, mai bine îmi cântaţi „La mulţi ani!". E prea simplu doar să-mi spuneţi. Merit să îmi cântaţi. Aşa. Da. Domnul cu cravată roşie nu are voce. Dar a avut bunăvoinţă. Astăzi am început să scriu o poveste, o poveste despre mine. Poate mai îmi daţi şi voi idei. Poate voi vedeţi ceea ce nu văd eu. Ciorapii găuriţi, ridurile adânci, buzele crăpate, cearcănele... Dar sufletul nu mi-l vede nimeni? Găurile din suflet pe care timpul nu poate să le cârpească, ridurile din suflet pe care Dumnezeu nu poate să le vindece, cearcănele din suflet care sunt mărturia imbecilă a faptului de a fi treaz în mod inutil. Nu ştiu dacă o să găsesc putere să termin povestea asta singură. Mai sunt 15 minute şi ziua aceasta se termină şi începe alta. Începe

ziua altuia. Şi aceea se termină şi tot aşa... De câteva ore nu fac altceva decât să privesc hârtia asta albă şi să mă încurajez cu respiraţii alerte. În ultimul timp s-au scurs prin vezica mea toate frustrările pe care mi le însuşeam, nefiind în stare să le distrug. Refularea în propria-mi metastază îmi alimentează agonia. Totul este haotic. Nu mai pot controla nimic. Şi poate că atunci când credeam că eu controlez ceva, doar credeam asta şi atât. În realitate nu se întâmplă nimic. Nu am ore de somn fixe, uit să mănânc zile întregi, uit de multe ori să beau până şi apă şi mă trezesc din când în când cu un gust lipicios în gură dăruit cu generozitate de zaţul pe care îl sorb în delir. Îmi amintesc cu dor de momentele în care puteam să mă enervez pentru că trebuia să-mi golesc scrumiera în coşul de gunoi. Noaptea îmi permiteam să deschid doar fereastra şi să eliberez mucurile de la înălţime. Îmi plăcea la nebunie să le văd în picaj câteva secunde. Eram atât de aproape de cer. De fapt, eu şi acum sunt aproape de cer. Cerul se îndepărtează şi îmi dă senzaţia că se ascunde de mine. Camera mea dintr-un apartament, dintr-un bloc vechi din centrul oraşului. M-a fascinat întotdeauna zborul. Aveam vreo câţiva ani când mi-am dorit prima oară să-mi dau drumul de pe balcon şi să plutesc câteva secunde la limita halucinantă a fatalităţii. Dar eu nu puteam să ajung pe balcon în momentul acela, eu nu aveam un balcon în momentul acela şi cred că nimeni nu ar fi avut un balcon pentru o astfel de dorinţă. Cine mi-ar fi fost atât de credincios? Nimeni. Jocul de-a moartea m-a excitat întotdeauna. Să ai curajul să atingi cu vârful sufletului moartea, să-i simţi morţii respiraţia fierbinte în ceafă, să simţi cum te pândeşte şi cum poţi într-o secundă să fii înhăţat. Ca să nu credeţi că sunt nebună, ar fi mai bine să nu mă credeţi, ci doar să ascultaţi o poveste aşa de banală, de idioată ca să ne păstrăm relaţiile formale. Oamenii se tem de extreme şi ca să nu vă provoc panică, să nu vă bag atât de sincer în mine căci nu suportaţi, aleg ce alegeţi: să vă mint. Odată, când eram mică, am reuşit să trec balustrada de la un balcon, dar n-am ajuns mai departe pentru că un glas stins de femeie m-a oprit. Era mama. Am rămas doar cu un dor nesfârşit faţă de un act început şi neterminat. Îmi trebuia atât de puţin să-mi desprind carnea crudă, neîncepută de viaţa reală, de pe balustrada de fier şi să mă duc, să plutesc, să zbor. A fost un vis. De-atunci mă urmăreşte obsedant delirul sinuciderii. De parcă ar fi o hemoragie a minţii, un nod al destinului pe care îl desfaci plin de curaj şi în acele secunde când te afli sub presiune, trăieşti înspăimântător de mult. Totul se comprimă, se intensifică. Ritmul, profunzimea, iar fiinţa aproape că devine de necârmuit. Cel puţin în acele momente nu mai trăieşti meschin. Toţi suntem datori cu o moarte! Ai încercat vreodată să te sinucizi? Dacă nu, atunci nu încerca să mă judeci.

Acum, când spun toate astea, mă simt îngrozitor de ciudat. Sunt într-un spaţiu pe care îl văd, îl constat, dar de fapt eu mă simt în altă parte. Mă simt în casa bunicii mele de exemplu, pe patul unde cândva, demult, ea a murit. Patul acela a păstrat în el moartea ei şi, ori de câte ori îl ating sau îmi aşez capul pe stofa aspră, parcă ating trupul rece, lipsit de suflare, părăsit de sufletul care alerga nerăbdător la întâlnirea cu soarele.

Toţi suntem datori cu o moarte. Ştiu. Am mai spus asta mai devreme. Nu mă repet. Doar ţip. E meschină moartea ca o datorie în sine. Parcă e un troc. Dai un suflet la schimb cu liniştea lui Dumnezeu.

Evit să-mi încep povestea. Mai ţineţi minte, astăzi este ziua mea! Nu înţeleg ceea ce urmează să spun, de aceea mă abţin. Nu vă uitaţi aşa la mine. Ce, nu vi s-a întâmplat niciodată să vreţi să spuneţi ceva, dar să nu mai spuneţi pentru că n-aţi şti ce înseamnă? Nu pot accepta Absurdul ca pe o limită extremă în care divinitatea se ascunde când nu ne mai face faţă, când se sperie de noi, când îi este frică să nu-şi piardă coroana.

Ce credeţi că am făcut dimineaţă? Ce face un om dimineaţa de ziua lui? Fiecare om de ziua lui dimineaţa face altceva! Eu mi-am început ziua cu fast. Într-un cimitir, îngropându-mi cel mai bun prieten. Nu e extraordinar? Să-ţi îngropi în minte cel mai bun prieten pentru că Dumnezeu nu a avut curajul să mă lase să asist concret la înmormântarea lui. Vi se pare că povestea asta cu prietenul mort are umor! Generos Dumnezeu să-mi ofere un astfel de cadou de ziua mea, nu? Şi zâmbetul prietenului meu, în partea stângă a gurii... ca şi cum cadavrul ar fi scuipat pe noi toţi şi pe viaţă, zicând aşa, senin: „V-am tras-o!" Cui foloseşte acest spectacol? Pe cine satisface această zadarnică umilinţă? Credeţi că este diferită viaţa de o sală de teatru? Şi acolo, şi aici trebuie să facem acelaşi lucru: să facem faţă. Trebuie să defilăm prin faţa lui Dumnezeu scandând lozinci false şi inutile. Moartea unuia = argumentul că încă unul din noi a înghiţit momeala.

Nu există o vârstă când ar trebui să ne întâlnim faţă în faţă cu Dumnezeu. Dar ar trebui să existe timp pentru a nu merge la această întâlnire cum mergem la piață. Pentru că riscăm atunci să-l confundăm pe Dumnezeu cu o legătură de salată.

Moartea aceasta făcută cadou de ziua mea este ceva absurd și stupid. A murit un om care nu voia să moară. Nici nu-mi mai amintesc... cine era prietenul meu? Ei bine, o să-mi spuneți că moartea nu vine să te întrebe dacă ai sau nu chef să mori. Păi asta mi se pare nepoliticos. Cum să iei așa cu japca un om tânăr, cu speranțe, cu planuri, un om bun, frumos, generos, un tată și un soț, cu funcție, cu responsabilități...?

Mă gândesc că poate moartea de fapt nici nu este întâlnirea cu Dumnezeu, ci despărțirea de el. Poate că în moarte nu găsim divinitatea, ci absoluta singurătate, că Dumnezeu trăiește aici, cu noi, ne înghesuim toți în această viață, în toate măruntișurile și nu acolo, idealizat.

Mă gândesc la moartea prietenului meu și privesc cerul și am senzația că acest imens albastru este o moarte mai mare spre care tindem. Ce-ar fi ca, fără să ne dăm seama, să nu existe nicio trecere în nicio altă lume? Să fie de fapt o singură lume unde să trăim cu toții laolaltă, morții cu viii și viii cu morții. Să nu mai fim separați și cadavrele noastre să nu valoreze mai mult decât niște excremente vomate de natură. Poate că fără să știm trăim unii prin alții, că aceia care mor trăiesc prin cei care rămân, iar că viii trăiesc prin faptul că alții mor.

Credeți că are vreun rost toată demonstrația asta? V-am întristat. Ce bine îmi pare. Măcar atâta să pot să fac și eu. Oricum, o certitudine am. Nu există moarte în sine. Murim de bătrânețe, murim din boală, din greșeală, din prostie, din dor. Ce poate omul să-și dorească mai mult după ce moare decât să se întâlnească cu

Dumnezeu? Şi, de fapt, poate abia după ce mori îţi dai seama că nu mai ai cu cine să te întâlneşti. Am spus asta şi mai devreme, nu? Am subliniat. Să nu uitaţi. Când ajungi să trăieşti toate aberaţiile astea, ajungi cu siguranţă să-ţi doreşti să te sinucizi. Cine mai poate să-şi dorească să se sinucidă în ziua de astăzi este un om viu pentru simplul fapt că îşi mai doreşte ceva. Sunt alţii care nici să se sinucidă nu mai au chef. Atât de acută este agonia, că nu-i mai trezeşte nici măcar sinuciderea. Privesc din nou cerul. De data asta îl văd ca pe o pânză albastră pe care sunt proiectate trupurile noastre. Toate trupurile din toate timpurile. Ca şi când ar fi un cer de trupuri. Şi sub cer nimic, niciun fir de pământ, să fie ceva infinit. Şi noi să nu cădem, să plutim aşa cum plutesc fulgii şi să nu ne oprim niciodată. Să plutim la nesfârşit.

To: floarea_soarelui@yahoo.com

Spune-mi, te rog, cum ar fi trebuit să fie, cum ai vrea să fie. Din partea mea a fost umor. Şi să nu-ţi mai fie frică! Pe mine o să mă ai tot timpul! Trebuie doar să mă chemi!

Draft

Diagnostic fatal: hemoragie a sufletului. Nici Dumnezeu nu poate să o oprească.

To: floarea_soarelui@yahoo.com

Cel mai mare mit e mitul conştiinţei. Fiecare dintre noi (nu mă întreba care noi) crede că poate vorbi cu

Dumnezeu. În realitate, singurul Dumnezeu e durerea din noi (nu mă întreba care noi). Ce vreau să-ţi spun eu ţie, omule, e că şi eu sunt ca TINE. ADICĂ URLU! AUUUU-UUUUUUUUUUUUUUUUUUUUUUUUUUUU-UU!!!!!!!! Crezi că mai interesează pe cineva dacă Iisus a înviat sau nu?

Draft

Acum cinci minute nu dădeam nici doi bani pe existenţa mea. Am deschis ochii, mi-am dezvelit trupul, mi-am destupat urechile şi dintr-odată am început să respir. Dar nu să respir aşa, fără rost, cum respir de obicei. Am început să trag adânc aer în piept. Şi am tras o dată, de două ori, de parcă mă drogam. Ştii ce simţi când prizezi aer? Simţi că eşti cea mai idioată, cea mai cretină fiinţă de pe pământ. De ce? „De ce" nu există! Eşti idiot şi atât! Îşi răspunde fiecare în parte de ce este idiot! Greierii mi s-au aliat, prizează şi ei alături de mine. Cerul a prins culoare de ploaie, boabe de struguri îmi mângâie buzele, iar eu nu mă mai simt un fluture bătrân de care s-a plictisit Dumnezeu şi pe care-l alungă din Rai. Să tragi aer în piept aşa, la modul cel mai cinstit, păi o iei razna! E prea frumos!

Piciorul pe care în seara asta îl speli, mâine poate să-ţi fie tăiat! Şi dacă te-ai gândi că-l speli pentru mâine şi ţi-ar fi frică, ai sta nespălat toată viaţa! Pentru că mâine nu există şi nu are rost să faci ceva pentru ceva care nu există.

Piciorul îl speli azi şi te bucuri azi că este spălat pentru că azi striveşte sărutul, azi mângâie pământul, azi suferă, azi te poartă să-ţi cumperi pâine.

Pe tine nu te-a îngrozit niciodată mirosul cadavrului care vei fi?

Faptul că oricât de mult fugi de putoare, de hoit, de urât, nu ai unde să fugi definitiv. Mai devreme sau mai târziu te afunzi în haznaua fără sfârşit, în existenţa asta monotonă, privată de emoţii, de curaj. Mai devreme sau mai târziu oboseşti să prizezi aer şi din nebunul acela frumos ajungi o chestie bipedă vulgară, zgomotoasă, ţipătoare, care cerşeşte milă!

Te-ai gândit vreodată că şi gaura de la veceu poate fi o poartă spre Rai? Că, de fapt, acolo îţi arunci excrementele şi ţi le curăţă cu cinism apa, în timp ce fiinţa ţi-o arunci în viaţă şi ţi-o curăţă, cu toleranţă, timpul? Deus Absconditus te aşteaptă la ieşirea din canalizare sau în sufletul tău prăpădit în care se ascund complexe, frustrări, ambiţii şi puţin, foarte puţin... IUBIRE! Ah, m-am fript! Cuvântul ăsta nu iartă! A iubi înseamnă oare a dispărea în celălalt?

Doamne, nu mai am glas să te strig, iar atunci când te-am strigat aveam un glas de împrumut. Nu cred că tu ai inventat natura! E mult prea perfectă! Numai o minte diabolică ar fi putut să ne arunce într-o asemenea capcană.

Aş fi vrut să te iau de mână, Doamne, să te plimb prin parc, să vezi cum se joacă pruncii, cum râd, cum iartă, şi-atunci cred că ai fi renunţat să ne mai umileşti aşa. Copiii te învaţă să iubeşti. Ce fel de tată eşti care aştepţi jertfă de la Unicul tău fiu? Ce fel de conştiinţă aperi dacă sângele care curge din lemnul crucii îi hrăneşte mai departe pe criminali?

Nu te judec, dar îţi plâng de milă şi mă îngrijorez! Am început să prefer un infern plin de patimi decât un paradis lipsit de viaţă.

Doamne, pe tine nu te-a durut când ai căzut din Rai?

To: floarea_soarelui@yahoo.com

Fără mister, universul ar deveni tare neîncăpător. Fără umbre, fără fantome şi demoni, ne-am sufoca în infinit, ne-am îneca mereu, cu fiecare clipă. Fără zâne şi zei, am fi doar pietre rătăcite în vid. Asta-i partea frumoasă a vieţii: jocul, schimbarea, zbaterea către lumină. Iar partea urâtă a vieţii este predestinarea, precondiţionarea, pierderea libertăţii. Ideea de nonexistenţă ne sperie cel mai mult şi aşa se naşte credinţa, aşa se nasc credinţele! Credinţa e un tribut adus creaţiei, este costul de a fi. Puţini sunt dispuşi să nu-l plătească! Este blestemul omenirii, de a fi împinşi de la spate către lumină!

Draft

Plătim pentru fiecare respiraţie.

To: floarea_soarelui@yahoo.com

Doar noi, nimic mai mult şi nimic mai puţin.

Draft

Viaţa nu te iartă! Uneori poate să-ţi fie atât de dor, încât nici măcar să nu mai ştii de ce îţi este dor cu adevărat. Poate că de fapt dorul în sine nici nu are valoare. Îmi este atât de dor de bunica, încât nici nu pot să-mi doresc să mor ca să o revăd. Îmi este atât de dor

să mai fiu copil, încât mă arunc cu foame în tot viitorul. Îmi este atât de dor de mine, încât de la o vreme am început să mă pierd prin ceilalţi. Fug de ceea ce vreau să am cu adevărat pentru a nu avea ceea ce vreau, pentru a nu ajunge la împăcare, pentru a nu trăi ruşinea că ar putea fi în mine un om nedemn de toată generozitatea lui Dumnezeu. Chinui zborul fulgului până ce aripa din care s-a desprins va înălţa pasărea acolo unde nu ochiul omului priveşte, ci sufletul lui! O poezie! E o rană! O poezie e o rană! Rănile ni le scriem singuri, poeziile ni le sculptăm singuri.

To: floarea_soarelui@yahoo.com

N-am uitat încă cine suntem. Dacă am să uit vreodată, o să fie tare trist, dar având în vedere faptul că am să uit, presupun că nici n-am să-mi mai fac probleme. Timpul ucide tot, aşa se spune (de parcă ai putea fi martor al timpului). Totul e să ai o privire de ansamblu asupra feliei de timp acordate ţie şi să te hotărăşti cât mănânci din ea. Majoritatea oamenilor doar gustă şi nu digeră.

Draft

Ai rău de rău? Urcă-te în vârful vieţii şi aruncă-te în gol. Cei care mor sunt numai câinii!

To: floarea_soarelui@yahoo.com

Cred că exagerezi puţin cu aşa-zisa lipsă a certitudinilor. Sunt şi certitudinile astea de mai multe feluri. Pe de altă parte, ar fi absurd să pretinzi că ai certitudinea că nu ai nicio certitudine. Filosofie stearpă. Diferenţa esenţială e alta şi ţi-o spune şi Nietzsche: ceva de genul că oamenii elevaţi se caracterizează prin DURATA sentimentelor alese şi nu prin intensitatea lor. Cu alte cuvinte, este elementar pentru oricine că nu poate avea certitudine/stabilitate în sentimentele sale, însă avem datoria morală de a nu renunţa la ele, chiar dacă scad în intensitate, chiar dacă pălesc cu timpul. Evident, Nietzsche este ironic la adresa moralei şi ipocriziei umane. De altfel, tu ai certitudinea că nu mă mai iubeşti, nu? Şi asta înseamnă că ai şi certitudinea că m-ai iubit înainte, nu?

Draft

Vreau să trăiesc până în ultima clipă. Nu îi dau lui Dumnezeu nimic înapoi. Dacă mai pot, o să-i mai fur câteva secunde. CRINUL SĂLBATIC ŞI-A PUS RĂDĂCINILE ÎN OVARELE MELE ŞI CREŞTE. El creşte, eu dispar.

To: floarea_soarelui@yahoo.com

După atâta timp... M-am uitat la noi... La ce ne scriem noi... O înşiruire de rânduri... În care vrem să exprimăm ce trăim în acel moment... Care moment?... Momentul în care scriem... Şi ce ne spunem?... Ne spunem că vom trece şi peste acea clipă şi că vom trăi ceea ce năzuim să trăim... Urmează şi clipa următoare... Ne facem iarăşi aceleaşi promisiuni... Asta-i clipa următoare... Ce-ţi spun eu ţie acum?... Ajută-mă?!!!... Salvează-mă?!!!!... Am nevoie de tine?!!!... Doar atât?????

To: zmeul_albastru@yahoo.com

Ar trebui să-ţi cer să tai din rădăcină crinul sălbatic, să-ţi cer să ucizi.

Draft

Este miez de noapte. De vară. Stau în curtea bunicii. Greierul îmi ţine pe aripi respiraţia. Miroase a viaţă. Vântul adie, plopul adie... adie ani din viaţa mea. Şi se leagănă din copilărie spre nicăieri. Şi uneori plopul se leagănă atât de tare, încât îmi dă senzaţia că-mi va cădea în suflet. Oare cât de mare ar trebui să-mi fie sufletul pentru ca în el să-şi găsească liniştea un plop? Este miez de noapte. El vorbeşte la telefon. Ea naşte. Unii dorm, alţii aleargă, iar eu, singură, ascult viaţa. De ce unii zic că viaţa are melodie? Eu nu aud nimic. Viaţa nu face zgomot. Trece uşor, adie uşor, adie atât de uşor, că dacă nu eşti atent, îţi scapă printre degete.

To: floarea_soarelui@yahoo.com

Dau pe reply şi-ţi scriu în continuare. Am eu ambiţia să mă aud urlând, de parcă urletul meu ar însemna ceva, de parcă eu aş însemna ceva. Ha ha ha. De parcă noi am însemna ceva, de parcă eu şi cu tine am putea schimba ceva, de parcă ne-am putea opune. Nu întreba cui trebuie să ne opunem... fii doar sigură că trebuie să ne opunem... ca să rezistăm... nu mă întreba de ce... trebuie să rezistăm ca să putem fi... în orice dimensiune, în orice spaţiu şi timp... vom fi.

Draft

Aleargă prin lanul de flori de câmp, spală-te cu roua după-amiezii, opreşte-ţi zâmbetul unui copil pe chip, descuie cu înţelepciunea unui bătrân un timp închis, uită că vrei să fii veşnic pentru că veşnicia nu are timp şi trăieşte puţin mai aproape de Dumnezeu. Renunţă la tine şi dăruieşte-te celuilalt. Prin el, de fapt, te câştigi. Iar apoi învaţă să fii atent. Bucură-te aşteptându-l pe Dumnezeu să vină să-ţi cânte la ureche. Într-o singură secundă poţi trăi veşnicia.

To: floarea_soarelui@yahoo.com

Să nu ţi se pară anormal că trag cu dinţii de noi! Poate ai să percepi nişte rânduri scrise de mine. Poate eu n-am să mai exist atunci. Le vei citi indiferentă ca pe fiecare rând din viaţa ta. Ştii foarte bine că dacă vrei să-mi dai o picătură de sânge, eu stau cu gura deschisă ca prostul. Trebuie doar s-o scapi. Am s-o înghit fără să mă întreb de-o fi otravă, de-o fi viaţă, cine ştie? NORMAL, nu dai doi bani pe grija mea. Sunt chiar penibil pentru picăturile tale de sânge. Ele vor doar să se reproducă, ele vor doar o gazdă.

Draft

Dumnezeu vine să-ţi cânte la ureche o singură dată. Dacă îţi astupi sufletul, l-ai gonit şi simfonia cu care urma să te boteze va rămâne doar un trist şi pasager urlet de pescăruş. Încearcă să stai desculţ pe ţărmul mării şi lasă valurile să-ţi pieptene picioarele şi ascultă discul pe care Dumnezeu l-a ales pentru tine. E un

început. Trezeşte-ţi sufletul să privească în ochi răsăritul şi transformă-l pentru o zbatere în idealul tău. Un început.

VALURILE SE OPRESC ÎN LARG

To: floarea_soarelui@yahoo.com

Nu înţeleg ce vrei să-mi spui până la urmă. Poate dacă te-ai exprima simplu şi eficace, aş înţelege. Am să-ţi dau un exemplu legat de asta. Nu mă simt absolut deloc stigmatizat de ceea ce am trăit cu tine, nici jenat, nici nu am nevoie de o doză de amnezie. Aş lua totul de la capăt oricând, poate aş schimba mici detalii.

Draft

Am un crin sălbatic care creşte în mine şi care mă consumă. Toate clipele de pe lângă sunt apă pentru crinul meu care mă încolţeşte. Când o să mă cuprindă toată, o să mă sărute. Dar atunci va fi prea târziu să îţi povestesc toate astea. Mi-e frică să-ţi spun. Dacă se molipseşte? Dacă crinul sălbatic va vrea să-şi pună din rădăcinile lui şi în tine? Atunci când iubeşti îţi cântă Dumnezeu la ureche. Şi nu mai există timp, nici spaţiu, viaţa nu se mai numără în monede, în injurii, în crime. Iubirea transcende omenescul, puţinătatea din noi. Ne este frică de Dumnezeu pentru că ne este frică de sublim. Ne este frică să ne abandonăm. Învăţăm să trăim singuri, departe de Dumnezeu şi ne este frică să ne abandonăm de teamă să nu ne pierdem definitiv, de teamă că nu ne

vom mai găsi niciodată. Nu avem încredere în Absolut. Nu avem curajul să ne lăsăm în mâinile lui Dumnezeu dintr-o frică enormă. Suntem o specie de fricoşi. De asta ni se pare tot timpul că viaţa ne ia peste picior, că destinul este ironic şi nu-i mai mult decât o hazna colectivă.

To: floarea_soarelui@yahoo.com

Poate îmi dai un telefon şi ne întâlnim. Vezi că uneori oamenii se întâlnesc fără un motiv anume, fără teme date în prealabil. Se întâlnesc pur şi simplu pentru a comunica.

Draft

O singură dată în viaţă se întâmplă să îţi cânte Dumnezeu la ureche. Stăteam cu capul pe inima lui şi îmi zburau pe la urechi pescăruşi. Ştiam însă că nu e glasul lui. Viaţa poate să îşi deschidă pumnul şi să găseşti în cutia Pandorei tentaţii, ispite, seminţe de frumos, spumă de fericire, fire de iarbă care cândva au fost o secundă din veşnicie. Veşnicia însă ne scapă printre degete. Minunile sunt rare. O singură dată te înalţi cu adevărat şi îţi cântă Dumnezeu la ureche. Când iubeşti. Când iubeşti?

To: floarea_soarelui@yahoo.com

E clar că nu mă cunoşti deloc. Altfel nu ai putea să spui că sunt nostim la volan. Era să mor de două ori până acum. Ţi se pare nostim??

Draft

Viaţa e mult mai dură decât te aştepţi şi niciodată nu eşti pregătit. Nici nu trebuie să fii pregătit. Cu cât te pregăteşti mai mult, cu atât e mai aridă.

To: floarea_soarelui@yahoo.com

Ceea ce s-a întâmplat până acum îmi confirmă temerile, pentru că dacă ar fi fost aceeaşi implicare şi din partea ta, nu puteai să trăieşti fără mine atâta timp. Şi după atâta timp şi fără niciun pic de forţare, eu te iubesc la fel, te visez la fel, te doresc la fel. Nici mai mult, nici mai puţin. Ciudat, nu????? Cine ştie?! NU se aplică nicio regulă în dragoste, însă în mod paradoxal, toate se petrec la fel din toate timpurile. Problema mea e că nu fac parte dintre cei mai mulţi, care cred că iubirea/dragostea se justifică doar prin reproducerea speciei. Te-am plictisit destul.

Draft

Dumnezeu nu se întoarce niciodată în acelaşi loc. Dacă nu eşti treaz atunci când vine să te viziteze, este problema ta şi trebuie să ţi-o asumi.

To: floarea_soarelui@yahoo.com

De trăire senzorială e capabil oricine. Şi o maimuţă iubeşte, şi un câine iubeşte din punctul ăsta de vedere. Numai că omul e cel care face angajamente. Omul e cel care pretinde absolutul. Şi atunci e cel puţin interesant să ştii sau să vrei să afli când te înşeli sau nu. Totodată, atunci când iubeşti, să o faci până la capăt, cu toată ființa ta. Să devii ca un meteorit în spaţiu, care se desprinde din gravitaţia unei planete şi se duceeeeeeeeeeeeee... Şi se opreşte doar când se ciocneşte de altă planetă şi moare. Nu mai are cale de întoarcere. Dacă nu ai trăit aşa ceva, dacă te-ai întors din drum, dacă nu ai fost capabilă să evadezi, atunci ce rost are să-ţi calific şi să-ţi cântăreşti propria iubire drept iubire? Astfel de „iubiri" nu trăiesc toţi omenii, într-o mişcare browniană ce pare nesfârşită? Asta-i tot? La asta se rezumă triliardele de „te iubesc-uri" rostite simultan, în toate limbile, pe tot globul? Trebuie să recunoşti că sunt cel puţin întrebări interesante, incitante, pentru cine vrea mai mult decât senzaţii sau dogme. Trebuie să ai curajul să-ţi dai seama că adevărul tău subiectiv e de foarte multe ori un adevăr fals.

Draft

Nu am mai avut forţa decât să fug. Să fug şi să mă ascund de mine. Am fost ca un câine care s-a învârtit să îşi prindă propria coadă.

To: floarea_soarelui@yahoo.com

Îmi pare rău nu pentru că aş regreta vreun cuvânt pe care ţi l-am spus, nu pentru că aş pretinde că sunt altfel decât ceea ce sunt... CI PENTRU CĂ... Atât pot să-ţi spun. Ai să mă respingi cum o faci de fiecare dată, ai să arunci la gunoi tot ce ţi-am scris aici, ai să scuipi pe fiecare clipă şi cuvânt împărtăşit cu mine. Mi-aş dori mult de tot să ascult şi să dansez cu tine „Nothing else matters". Ştiu că nu se va întâmpla, dar mi-aş dori mult de tot.

Draft

Fiecare om are în viaţă o singură mare întâlnire.

To: floarea_soarelui@yahoo.com

Am visat că te pierd. NU se poate descrie în cuvinte durerea. Cert este că m-am trezit din cauza senzaţiei de sufocare, încercând să trag aer în piept. Se pot face multe speculaţii, nu? Că e doar un vis, că visele nu sunt reale, că eu sunt nebun şi că e totul în mintea mea etc. Dar eu nu prea cred că ne putem minţi prin propriile noastre vise. Chiar şi cei care visează că dau marea lovitură la poker sunt foarte sinceri. Problema e că visele nu sunt premeditate de mintea noastră conştientă. Ce-am învăţat eu din visul ăsta? Că noi doi nu ne-am întâlnit şi nu am trăit degeaba. Şi am mai învăţat că sufletul poate muri şi este cea mai îngrozitoare, de temut şi ireversibilă moarte.

Draft

Să-ţi numeri iubirea în zile, să faci bilanţul şi să te transformi în contabilul lui Dumnezeu.

To: zmeul_albastru@yahoo.com

Ce înseamnă la tine a iubi toată viaţa?

Draft

O să mai apuc vreodată să te bat la table?

DUMNEZEU ARE ÎN TALIE UN COLIER DE TIMP

To: zmeul_albastru@yahoo.com

Acum o să îţi spun ceea ce poate ar fi trebuit să îţi spun privindu-te în ochi. O să trag aer în piept şi o să vărs. Copilul pe care l-am pierdut avea 4 săptămâni. Am fost suspectă de neoplasm, de un „crin sălbatic", cum i-am spus eu, care s-a prins de mine şi s-a fixat pe locul copilului nostru. În loc să am un copil, aveam în uter un crin. Nu am ştiut să fac altceva decât să fug, să mă ascund, să mă agăţ singură de fiecare gură de oxigen, să nu accept ideea morţii, dar să o iau în calcul şi să sper că e doar un coşmar din care mă voi trezi şi care mă va lăsa să mă reîntorc la tine. Credeam că sufletul meu ţi-a vorbit. Am 635 de mesaje pe care le scriam cu câteva minute înainte să adorm. Am trăit toată această perioadă hrănită de tot ceea ce visam împreună, de tot ceea ce nu apucaserăm să realizăm, respiram vise şi undeva, în mine, negam cu toată fiinţa mea că ceea ce se întâmplă e adevărat. De milioane de ori am pus mâna pe telefon să te sun, de câteva ori am sunat, te-am auzit şi am închis. Singurul om care mi-a împărtăşit povestea a fost Lena, prietena mea care supravieţuise unui crin sălbatic. Nu am avut timp să mă gândesc la cum o să fie după. Mi-am adunat toată energia ca să scap şi să mă întorc la tine. Am vrut să ştii că nu mi-am bătut joc. Nu am ştiut în acel moment să fac altfel decât să aleg să fiu singură şi să mă ascund. Cei mai mulţi oameni nu ştiu cum să reacţioneze în faţa morţii. Alegi să o iei la fugă, să fugi de nebun fără să te mai opreşti, chiar dacă asta nu rezolvă nimic, doar te oboseşte şi te aduce într-o stare de beţie care îţi amână trezirea.

Draft

Obstacolele cu care te confrunţi în afară reprezintă limitele pe care le porţi înlăuntrul tău. Încearcă o fază: crede pentru a vedea, nu a vedea pentru a crede. Singurul care te poate face fericit eşti tu însuţi.

To: floarea_soarelui@yahoo.com

Dacă îmi permiţi o sugestie, încearcă să trăieşti până la capăt ceea ce începi să trăieşti la un moment dat. Eu sunt îndreptăţit să mă simt ratat, pentru că eu am crezut într-un noi infinit, m-am dedicat ţie. Nu s-a consumat nimic în mine, nu a murit nimic în mine în mod natural. Şi dacă mă întrebi acum care a fost rostul anilor trăiţi cu tine, nu ştiu care este răspunsul. Măcar de-aş avea certitudinea că sunt capabil să trăiesc într-o iluzie totală, că sunt nebun, şi atunci aş avea un făgaş. Mi-ai răspuns deja la întrebările astea. Nici tu nu ai trăit ceva până la capăt cu mine. În situaţia asta, află că pierdem timpul aiurea. Află că suntem în suspensie şi că nu o să avem linişte până nu o să terminăm ce am început. Concluzia: Ori mă uiţi, ori mă iubeşti. Ori viaţă, ori moarte. Eram căsătoriţi şi tu într-o zi, fără nicio explicaţie, ai pus punct.

To: floarea_soarelui@yahoo.com

Îţi propun, câteodată, să comunicăm prin stări de spirit, adică prin muzică şi versuri, aşa cum fac adolescenţii. Intră şi ascultă melodia „Ordinary people", Band: Pulp.

DECI, NIMICUL E O IMAGINE?

To: floarea_soarelui@yahoo.com

Uite care-i treaba: spune-mi dacă eşti bine şi dacă diagnosticul e infirmat, pentru că dincolo de orice, vreau să fii tu bine. Era băiat sau fetiţă? Poate ţi se par stupide întrebările astea, dar aş vrea să ştiu. Şi mai vreau să ştii că pentru mine e important că ai supravieţuit tu! Nu contează că ai pierdut sarcina! Am simţit că e ceva în neregulă cu tine, că-mi ascunzi ceva. Îmi aduc aminte că te-am întrebat de atâtea ori dacă s-a întâmplat ceva rău cu tine şi dacă îmi ascunzi ceva. După ce te-ai despărţit de mine am avut un singur coşmar, că-mi ascunzi faptul că mori şi că o să fiu nevoit într-o zi să vin la înmormântarea ta fără să fi ştiut nimic. Nu-mi explicam acest coşmar şi l-am îndepărtat, asumându-mi ideea că eşti bine, că o să fii bine şi că pur şi simplu eşti fericită fără mine. Asta mi s-a părut cel mai important, să îţi las libertatea să alegi. Nu m-am mai gândit la mine. Ţi-am creat ţie o lume în interiorul meu, în care tu erai bine fără mine. Asta-i tot! Am avut această putere, să uit ce simţeam pentru tine, să te las în pace. Şi am încuiat lumea asta în mine cu şapte lacăte şi şapte chei. Uite că a funcţionat, tu trăieşti şi eşti bine acum şi asta e cel mai important. Poate că şi eu aş fi procedat la fel dacă aş fi fost diagnosticat cu cancer. Poate că şi eu te-aş fi îndepărtat de mine, cu riscul de a te pierde de tot. Acum eu iubesc altă femeie şi tu ştii foarte bine că eu nu mă joc când iubesc! Eu m-am ascuns foarte bine, atât de bine, încât nu ai să mă găseşti decât atunci când o să vreau eu să mă găseşti. Crede-mă că aşa e!

Draft

„Zboară petalele merilor. Au acoperit pământul. Par fluturi." Aşa-mi şopteai.

To: floarea_soarelui@yahoo.com

Evident, nu se compară cu „Simfonia a 9-a" de Beethoven. Cred că nu înţelegi nimic din ce încerc să-ţi transmit. Stai liniştită. E numai vina mea.

Draft

Există o singură plăcere, aceea de a fi viu, tot restul este mizerie.

To: floarea_soarelui@yahoo.com

Mă întreb cât de adâncă e sensibilitatea ta. Că a mea se înfundă mereu în ea însăşi şi nu rezultă nimic. Absolut nimic nu rezultă, oricât m-aş strădui eu. Deci, nimicul e o imagine?

Draft

Eşti gata să mori într-un mod obscur? Se va întâmpla într-o zi! Nu pot să mor fără să îţi spun adevărul. Sapă în mine, scoate tulpina crinului şi apoi dă-i foc. Frunzele lui mi-au înconjurat trupul. Doar tu poţi să le tai.

To: floarea_soarelui@yahoo.com

M-am schimbat mult în ultimul timp şi nu te mai înţeleg. Am impresia că a trecut o veşnicie de când ne-am despărţit şi că eu sunt un alt om. Pur şi simplu s-au produs schimbări iremediabile în mine. De ce îţi mai spun eu toate astea? Mai înseamnă ceva pentru tine? Astea-s întrebări bune. Şi încă una şi ultima: De ce am fost noi doi îndrăgostiţi? Ca să purtăm discuţii din astea stupide? Nu-i mai bine să lăsăm totul în ceaţă, aşa cum a rămas de fapt? Vezi câte întrebări. Te pot ucide atâtea întrebări inutile! Dar oare eu exist? Iubirea adevărată durează o perioadă de timp sau e veşnică?... De ce ai citit până aici ce ţi-am scris eu?

To: zmeul_albastru@yahoo.com

Atunci când eram împreună, totul era curat, cinstit. Sufletul era liber. Nu aveam nevoie să alergăm prin labirint. S-a schimbat textura Cerului între timp? A rămas viu sau e desenat albastru, impecabil, pe hârtie? Era curat înainte pentru că nu aveam nevoie de perfecţiune. Aveam nevoie de noi, aşa cum eram. Dacă există ceva ce se învaţă uşor, atunci e cum să te strici, cum să (te) minţi, cum să (te) joci, cum să te îndepărtezi de tine. Femeile au nevoie din partea bărbaţilor de certitudini înrămate, de jurăminte mărţişor, de luna de pe cer. Şi ca să le oferi o lume ca asta, inventezi. De ce să le dezamăgeşti? Sau să le pierzi? Femeile rezistă într-o relaţie dacă sunt minţite, dacă aud ceea ce vor să audă, dacă rolul pe care îl joci este cel pe care îl aşteaptă. Iar bărbaţii ştiu foarte bine să le satisfacă această slăbiciune şi să le ameţească în aşa fel, încât la finalul dansului, niciuna nu mai ştie cât, ce, cu cine, de ce, pentru ce... De ce? E o formă de apărare. Şi poate că e necesară. Trecând prin minciună, am câştigat adevărul. Acum nu aş mai da nicio secundă să trăiesc în afara lui. Moartea m-a îmbrăcat când încă eram murdară şi sufletul meu se târâia. Frica de a nu rămâne în Iad a fost cea mai cumplită senzaţie cu care s-au luptat celulele mele.

Draft

De ce să mor? Nu am fost niciodată atât de vie ca acum, atât de îndrăgostită.

To: floarea_soarelui@yahoo.com

Tot ce vreau să ştii e că nu mai pot să-mi deschid sufletul în faţa ta, pentru că ai înfipt un cuţit chiar în mijloc. Cât de bărbat sunt eu, vreau să ştii că mi-e teamă de tine cum nu mi-a fost teamă de nimeni până acum. Poate că am nevoie de timp să pot discuta normal cu tine. E paradoxal, pentru că nu pot respira liber fără tine... Şi iată că viaţa mea a devenit puţin complicată. Ţie să nu-ţi fie frică de mine, pentru că nu ai de ce. Ca să pot să trăiesc, a trebuit să te îngrop. Acum eşti doar o fantomă.

To: zmeul_albastru@yahoo.com

Minciuna este o opţiune. Dar atât timp cât între noi nu există lanţuri, de ce să ne mai minţim? Ce să apărăm? Nu avem nimic acum. Suntem pe un teren gol pe care putem să visăm din nou.

Draft

Sunt. Asta e suficient?

To: floarea_soarelui@yahoo.com

Bună dimineaţa!
Fie ca roua să te sărute!
Ai uitat cum e să mergi desculţă prin iarbă?
Ai uitat cum e să râzi cu poftă?
Ai uitat cum plânge luna noaptea?
Ai uitat cum apa îţi spune te iubesc?
Ai uitat liniştea din fiecare şoaptă?
Eşti doar tu... aici şi acum... nu ai cum să uiţi.
Am uitat cum e să minţi fericirea?
Am uitat să văd?
Am uitat că timpul fură?
Am uitat să-ţi spun te iubesc?
Sunt doar eu... aici şi acum... nu am cum să uit.

Draft

Ajunge puţin curaj. Aşteaptă-mă. Te iubesc fără să îţi spun. Sufletul rosteşte în tăcere. Ascultă-l. Nu te grăbi. Nu o lua înainte.

To: floarea_soarelui@yahoo.com

Câteodată... îmi este dor de tine tare de tot. Câteodată... simt că nu mai pot fără tine şi-mi vine să fug în lumea ta. Câteodată... simt că sunt un criminal pentru că te-am părăsit şi simt că nu am să mă pot ierta niciodată. Câteodată... simt că tu strigi după mine şi eu nu pot să ajung la tine. Câteodată... trăim o viaţă întreagă într-o singură clipă.

Draft

După atâţia ani de detenţie, sunt liberă. Cât de stupid este să îţi câştigi libertatea în momentul în care te împrieteneşti cu moartea şi trebuie să te aştepţi oricând la o vizită. Când nimeni nu îţi dă niciun verdict radical, parcă lucrurile pot fi în orice fel.

To: floarea_soarelui@yahoo.com

Am văzut un film foarte tare. Se numeşte „Stranger than fiction". Caută-l. O să-ţi placă.

To: zmeul_albastru@yahoo.com

Şi eu am văzut un film foarte tare. Se numeşte „Yes", după Sally Potter. Nu-l căuta. Nu o să-ţi placă.

Draft

Este atâta timp care trece fără să ştim de fapt nimic unul de altul.

To: floarea_soarelui@yahoo.com

Probabil n-ai să citeşti acest mail şi-l scriu degeaba. Dar nu mă laşi să comunic cu tine în alt fel. Să ştii că înainte de a fi fostul... (ce vrei tu), sunt om. Şi ca orice om, fie credincios, fie nu, am un suflet. Eu, cel puţin, te-am privit mai întâi, întotdeauna, ca om şi m-am comportat cu tine ca atare. Şi omul ăsta ar fi vrut să-ţi spună că nu te mai poate scoate din gând. Că a ajuns să se urască pe sine pentru asta. Că-l tortura întrebarea „de ce?". Că nu i-ai spus, până în ziua de azi, de ce te-ai despărţit de el. Tu ai fi înţeles ceva în locul meu? Asta aş fi vrut să-ţi spun, nimic mai mult. Poate că nu există răspuns la întrebările mele sau nu eşti tu cea care trebuie să mi-l dea. Cert este că nu pot scăpa de tine. Că nu te pot uita. Că ai rămas ascunsă în mine, că mă devorezi din interior, fără ca eu să am vreo putere de a mă opune. Îmi pare rău că nu am apucat să facem cunoştinţă. Eu sunt eu şi-ţi doresc o viaţă cât mai bună.

Draft

Iubirea nu se pierde. Dar se poate ascunde. Nu vom fi aceiaşi dacă o să ne revedem. În fiecare clipă suntem alţii. Merită să ne descoperim, dar nu merită să ne facem rău descoperindu-ne. Noi ne-am făcut rău pentru că am trăit nefiresc. Faptul că te-am minţit şi că nu ţi-am spus adevăratul motiv al despărţirii noastre e nefiresc. Mi-a fost o frică cumplită. Şi după atâta timp, cum să îţi spun? Oricum nu ştiu ce o să fie. Tratamentul merge bine, dar oricând boala asta poate să îţi bată la uşă şi să te prindă nepregătit. Aşa am vrut să trăim. Ştiam că ne este rău. Am riscat. Am crezut că îl păcălesc pe Dumnezeu şi pe Diavol. Am sperat.

APROXIMATIV... INFINIT

To: zmeul_albastru@yahoo.com

Se apropie răsăritul. Trebuie să plec. Uşor, tiptil, pe nesimţite. Să nu te trezesc din visul tău. Să nu-ţi ating visul cu respiraţia mea.

p.s. Ştii că pe somnambuli nu e bine să îi trezeşti din vis pentru că pot să se sperie, să facă infarct şi să moară. O variantă. A doua este că dacă nu mor, pot să înnebunească. A treia e să îi laşi să se trezească singuri. Vise plăcute!

To: floarea_soarelui@yahoo.com

Habar nu ai în ce am crezut şi în ce cred eu acum. Cert e că nu te mai iubesc şi nu mai vreau să fim împreună, iar asta nu are nicio legătură cu ce s-a întâmplat între noi. Şi fiindcă tu mi-ai urat vise plăcute, eu îţi urez „Bună dimineaţa!"

Draft

Mi-este atât de dor de Zmeul Albastru, încât mă doare când trag aer. CD-ul cu povestea s-a terminat. N-am dat eject încă. Nu vreau să pun altă poveste.

To: floarea_soarelui@yahoo.com

Nu mă pot abţine să nu râd. E frumos, e poetic, e literar ce spui tu...:) ... dar eu mă refeream la viaţa reală, nu la „pentru că într-o zi m-am trezit cu moartea în mine" :)))) Dar e OK, nu trebuie neapărat să-mi dai un răspuns dacă nu vrei. Nu pot să cred ipoteza ta. De ce nu spui „am avut nevoie de-o vacanţă"? Eu oricum ţi-am scris toate chestiile alea ca un pretext şi protest în acelaşi timp, ca să-mi alin dorul de tine. Totul are o cauză. Cel mai bine ar fi să nu citeşti mailul ăsta şi să mă uiţi complet.

Draft

Cu noi ce-o să se-ntâmple, Doamne? Ssssssssssssst!

To: floarea_soarelui@yahoo.com

Întotdeauna cel care rămâne cu gura căscată dintre cei doi, dacă există aşa ceva, se macină şi se macină, pentru că vrea să ştie şi el de ce a rămas cu gura căscată în halul ăla. Şi atunci, măcar din compasiune, ca să nu zic curiozitate intelectuală, îi împărtăşeşti şi ăluia motivul. Mai ales când ştii că nu mai reprezintă nicio ameninţare pentru tine. Eu am început să-mi pun întrebările astea despre noi doi, că totuşi au fost 14 ani de viaţă şi speranţe mari, nu-i chiar aşa o relaţie oarecare. Poate, cine ştie, într-o zi ai să-mi spui şi mie, aşa, ca şi când ai bea o bere cu un prieten. Faza cu moartea nu ţine. Las-o pentru un infantil. Iar dacă ce spui e adevărat, chiar e o dovadă că nu mă iubeşti.

Draft

La ce-ţi trebuie un patent dacă ţi-e foame, m-ai întrebat. Ca să-l leg de o creangă de piersic, ţi-am răspuns.

To: floarea_soarelui@yahoo.com

Dacă vrei, ne întâlnim şi ne spunem mai multe. Tot aşa, fără niciun scop :)

Draftt

Va veni o zi când o să îţi limpezeşti sufletul şi când o să pot să îţi vorbesc. Acum am nevoie să rămân singură. Miroase încă a crin.

AM ÎNVĂŢAT SĂ MOR ÎNCET, CU CÂTE UN PAS MIC, UN ALT PAS MIC...

To: floarea_soarelui@yahoo.com

Trăieşti o iluzie! Îţi este frică să trăieşti cu adevărat! Nu te condamn şi nu te judec, nu mă înţelege greşit. Doar îmi pare teribil de rău că eşti aşa. Ai fugit ca o laşă! Acum nici nu mai vreau să aflu ce te-a determinat să fugi. Mi-am făcut rău foarte mult timp încercând să găsesc un răspuns. Nu mai cred că are importanţă. Cert este că m-ai minţit! M-ai minţit pe mine, te-ai minţit pe tine. Dacă o să continui aşa, o să treci ca o raţă pe apă prin viaţă. Nu înţeleg de ce nu ai curajul să-ţi asumi ce trăieşti. E chiar atât de greu? Ştiu că o să te revolte ce îţi spun acum, ai să-mi spui că habar nu am eu ce viaţă duci tu şi cât îţi este de greu. Problema e că nu au nicio legătură una cu alta. Sunt câteva lucruri autentice în viaţa asta, iar iubirea e unul dintre ele. Tu însă ai renunţat foarte uşor la noi, ai aruncat totul la gunoi. Şi ce ai rezolvat??? Asta-i marea întrebare. Ce ai realizat în felul ăsta? Cât timp ai de gând să fii propria-ţi prizonieră şi de ce? Care-i miza? Dar e mai comod să crezi că totul se consumă, că totul moare şi să trăieşti viaţa ca pe o aventură. În felul ăsta nu pui preţ pe nimic, în felul ăsta trăieşti doar pentru senzaţii.

Draft

Dacă ştiam că Dumnezeu îmi dă un bonus, te-aş fi sunat. Mai bine vii la înmormântarea mea, decât să mori cu mine în fiecare clipă.

To: zmeul_albastru@yahoo.com

Noi doi nu suntem despărţiţi decât fizic. Aş pune pariu cu tine acum că dacă ne-am întâlni, ar fi ca şi când ne-am fi ţinut în braţe ieri. Între noi doi nu există timp.

Draft

Decalogul vieţii mele dacă o să trăiesc şi dacă o să mă laşi să îţi spun ce am trăit:

1. Să mă reîntorc să sorbim adevărul.

2. Să îţi cer să reîncepem să dansăm împreună pentru totdeauna şi atunci când ne vom odihni şi vom fi obosiţi, să nu ne mai dăm drumul la mână ca să ne ia altcineva la dans.

3. Să îţi arăt cum ar fi să trăim noi doi, dacă tratamentul dă rezultate şi nu o să mai cresc crini în pântec.

4. Să ne căsătorim, desculţi, cu flori de câmp şi cu miros de iarbă proaspătă.

5. Să facem copii din noi şi să înfiem şi alţi copii.

6. Să primesc toată tandreţea pe care am ţinut-o departe tot timpul ăsta şi să îţi dăruiesc toată dragostea pe care am ascuns-o în minciuni.

7. Să facem dragoste până ce i-am stârni gelozia lui Dumnezeu, l-am enerva şi ne-ar trimite la dracu'.

8. Să ne certăm şi apoi să râdem ca nebunii.

9. Să facem nopţi albe, discutând de una, de alta, să te încolăcesc cu braţele şi cu picioarele mele, să te inhalez şi să te mângâi.

10. Să te trezesc cu un sărut şi să te adorm cu un altul.

p.s.: Decalogul e valabil doar astăzi. Mâine se poate schimba. Avem atâtea de recuperat.

To: zmeul_albastru@yahoo.com

Am trăit o veşnicie trezindu-mă dimineaţa fără să ştiu dacă mai apuc să prind apusul şi culcându-mă seara fără să ştiu dacă mă mai trezesc. Nu mai poţi să foloseşti metafore după ce te săruţi cu moartea. M-ai închis în tine, în sufletul tău, adânc, m-ai ferecat cu şapte lacăte şi şapte chei... Dar eu trăiesc, sunt vie. Nu o să bat cu pumnii să deschizi, nu o să fac gălăgie, o să mă descurc, sunt fată mare.

Dacă eram lucidă, intuiam prezentul în care eşti. M-am bazat doar pe ceea ce am simţit noi doi, atât, pe ceea ce ne spuneam prin cuvinte şi fără cuvinte şi îmi ziceam secundă de secundă că, dacă o să mai am viaţă, mă voi întoarce şi vom face tot ceea ce nu am făcut înainte de plecarea mea.

Aş fi vrut, în perioada asta să îi spun Lunii ce trăiesc, mi-era teamă că o să-ţi spună. Era mama ta... N-am fost în stare să ies din mine decât acum, după ce toate s-au terminat. Poate că dacă îţi spuneam de la bun început adevărul, prezentul arăta altfel. Sau poate că a trebuit tocmai să nu îţi spun ca să putem să fim în acest prezent şi să ne dăm seama că ceea ce considerăm a fi infinit e doar o parte. O parte mică din ceea ce urmează să trăim, fiecare pe cont propriu. Când e vorba de suflet, nu facem trotuarul. O să îţi dau forward la toate mesajele pe care ţi le-am scris şi o să afli şi cât de absurd mă simt în această poveste. E prima oară când simt că Dumnezeu îşi bate joc de mine.

To: floarea_soarelui@yahoo.com

Sunt plin de cicatrice de la oameni care m-au iubit şi pe care mi-am făcut nevoile. Să nu-ţi faci griji! Ai văzut ce penibil personificăm viaţa atunci când, de exemplu, spunem căca-m-aş pe ea de viaţă? De ce o personificăm? E nostim, nu? Cred că cel mai frumos lucru pe lumea asta e să mori şi cel mai urât e să-i faci rău altuia mai slab decât tine. Nu-i aşa că mă înţelegi? Nu-i aşa că o să-mi zâmbeşti mereu la fel, că ai să te uiţi în ochii mei la fel? Nu-i aşa că tu nu o să mori? Nu-i aşa că noi doi suntem veşnici? Nu-i aşa că nu o să mă laşi singur niciodată?

Draft

Afară este un vişin. Are fructele coapte, dar acre... Îmi aminteşte de vişinul din curtea bunicii. Undeva în noi, în adânc, fiecare iubeşte pomul lui.

To: zmeul_albastru@yahoo.com

Acum îmi dau seama că nu moartea e cel mai grav lucru, ci să rămâi în viaţă fără să mai ai vreun sens, să simţi că nu mai ai pentru ce să rămâi. Respir prin tine, cum am făcut-o neîncetat de când te cunosc. Poate că uneori nu am ştiut să te las să îmi simţi răsuflarea şi mi-am ţinut respiraţia dându-ţi senzaţia că sunt moartă.

Nu ştiu ce o să se întâmple de-acum încolo fără tine. E mai periculos decât diagnosticul pe care mi l-au pus ei. Încearcă să te întorci. Încă se mai poate.

To: floarea_soarelui@yahoo.com

Nu mai am suflet. E la tine. În toate relaţiile în care mă bag, mint. Nu am cum să fiu eu. Eu sunt doar cu tine.

AM DIN NOU 3 ANI

Draft

Nimic nu ne poate consola de moarte. Acţiune şi memorie. Prezent. Trecut.

Crinul sălbatic a fost smuls. Medicii mi-au lăsat în loc un crater. E gaura timpului trăit fără tine. Am ieşit din spital singură. Veneam spre casă şi priveam vitrinele fără să descifrez ce conţin. Îmi admiram silueta. În sfârşit, mi se vedeau oasele. Obsesia adolescenţei mele. Am ajuns în faţa casei părinţilor. Nu aveam curajul să urc. Aşteptam. Lângă mine parchează o Yamaha 1600. Galbenă. Strălucea. Mi-a făcut cu ochiul. Şi eu, tânărului care o conducea.

— Vrei să urci?

— Să urc?

— De ce nu?

— De ce nu?

Când trăieşti cu ideea morţii, primele secunde de viaţă eliberate de cronometru sunt derutante. Nu ştii ce să faci, nu ştii cum să reacţionezi, nu ştii ce ţi se

întâmplă, e efectul invers al secundei în care am aflat că urma să mor. Motociclistul era un tânăr care a coborât, a deschis portbagajul, a scos a doua cască, mi-a fixat-o şi m-a invitat în spatele lui.

— Te-ai mai dat?

— Da, demult.

— Eu merg până la Otopeni. Te las în drum?

— Nu cred.

— Urcă.

— Aici locuiesc.

— Atunci mă însoţeşti şi te aduc înapoi.

Am acceptat. Băiatul avea 35 de ani, era chirurg şi motorul era evadarea lui. Îi plăcea să se lase foarte mult la curbe şi să taie distanţele dintre maşini. Nu ştiam ce caut pe motocicleta omului, aflasem că sunt sănătoasă doar cu câteva ore înainte şi nu îmi venea să cred, nu puteam să mă bucur, eram paralizată, şocată, speriată, reacţionam exact ca un animal la comandă.

— Lasă casca pe ghidon.

— OK.

— Ai nişte ochi foarte frumoşi.

— Da?

— După ce îmi cumpăr laptopul te invit la un ceai.

— Poate altă dată. Am puţină treabă.

— Ce treabă?

— Am fost puţin plecată şi trebuie să rezolv una, alta.

— Cu ce te ocupi?

— Sunt fotograf.

— Cool.

Părea un băiat simpatic, cu umor şi cu o expresivitate aparte. O frumuseţe tipic renascentistă, un corp lucrat, tânăr. Începuse să mă privească altfel din momentul în care i-am spus că sunt fotograf. A fost prima senzaţie că sunt din nou femeie, că nu mai sunt un număr într-un registru, un pacient, un caz. Pe drumul de întoarcere, când oprea la semafor, îşi lipea mâinile de genunchii mei cu pretextul că voia să mă întrebe dacă mi-e bine. Îi făceam semn cu degetul că e OK. Dar mâinile lui nu se dezlipeau. Dimpotrivă. Îmi masau genunchii într-un mod foarte intim. Era prea evident ca să nu înţeleg. M-a lăsat exact de unde m-a luat. După ce mi-a dat casca jos, i-am mulţumit şi am vrut să plec.

— Stai, unde pleci aşa? Nu-mi dai numărul.

— Scuză-mă. Notează... 07.............

— Şi atât?

— Atât, ce?

Mi-a sărutat mâna şi a încercat să mă ia în braţe.

— Atât. Ne cunoaştem de două ore.

Aveam senzaţia că fusesem suspendată în timp, că fusesem închisă într-un borcan care tocmai se spărsese şi că viaţa mea acvatică nu avea nicio legătură cu realitatea. Că acum urma perioada de acomodare, de readaptare, de spovedanie. Au trecut câteva săptămâni în care am reînvăţat să respir fără să mai văd sabia deasupra capului. Să trăieşti cu ideea morţii în sânge şi fără acest verdict nu-i totuna. Deşi în realitate oricând poate să ne cadă ghiveciul în cap, ne instalăm comod în fotoliul timpului nostru, tolerăm blazarea, rutina, banalul, cel mult ne lamentăm şi refuzăm faptul că scurgerea secundelor ne costă, uităm să fim vii.

Prima mea amintire este de la 3 ani. Tot ce am trăit până acum a rămas sugrumat într-o singură

fotografie. Oricând, dacă dau delete, poate să nu mai fie. Nu ne costă nimic trecutul. Avem noi senzaţia că face parte din noi, ne ajutăm într-un fel cu gândul că nu suntem fulgi care se topesc şi dispar precum s-au născut. Atât. Am din nou 3 ani. Început.

To: zmeul_albastru@yahoo.com

Acum pot să îţi spun ce s-a întâmplat.

Draft

Poate că uneori am vorbit prea în şoaptă şi nu m-ai auzit. Coboară în tine, acolo unde m-ai sechestrat, ia-mă de mână şi hai să fugim. Lasă-ţi prezentul să adoarmă, căci în el mă vei purta permanent. Sunt în tine, n-am cum să ies decât dacă mă laşi şi n-ai cum să mă laşi pentru că mă iubeşti. Sau omoară-mă şi atunci îmi voi face din sufletul tău un cavou. Poţi oare să-l înjunghii pe Dumnezeu că a trimis valurile nebune ale furtunii să mă aducă pe malul tău?

ÎŢI OFER TOATĂ VIAŢA CARE MI-A MAI RĂMAS PENTRU TOATĂ MOARTEA PE CARE ŢI-AM SĂDIT-O. Bucură-te. Eu, fără tine, nu am cum să respir.

To: zmeul_albastru@yahoo.com

Nu mai pot să îţi povestesc despre cât de mult sau cât de puţin „te iubesc". Poate pentru că abia acum am început să fac asta cu adevărat. Atunci când cuvintele nu te mai pot cuprinde şi când ceea ce trăieşti este peste. Nicio experienţă nu egalează prelungirea vieţii, amânarea morţii.

Draft

Te-am căutat peste tot, Zmeu Albastru. Te-ai ascuns bine. Ştiu că m-ai văzut şi că ai râs de privirea mea disperată. N-aveam cum să zbor cu aripi de plastic. Am coborât din nou în Iad, în adânc, să mă odihnesc. E gol, e pustiu, dracii dorm, locul meu nu mai e nicăieri. Lipsa de tine se vede cu ochiul liber. E o rană pe suflet, enormă, în fiecare zi se despică şi mai mult şi mănâncă din ceea ce am rămas, până o să mă mănânce de tot. Nu există vindecare decât prin recreare. Sunt neîntreagă, orbecăi ca un muribund, merg pe aceleaşi culoare pe unde am mai fost, dar nu mai e la fel. Miroase a hoit. Când eşti la semafor şi nu eşti atent la schimbarea culorilor din suflet, poţi să ţi-l arzi uşor. Nu ştiu să respir singură. Focul Iadului nu pârleşte, face scrum. Atunci te ţineam de mână şi nu simţeam decât căldura cumplită, transpiram şi o luam amândoi la fugă prin timp — exista sens. Nu mai semăna nimic cu nimic. Cum poţi să mai ai repere astfel? Schimbarea mănâncă din tine, te doare, atunci când nu eşti atent şi nu participi, când ceea ce credeai că eşti nu are legătură cu ceea ce găseşti, te doare până te distruge, până nu mai eşti. Dar asta numai de tine depinde. Fiecare îşi face singur ordine în suflet. Ne-am schimbat. Tu nu mai eşti tu, eu nu mai sunt eu, dar cercul sufletului în care zburăm rămâne acelaşi. Nu poţi să bagi pe nimeni altcineva în el. Mai putem să ne întâlnim, alţii, noi, virgini dacă nimereşti uşa la care te aştept.

To: zmeul_albastru@yahoo.com

Ce-mi place când mă-ncurc...

Draft

M-am luptat cu spaimele tale, cu îndrăgostelile tale, cu aripile tale, cu iadul tău, şi întotdeauna, după un timp, am revenit unul în braţele celuilalt, legănându-ne pe un cântec de leagăn şi zâmbindu-ne prieteneşte ca şi când nimic nu s-ar fi întâmplat, căci iubirea noastră nu e nici măcar fisurată, nouă ne e frică să nu o vedem aşa.

FERICIREA ARE UNEORI GUST DE LAPTE

To: floarea_soarelui@yahoo.com

M-am săturat. Simt nevoia să te privesc în ochi când vorbesc cu tine. Nici nu ar mai trebui să ne spunem ceva, e suficient să stăm şi să ne privim în ochi. Nu ştiu ce te-a îndemnat să mă cauţi, pentru că nu comunici, te-ai ascuns în tine. Simt doar că mă iubeşti aşa cum te iubesc şi eu. Atâta tot. Şi asta, indiferent ce îmi spui tu. Eu am crezut fiecare literă. Chiar te-am crezut.

Draft

Aseară m-am uitat deasupra mea. Cerul era la locul lui. Lipsea doar o bucată de lună. Sfertul acela care face luna grasă şi somnoroasă, luna care cască şi ne înghite, luna din copilăria mea, a ta, a oricui. Mi-am pus capul pe pernă şi nu-mi amintesc când am adormit.

Dimineaţa, când m-am trezit, m-am uitat din nou deasupra. Cerul era la locul lui. Dar luna, luna mea, nu mai era deloc.

Acesta este Iadul. Să îţi pierzi luna, să nu îţi mai găseşti cerul pe care să îţi danseze sufletul, să te afunzi în bezna absolută.

Am rău de înălţime, dar după ce treci o dată prin moarte, nimic nu-ţi mai provoacă frică. Sunt sus, în vârful muntelui, fac o pauză, respir. Stau pe marginea prăpastiei, acolo unde altădată mă dădeam cu Dumnezeu cu schiurile. Am ridicat privirea spre Cer, dar Sus nu mai e nimic. Cerul nu mai e la locul lui. Am ridicat braţele spre Cer, dar nu a mai fost nimeni care să mă ia în braţe şi să mă învârtească deasupra pământului. Am ridicat sufletul spre Cer, cuţitul — cu care am despicat Cerul în două şi ne-am luat fiecare bucata — încă e plin de sânge şi doare. Asta înseamnă că am greşit. Întoarce-te. Dacă muntele îşi va despica gura şi va scoate un ţipăt, eu o să alunec în gol de pe buzele lui şi nu o să mă găseşti aici, desenându-ne o nouă lume, cu un nou cer. Vei găsi doar hârtia de desen şi creioanele colorate. Am avut totul. Acum nu mai am nimic. Dacă n-am ştiut să-l aştept pe Dumnezeu, acum îl aştept pe Diavol.

SUB PĂLĂRIE SE ASCUNDE TIMPUL

Draft

Regret că nu mai pot să cred în basmele cu zâne. Stau şi privesc crengile cireşului de-afară printr-un geam prăfuit. Înainte de asta am măturat pe muzică de Beethoven. Vasele murdare au invadat chiuveta. Amintirile din copilărie mă sufocă. Vreau să mai cred în basmele cu zâne.

To: zmeul_albastru@yahoo.com

Nu mai ştiu să trăiesc fără tine şi dacă aş afla, ţi-aş simţi lipsa. Sunt doar o jumătate rătăcită, fără orientare, fără echilibru. De ce aş căuta să trăiesc aşa?

Draft

Nu are niciun haz să spui „Pa", să anunţi că se sfârşeşte ceva. Dacă se sfârşeşte, se sfârşeşte fără să anunţi. Ce urmează după „Pa"? Să spui „Pa" şi să nu termini, să continui. Aşa a început povestea „Pariului". Pa... Stele, pa... na, pa... iată, pa... etc., pa...

– Laţ
– Palier
– Pălincă
– Palmă
– Palpitant
– Papagal
– Panglică
– Papirus
– Parabolă
– Paradis
– Panteism
– Pantomim
– Paos
– Paradox
– Paralel
– Paramnezie
– Parapon
– Paratoner
– Paravan

– Parcimonios
– Paroxism
– Pauză
– Pariu.

Stop. Atât. Asta-i viaţa. Un pariu pe clipe de ceară!

TANGO CU GOYA

To: zmeul_albastru@yahoo.com

Mă trezesc dimineaţa mai obosită decât atunci când mă culc. Şi când mă trezesc, mă doare tot corpul, îl simt greu, ca pe o mare masă de plumb, ca pe o boală. Să mă dau jos din pat durează câteva minute. Mă doare fiecare pas pe care îl fac, de parcă ceva mă opreşte să înaintez, de parcă vrea să mă ţină blocată într-o secundă iluzorie. Mă lupt să mă duc spre undeva, în timp ce corpul meu refuză, iar conştiinţa cere să doarmă. Nu e un accent ipohondru. Ce bine m-ar înţelege Goya.

Draft

Nu ştim cine suntem cu adevărat. Nu ştim ce facem aici. Nu ştim nici de unde venim, nici încotro ne ducem. Ni se întâmplă să luptăm cu lucruri în care credem sau nu credem. Nu suntem aici decât în trecere. Cum spunea Simone Signoret: „Pe zi ce trece, înţeleg tot mai puţin". Lumea nu este decât zgomot, mult zgomot şi multă răzbunare, cu R mare, şi totuşi, mergem mai departe şi ne târâm cu ambiţie genunchii pe malul fără de sfârşit al propriilor noastre angoase, nelinişti, frustrări. Oricât de mult încerci tu să vezi lumea în frumos, e mult mai mult

urât pe lângă. Iar în final, moartea este cea care câştigă! Când Dumnezeu moare pentru o fiinţă, el nu moare pur şi simplu. Rezumă prin moartea sa păcatul suprem, eşecul existenţial de neîndurat. Când Dumnezeu moare în om, omul nu mai are de făcut decât un singur gest, gestul suprem, sinuciderea. Dumnezeu nu moare niciodată singur. Omul îl ucide în el pe Dumnezeu. Este alegerea omului dacă trăieşte în acord cu Dumnezeu sau în dezacord cu El. Poţi să simţi pentru o secundă moartea de pe cruce? „Când trupul, nemaiputând să se mai sprijine, să-şi poată ridica pieptul şi să respire, intervine asfixia. Şi prin aceasta, Şi-a arătat iubirea Sa pentru noi." Singura care te eliberează de moarte este Iubirea. Avem dreptul să încercăm să ne răscumpărăm sufletul oricum. Nu există însă nimic altceva care să te convingă să te depăşeşti pe tine, să-ţi uiţi limitele, să te redescoperi în afara Iubirii. „Toate lucrurile sensibile trebuie să treacă printr-o cruce şi toate lucrurile inteligibile trebuie să treacă printr-un mormânt" — Maxim Mărturisitorul. Nimic nu mă împiedică să cred că atunci când nu se mai descurcă cu Iubirea Sa pentru noi, când Iubirea Sa îl răvăşeşte, Dumnezeu îi cere ajutor omului, învăţându-l să Iubească. Pe unii îi costă o clipă lecţia aceasta, pe alţii, viaţa. Unii nu cred în iubire pentru că nu au avut parte de ea, alţii au mirosit-o doar şi de frică s-au îndepărtat zicând că pute, alţii s-au aruncat trăind în Iubire. Iubirea te învaţă să nu regreţi, să îţi asumi, să depăşeşti limitele omenescului, confuzia de zi cu zi a rutinei, să învii.

To: zmeul_albastru@yahoo.com

Moartea nu mă mai sperie, nu mai înseamnă nimic.

Draft

Diagnostic: neoplasm. Cu alte cuvinte... Cancer. Sec. Fără cale de întoarcere. Un singur traseu: citostatice, iradiere, încercare, incertitudine, luptă, speranță, schimbarea metabolismului, dureri, nervozitate. Depinde de interacțiunea fiecăruia cu tratamentul, de felul cum îl suportă, psihologic și organic. Stau cu telefonul în mână și nu știu ce să fac. Apăs pe „call" să îți dau telefon ca să îți spun adevărul sau să îți trimit un mesaj prin care să scriu simplu, fără explicații „s-a terminat". Am ales varianta doi și am început să îmi caut minciunile, muniția, pentru a te convinge. Trăiesc un delir. Spaima morții m-a posedat fără încetare. Nu aș putea să îmi iert niciodată dacă în final nu ți-aș spune adevărul. Mi-am ros unghiile până mi-a țâșnit sângele, mi-am mușcat mâinile de durere până mi-am făcut răni, am plâns până ce mi-au secat ochii și nu mai aveam lacrimi. Acum ce mai am de făcut? Să traversezi Iadul singur e un delir. Aș vrea să îmi atingi mâna sau obrazul, să mă abandonez puțin și să simți prin ce am trecut. Cuvintele nu pot cuprinde.

Singura secundă reală când știi cu adevărat cine ești este înainte de moarte. Restul secundelor se apropie vulgar sau timid de o semiintuiție, de departe o falsă întâlnire cu adevărul. Când moartea se apropie, este momentul când intuiția omului se manifestă pe toate planurile. Inclusiv visele din ultima perioadă mi-au marcat existența. Simțeam că eu voi fi aceea care îl va ajuta să moară. Era noapte. Lună plină. Eram într-o maşină neagră, cu trapă. Ploua, era frig, era iarnă şi o perdea de ceaţă. O ceaţă lăptoasă ne îmbrăca drumul. Străpungeam perdeaua şi simţeam cum ceaţa ne înfăşoară de parcă intram într-un joc, într-un vârtej. Şoferului nu-i vedeam faţa. Era un necunoscut. Să pleci la întâlnirea cu Absolutul împreună cu un necunoscut. Absurd. Ironic. Încercam să îmi mişc picioarele şi eram imobilizată. Corpul meu cedase. Se prăbuşise pe canapeaua din spate a maşinii şi nu mai răspundea la nici-o comandă. Luna îmi pieptăna privirea. Nu ştiam încotro merg, ce fac, nimic. Părea real şi halucinant în acelaşi timp. Noroiul mă îngrozea. Un noroi negru care îţi înghiţea respiraţia. Auzeam cum roţile se luptă să nu se lase încolţite de mocirla de-afară. Un sunet asurzitor de moarte ne înţepa auzul. Parbrizul era sărutat violent de mii de picături de ploaie. Nu aveai nici măcar curaj să te temi. Era ca o transă, ca o comă, căreia îi aşteptam inertă apogeul. M-am trezit în timp ce maşina mergea, mergea, mergea, fără să ştiu vreodată dacă a ajuns la vreo destinaţie.

M-am trezit cu o stare de rău. Cu cât ieşeam mai mult din vis şi intram în real, cu atât mă simţeam mai rău. Simţeam un rău cu gust amar, localizat în zona encefalului. Imaginile erau distorsionate. Multe voci îmi astupau coşmarul. Ţipau de mama focului. Nu distingeam nicio privire. Totul se învârtea, se învârtea, se învârtea până ce... nu ştiu ce s-a mai întâmplat şi nici cum m-am oprit din tot iureşul acela. Asta a fost ziua de dinaintea morţii. Asta păţeşti când încerci să te apropii de moarte fără să fii chemat. Pactul cu Dumnezeu nu există. Există doar pactul cu Diavolul. Dumnezeu nu îţi dă garanţii, nu se târguieşte, nu te păcăleşte. Când te apropii de moarte, simţi asta cu toată fiinţa ta. Nu există cale de mijloc. Dar asta nu o poţi spune decât atunci când laşi moartea să îţi cuprindă sufletul, când, pentru o clipă, pentru câteva clipe sau pentru totdeauna ai întâlnit moartea. Când auzeam vorbindu-se astfel despre moarte, mi se părea fie o imensă impostură, fie o mare bazaconie, o născocire tembelă a unor minţi tembele. Şi iată-mă acum trăind în preajma morţii şi ştiind că alţii în situaţia mea anterioară vor gândi la fel ca mine, vor spune ceea ce am spus şi eu, vor râde cu gura până la urechi fără să creadă o literă. Diagnosticul de tembelă îmi va fi asigurat, dar zău dacă îmi pasă. În astfel de momente nu-ţi mai pasă. Impulsul de a urla în gura mare că există un Dumnezeu îl are oricine se întâlneşte cu moartea. Dacă nu îl întâlneşti pe Dumnezeu în iubire, îl întâlneşti sigur în moarte. Doar că atunci nu mai poţi să îl trăieşti, ci doar să ai certitudinea existenţei lui. De murit, murim toţi într-o zi. Nu asta contează. În toată lipsa de sens pe care o simţim acut în venele noastre, rămâne de văzut dacă suntem în stare să ne depăşim condiţia. Să nu rămânem nişte animale care mulg clipele. Moartea poate să fie în fiecare clipă. Fiecare clipă pierdută e o clipă de viaţă pierdută. Acum n-aş vrea să mai conving pe nimeni că există iubire, că există Dumnezeu, că există Diavol şi că există ratare. Aş vrea să tac puţin şi să mă rog.

To: zmeul_albastru@yahoo.com

Când doi oameni se iubesc, decizia unuia este valabilă şi pentru celălalt. Doi oameni care se iubesc sunt, de fapt, unul singur. Simt, gândesc, trăiesc, respiră în aceeaşi direcţie. Nu se chinuie să aibă acelaşi zbor. Îl au firesc, de la sine. Timpul nu mai are nicio valoare când iubeşti. Sunt iubiri de cinci minute, de cinci secunde, de cinci sutimi de secundă adevărate, cumplit de adevărate, faţă de iubiri de cinci ani, de cinci sute de ani, de cinci mii de ani, care se pierd, se risipesc, se uită, se dilată. Poate că timpul, când începe să existe între doi oameni, nu ştie să unească, distruge. Sau poate că oamenii, încercând să îl încadreze pe Dumnezeu în propriile lor limite, îşi ucid zborul spre infinit, se sufocă cu propria lor nemărginire, cu frumosul care există neîngrădit. Judecata oamenilor nu mă interesează. Pentru mine contează judecata lui Dumnezeu. El singur ştie că gestul meu a fost dintr-o iubire supremă, că nu poate fi gelos pe doi oameni care se iubesc, că însuşi Fiul Lui a iubit. Cine altcineva ar putea să mă înţeleagă mai bine dacă nu tu, Doamne?

BORDEL PENTRU ÎNGERI

Draft

Şi după o ceaţă de multe luni, în care am trăit sau nu am trăit, am fost să-mi iau analizele. Am aşteptat cu emoţie toată perioada asta. Am făcut exerciţiul răbdării şi al lipsei de judecată, al înţelegerii dincolo de logică, de sens. Există ceva în noi care ne ţine departe de dorinţa morţii. Există ceva în noi mai puternic care vrea să trăiască şi nu să moară. Toată perioada asta am trăit emoţia de a primi un rezultat favorabil. Iei în

calcul orice drum, te antrenezi pentru orice, dar există undeva, în tine, speranţa că dansezi pe ce muzică vrei tu, nu pe ce muzică pune El. Eşti atât de disperat, încât încerci chiar să negociezi, să îţi schimbe destinul în cazul în care nu ar coincide cu ceea ce vrei. Surpriza a fost alta. Nu numai că analizele mi-au ieşit bune. Nu am avut niciodată neoplasm. Diagnosticul meu nu a fost al meu. A fost al alteia. Al uneia care, crezând că este sănătoasă, nu s-a tratat şi a murit. În timp ce eu am traversat Iadul terapiei împotriva cancerului, mi-am ars ani din viaţă, m-am radiat, m-am otrăvit, convinsă de medici că este singura uşă deschisă spre viaţă. Am stat cu hârtiile în mână, în faţa spitalului, pe o bordură, ore întregi, fără să ştiu încotro să o iau. O avalanşă de fotograme, de stări, de conexiuni mă invada. N-am putut nici să mă bucur, nici să-mi pară rău. Am fost năucă, paralizată. Când eşti în poveste, nu poţi să crezi. Prima reacţie este de negare. Nu am putut să am nicio reacţie ore întregi. Dacă priveşti din afară, unghiul de observaţie e altul şi detaşarea de tine nu o poţi face imediat, procesul de conştientizare şi apoi de acceptare cere un timp. Unul dintre medicii care s-au ocupat de mine pe tot parcursul tratamentului mi-a povestit întreaga eroare. Cum a început şi până în ziua în care am aflat. Când m-am dezmeticit cât de cât, i-am povestit avocatei mele. Toate probele pe care le puteam strânge erau insuficiente ca să câştigăm. De altfel, cea mai cretină situaţie. Absurdul căruia nu îi poţi face faţă, cu care nu te poţi lupta. Cineva îţi calcă viaţa în picioare şi tu nu poţi să te aperi, nu ai cum să demonstrezi asta pentru că toţi sunt mână în mână, pentru că e o pânză de păianjen care te prinde şi te

sugrumă. Nu de ameninţări mi-era teamă, ci de faptul că şterseseră toate probele, ca şi cum nu existasem vreodată în acel spital cu acel diagnostic. Dacă făceam pasul de a merge în instanţă, aveau probe să se scoată. Am încercat toate ipotezele teoretice pentru a găsi o soluţie legală şi de a avea câştig. Am consultat mai mulţi avocaţi care m-au sfătuit să nu demarez niciun proces. Hârtiile cu parafă de care beneficiam erau interpretabile şi în mare parte lipsite de sens. Şi viaţa mea? Anii care s-au făcut scrum? Ce să înţeleg din asta? Tot Dumnezeu răspunde şi de asta? Sau să spun că aşa a fost să fie? De ce? De ce eu? De ce aşa?

To: zmeul_albastru@yahoo.com

Experienţa este singura care te face să te schimbi profund şi să îţi schimbi un punct de vedere cu altul. Ca să nu mai poţi să crezi în ce credeai, trebuie să treci cu toată fiinţa ta prin altceva mai puternic care să îţi răstoarne credinţa, valorile. Depinde cât curaj ai să nu fii stâncă, blocat în prejudecăţi, dogme, reguli, ci să te arunci, să trăieşti, să primeşti, să te laşi modificat, să dăruieşti, să încerci şi apoi să ştii unde eşti şi cine eşti. De la un moment la altul poţi să te schimbi. Cu cât ai mai mult curaj să trăieşti, cu atât îţi poţi schimba punctul de vedere. Viaţa trăită e tot ce contează. Am ales să stau departe de tine când am aflat că am cancer. Nu am vrut să împărtăşesc cu nimeni moartea mea. În fiecare zi muream puţin câte puţin. Am vrut să îţi vezi în continuare de viaţă, fără să aştepţi nimic. Am fost să-mi fac analizele şi am aflat că diagnosticul real nu a fost niciodată acela de neoplasm. Tot ceea ce am trăit a fost o eroare. Timpul este singurul care merită exploatat şi pe care nu ţi-l dă nimeni înapoi. Totul se distruge, se reconstruieşte. În afară de timp. Puteam să trecem împreună. N-a fost nevoie de asta. A trebuit să rămânem singuri. Dumnezeu ne-a dat această încercare să ne salvăm, nu să ne pierdem.

To: zmeul_albastru@yahoo.com

Putem fi atât de mulţi într-un singur trup, încât până când nu stă definitiv ceasul, nu vom şti care dintre cei mulţi am fost noi cu adevărat.

Draft

Aş vrea să pot să îmi răstignesc mintea, să-i înfig câteva piroane şi să mă eliberez de coşmarul trecutului. Eu nu mai sunt eu. Nu mai pot să respir de-atâta moarte. Pe nările mele navighează cadavre, prin venele mele se duc lupte, iar pe riduri îşi fac îngerii canale de scurgere pentru lacrimile ce urmează să mi le verse. Iubirea nu te sărută pe frunte. Iubirea doare, te sfâşie, te rupe în bucăţi, te mănâncă de viu. Dacă-i rezişti, ajungi să îl cunoşti pe Dumnezeu. Dacă nu, te mulţumeşti cu Iadul. Cel mai important lucru pe care îl avem, în tot ceea ce nu avem: să luptăm să nu ne vindem sufletul. Aici am cunoscut întunericul. Şi nu întunericul nopţii care te mângâie şi este la îndemâna oricui. Întunericul din mine, iadul din mine, hoitul care nu poate fi înlăturat, mizeria care te roade şi-ţi penetrează fiecare celulă, avalanşa de paraziţi care-ţi amorţesc spiritul şi te conduc subtil să ţi-l pierzi. Drumul spre Iad nu e grăbit, e lent, lent, lent, e la braţ cu

Diavolul, cu răbdare, ca un vals vienez, cu o cupă de şampanie. Dumnezeu nu o să te cinstească niciodată astfel. Dumnezeu îţi dă apă sau sânge. Şi niciodată nu o să-ţi ofere braţul, ci crucea. Am atâta chef de luptă acum, că aş putea să ţi-l invit pe Dumnezeu la dans, să ţin crucea de umeri şi de mâini şi să începem un tangou pe viaţă şi pe moarte. Ştiu că iubesc şi că nu am nevoie să dezvălui asta. Ştiu că nu am ucis un suflet, ci l-am lăsat să învie. Nu cer iertare. Nu cer izbăvire. Cer linişte. Nu mi-e frică de judecata oamenilor pentru că nu dau doi bani pe ea. Scuip pe toate principiile şi regulile. Dacă am ceva de urlat, îi urlu lui Dumnezeu. El ştie adevărul. Ştie că iubirea nu poate fi condamnată decât de diavol şi ştie că cei care trăiesc Iubirea, trăiesc cu adevărat, sunt liberi în sinea lor şi nicio închisoare de pe pământul ăsta nu poate să le lege aripile. Iubirea aceasta detaşată sperie, îngrozeşte, înfricoşează. Aşa îşi cerne Dumnezeu copiii. Îi lasă liberi. Şi cei mai mulţi ajung să-şi facă parc de distracţii din suflet.

To: zmeul_albastru@yahoo.com

Ne-am întâlnit într-o cafenea cochetă lângă Piaţa Domenii şi nici măcar nu ştiu ce ţi-am zis. Eram singuri. Nu ne văzuserăm de veacuri. N-am putut să-ţi sar în braţe. Mi-era prea puţin. Îmi venea să te muşc de dor. Cu ce rămâneam după? Nu părea nimic schimbat. Totul avea un aer proaspăt, de parcă plecaserăm amândoi de-acasă în dimineaţa aceea şi ne întâlniserăm seara, în oraş, la un pahar. Sutele de zile, miile de ore care s-au scurs fără să ne atingem au dispărut din momentul în care ne-am reîntâlnit privirile. Mi-a fost atât de dor, că nici măcar nu puteam să îţi arăt. Vorbeam fără să vorbesc eu. Atunci când sufletul simte una şi gura rosteşte alta, cine vorbeşte? Ştiu că tu auzi ceea ce trebuie să auzi şi că nu asculţi decât ceea ce se şopteşte în adânc, acolo unde rostirea nu are decât un înţeles. Din momentul în care ne-am ridicat de la masă, am ştiut că nu o să dureze mult până o să te sun şi o să îţi spun că nu pot fără, că tot ceea ce trăiesc în afara ta sunt doar aproximări. Trebuie să-ţi desenezi un prezent al nostru. Ne iubim. Timpul nu există. E doar invenţia noastră.

To: floarea_soarelui@yahoo.com

Nu ţi-am reîntâlnit gustul niciunde. L-am căutat tot timpul ăsta în speranţa că măcar o picătură din cineva îmi va aduce aminte de tine.

To: zmeul_albastru@yahoo.com

Cu aceeaşi emoţie deschid mailul. De parcă sunt în primele zile când te-am cunoscut. Au trecut 14 ani şi tresar la fel ca în prima zi.

Tot ce respir e legat de noi. Am încercat, am răsîncercat, iar am încercat să mă desprind de tine... nu se poate. Eşti în tot ce sunt. Am venit în braţele tale, am fugit, iar m-am întors, iar am fugit şi tot aşa, ca o fetiţă răzgâiată care nu îşi ia viaţa în mâini fiindcă mai are de alergat, de căzut şi de julit genunchii. Şi mereu, mereu şi mereu m-am întors pentru că nu mai puteam să respir fără, pentru că fără mă sufocam. E atât de simplu, încât nici nu ştiu ce e. E atât de frumos, că nici nu are definiţie. Nu numai că nu ne-ar putea despărţi nimeni niciodată cu adevărat, căci nu există nimeni care să dezlege iubirea, dar noi doi nu ne-am putea despărţi, în viaţă sunt lucruri care se întâmplă definitiv.

To: floarea_soarelui@yahoo.com

Nici eu nu am trăit cu nimeni care să se ridice la rangul tău. Cu tine am trăit totul, fără niciun efort, se întâmpla de la sine şi era natural. Îmi este frică acum când te-ai întors, pentru că nu ştiu dacă eşti reală. Dă-mi timp. Am nevoie să mă obişnuiesc. Am de închis o relaţie şi am nevoie să mă conving că eşti tu şi n-am înnebunit.

Draft

Ştii cel mai bine cum este să simţi că trăieşti o mare şi nemiloasă pauză. De fapt nu trăieşti nimic. Tot ceea ce ţi se întâmplă nu ţi se întâmplă. Tot ce respiri nu respiri, se opreşte înainte de plămâni şi nu faci altceva decât să inhalezi acut durerea dezgustului, a eşecului, a înfricoşării. Îmi aud ţipătul în timpane. Mă zgârie! Nu-l mai suport. Mă vizitează gândul sinuciderii. Ştiu ce spun unii: că fie te sinucizi atunci când eşti foarte trist, fie atunci când eşti prea vesel. Mie mi se pare că sinuciderea nu ţine nici de tristeţea, nici de veselia noastră, ci de umorul cu care avem curajul să ne privim. Ce pot să fac dacă rămân? Ce pot să fac dacă nu rămân? A acţiona sau a nu acţiona? Moartea nu se negociază. Moartea o accepţi sau nu o accepţi. Şi atunci când crezi că o accepţi, în profunzime nu o accepţi. Moartea nu poate fi acceptată. Ne sfărâmă. Doar înţelepţii acceptă să fie distruşi. Restul preferă iluzia

blatului de prăjitură. Pui drojdie în cele mai negre clipe şi dacă drojdia e bună, viaţa este puţin mai colorată şi lipsită de denivelări. Mai bine sânge îngheţat decât sânge călduţ. Moartea nu este un act iresponsabil, dacă viaţa nu este un act impertinent. Îmi număr clipele pe şinele din palmă, pe firele albe din păr, pe nisipul din privire şi simt cum clipele au lăsat urme. Viaţa mea nu este o fantomă care bântuie timpul.

To: floarea_soarelui@yahoo.com

Ce facem acum? Să facem din nou prezentările...

To: zmeul_albastru@yahoo.com

Am făcut o pauză în a trăi noi doi fizic. Profund, suntem aceiaşi. Nu ne-am schimbat. Sufletul arde la fel, respirăm printr-o singură pereche de nări. Da, asta e cel mai important, că nu ne-am stins. În acest timp am trăit relaţii diferite cu alte persoane şi oamenii care au trecut prin noi au lăsat urme. Cu ei am fost într-un fel în care am vrut sau în care au avut ei nevoie. Ne-am schimbat în funcţie de ei, ne-am rupt din noi şi le-am dat. Nu mi-e frică de mărunţişuri, de faptul că am învăţat diferit să trăim în cuplu. Nu mi-e frică de universul superficial care se coafează uşor, într-o scurtă perioadă, după nevoile unuia sau ale celuilalt. Lumea reală, zilnică, în care ar trebui să trăim se formează şi, oricât de diferită ne-ar fi, am ajunge să avem acelaşi mal. Pe cei mai mulţi exact asta îi sperie. Că viaţa de zi cu zi este alta decât viaţa din scrisori. Traiul în doi nu este egal cu traiul de unul singur. Viaţa în doi îţi limitează într-un fel libertatea. Şi nu mulţi sunt dispuşi la această schimbare. Dar mie nu de asta îmi este frică. Nu-mi este frică decât de Dumnezeu. Exerciţiul minciunii e ca un virus. Dacă te îndeletniceşti să îl practici, uiţi să te mai dezobişnuieşti de el. La un moment dat te contopeşti atât de bine cu realitatea creată, imaginară, falsă, încât nici nu mai ştii cine eşti şi nici nu mai ai nevoie să ştii. Eu exact de asta mă tem. Mă tem de iluzii. Vreau adevăr. Şi cu cât am mai multă nevoie de asta, cu atât pierd certitudinea de a-l avea. E atât de simplu să ascunzi realitatea, încât nici nu trebuie să depui prea mare efort. Singura care te poate trage de mânecă este conştiinţa. Dar nici ea nu face niciun pas în momentul în care celălalt nu ar putea supravieţui în realitatea ta. Dacă lui îi faci bine minţindu-l, conştiinţa nu se trezeşte şi nu îţi cere nimic. Şi atunci alegi îndepărtarea de adevăr şi comercializarea iluziilor. Cum ar fi: te întreabă ce faci la calculator şi tu îi răspunzi drăgăstos că lucrezi la nu ştiu ce proiect, în timp ce, în realitate, stai pe facebook şi flirtezi, cauţi victime. Sau te întreabă de ce nu ai răspuns la telefon când te-a sunat şi tu o convingi la fel de drăgăstos că erai în şedinţă, în timp ce în realitate erai în mijlocul unei superpartide de sex. Sau te întreabă de ce lipsesc bani din cont şi tu, şi mai drăgăstos, îi povesteşti de teancul de facturi şi de cheltuielile casei, în timp ce ai fost în nu ştiu ce excursie în Panama despre care ea credea că este o delegaţie. Drăgăstos în funcţie de temperatura situaţiei. Şi, de fapt, ce trăieşti?

To: floarea_soarelui@yahoo.com

Trebuie să te relaxezi. Nu e deloc aşa. Oamenii nu sunt la fel. Noi trăim în funcţie de celălalt. Nu avem clişee. Dacă am fost într-un fel până acum, nu înseamnă că trebuie să fiu şi de acum încolo. Dacă te-aş minţi, înseamnă că ceva din comportamentul tău ar cere asta. Nu văd de ce ne-am întoarce la ce ne-a distrus. Minciuna ne-a omorât. De ce am pune la îndoială faptul că o dată ne-a fost de-ajuns.

To: zmeul_albastru@yahoo.com

De cele mai multe ori nu poţi să îi spui omului cu care trăieşti adevărul gol, pentru că nu îl acceptă. Cel care ar putea să te accepte cu tot universul tău, cu toate nevoile tale este doar omul care te iubeşte aşa cum eşti şi care nu vrea să te schimbe după nevoile lui. Minciuna este îngrozitoare doar dintr-un singur punct de vedere. Este similară anulării de sine. Este trădarea majoră. Minţindu-mă, nu o să mai ştiu cine sunt. Nu o să ştiu cu cine trăiesc şi cui i-am dat în grijă sufletul. Mi-e atât de frică de minciună, cum îmi este frică să nu mă pierd. Moartea sufletului se cicatrizează o singură dată. Şi nu poţi să îmi dai nicio garanţie pentru asta. Să nu-mi spui că fiecare este răspunzător pentru ceea ce crede, pentru că în doi nu este la fel ca de unul singur.

To: floarea_soarelui@yahoo.com

Pe tine nu aş putea să te mint. Suntem liberi şi nu aş putea să te leg cu nimic. Atunci când unul alege să plece dintr-o relaţie, asta se datorează faptului că trebuie să o ia în altă direcţie, pentru a se onora pe sine.

To: zmeul_albastru@yahoo.com

Dacă avem aceleaşi nevoi, traiul în doi nu este foarte diferit de traiul de unul singur. Diferenţele apar în momentul în care nevoile unuia sunt altele decât ale celuilalt. Dacă ne simţim bine respirând acelaşi aer, atunci aerul nu trebuie schimbat. Dar nici asta nu ai de unde să ştii. Cu un om nou este ca la ruleta rusească. Până nu trăieşti cu el în acelaşi spaţiu, până nu împarţi cu el acelaşi univers, tot ceea ce presupui, speri sau intuieşti este relativ.

To: floarea_soarelui@yahoo.com

Noi doi am trecut prin atâtea, am trăit atâtea, ne cunoaştem, suntem lupi bătrâni, nu avem cum să ne mai ascundem după deget. Noi doi, dacă trăim acum, nu avem cum să trăim pe jumătate. Devenim unul sau ne ucidem. Este ipostaza perfectă în care ne mai putem regăsi.

To: zmeul_albastru@yahoo.com

În doi apare un exerciţiu extraordinar de frumos, pe care nu ai cum să îl încerci de unul singur. Nevoia de a nu trăi prin tine, ci prin celălalt. Bucuria de a face pentru celălalt ceea ce îi face plăcere şi dorinţa de a renunţa la acţiuni care nu îl fac fericit. Dacă schimbul este reciproc şi dacă această intenţie există de ambele părţi, apare o senzaţie rară de împreună, de împlinire. Genul acesta de cuplu se întâlneşte accidental astăzi. Cuplul contemporan suferă de sciziune de la naştere. Suntem atât de egoişti în manifestarea noastră de a ne apropia de o altă fiinţă, nu vrem să renunţăm niciun milimetru la libertăţile noastre, ne conservăm atât de puternic eul, încât marea majoritate a relaţiilor sunt pline de tensiune, de luptă şi lipsite de armonie. În doi îţi reduci aria de manifestare. Pentru că se întâmplă să existe momente în care celălalt să nu fie pe frecvenţa ta şi să nu aibă nevoie de ceea ce ai tu nevoie. Şi atunci, fie amâni să te manifeşti în acel sens, fie te manifeşti dacă nu îi faci rău celuilalt. Căci fiind în cuplu, ai această responsabilitate. Cu tine ai dreptul să te porţi oricum. Cu altă persoană nu ai acest drept.

To: floarea_soarelui@ yahoo.com

„Trebuie să găseşti ceea ce te ajută să-ţi exprimi sinele, fără să le faci rău celorlalţi. De asemenea, trebuie să găseşti ceea ce-i ajută pe ceilalţi în exprimarea de sine, fără să-ţi facă vreun rău." Citat dintr-o carte din aia de înţelepciune pe care o citiţi mai degrabă voi, femeile. Eu aleg să trăiesc cu tine totul.

To: zmeul_albastru@yahoo.com

Cineva spunea că o relaţie perfectă conţine trei elemente: admiraţie, respect şi atracţie. Le avem pe toate.

To: floarea_soarelui@yahoo.com

Deci?

To: zmeul_albastru@yahoo.com

Dacă aş vrea să plec o săptămână undeva, oriunde, să fiu singură, fără tine, ce ai spune?

To: floarea_soarelui@yahoo.com

Ce mai poate fi o săptămână, când ai dispărut o veşnicie?

To: zmeul_albastru@yahoo.com

Există un timp în viaţa asta pe care ai nevoie să îl petreci doar cu tine, fără nimeni altcineva în preajmă, fără părinţi, fără iubiţi, fără prieteni. Este timpul în care înveţi să te cunoşti. Cuplul ideal este cuplul în care cei doi se regăsesc simultan în orice întreprind. Utopic? Nu. Rar? Da. De aici se naşte infidelitatea, plecările unuia sau ale celuilalt spre alte experienţe când unul din cei doi nu este dispus să răspundă nevoilor celuilalt sau pur şi simplu nu poate, nu este pregătit.

To: floarea_soarelui@yahoo.com

Ideea e să nu faci pe altcineva răspunzător pentru ceea ce simţi sau gândeşti tu.

To: zmeul_albastru@yahoo.com

Poate că este greşit spus infidelitate. Fiecare dintre noi are obligaţia să nu treacă prin viaţă ca o broască, doar să facă slalom şi să sară peste ceea ce este echivoc, fragil sau tabu. Dacă în noi se desface un crater, suntem obligaţi să îl astupăm. Altfel, găurile nevindecate se transformă în frustrări, în complexe.

To: floarea_soarelui@yahoo.com

O relaţie devine sacră atunci când amândoi sunt prezenţi pe deplin.

To: zmeul_albastru@yahoo.com

Definiţia din DEX a infidelităţii este parţial corectă. Mai degrabă, formală. În viaţă, infidelitatea e mult mai complexă şi simplă în acelaşi timp. Nu ai niciun drept să judeci transformarea celuilalt. Ea poate evolua în paralel cu a ta sau poate fi independentă de tine. Totul ţine de atenţie. E ca într-un dans. Dacă eşti atent, ţii ritmul cu celălalt. Dacă nu, te trezeşti pe câmp, în timp ce partenerul tău e pe munte.

To: floarea_soarelui@yahoo.com

Există în noi instinctul de posesie, de a-l avea pe celălalt doar pentru tine. Nu ştiu cine e deschis să îşi împartă partenerul în mod profund. Deşi în realitate, fiecare e liber. Cred însă că este dorinţa de protecţie faţă de zona cea mai fragilă care te defineşte: sufletul.

To: zmeul_albastru@yahoo.com

Fiecare este răspunzător pentru crearea sau pierderea eului său. Celălalt nu poate decât să fie în preajma ta, să te tragă de mânecă, să îţi sugereze, dar nu are cum să îţi impună. Haina cu care defilezi, felul în care o porţi sunt opţiuni proprii.

To: floarea_soarelui@yahoo.com

Fricile tale sunt copilăreşti. Creezi o lume bolnavă şi apoi îţi este frică de propria ta creaţie. Lumea este aşa cum o visezi. Să îţi reamintesc cât de bine dansam împreună înainte? Crezi că asta se uită. Nu poţi intra într-o relaţie cu frică, cu prejudecăţi. Nu îţi promit nimic, tocmai ca să nu îţi fac niciun rău.

To: zmeul_albastru@yahoo.com

Îmi amintesc ce spunea bunica: „Prima regulă când vii în deşert este să călătoreşti fără bagaje".

To: floarea_soarelui@yahoo.com

Puterea unui om constă în abilitatea lui de a poseda şi în acelaşi timp de a se supune. Mie nu îmi este frică de nimic cu tine. Ştiu că nu aş putea să mă plictisesc niciodată lângă tine, ba dimpotrivă, să fie o relaţie prea nebună şi instabilă, cu plecări şi reveniri, cu căutări şi răspunsuri. Şi acum am alte probleme: să cred că eşti reală, că te pot atinge, că te pot săruta, că te pot ţine în braţe, că te pot mângâia.

To: zmeul_albastru@yahoo.com

Lumea este cenuşă. Sufl-o şi risipeşte-o!

To: floarea_soarelui@yahoo.com

Nu poţi să vezi decât ceea ce eşti. Aşa că nu are de ce să îţi fie frică. Atât timp cât te ai şi nu te-ai pierdut, eşti în siguranţă. Trăim în doi, dar motivul pentru care ne-am născut este iertarea sinelui. Chiar fiind în cuplu nu avem voie să ne oprim din acest proces de vindecare. Sunt planuri în devenirea noastră în care nu putem exista decât individual. Celălalt nu încape. Chiar dacă suntem părţi ale aceleiaşi fiinţe, ne armonizăm în sine.

To: zmeul_albastru@yahoo.com

Am depăşit etapa în care să mă blochez în prejudecăţi. Nu vreau să îmi mai pun limite. Ştiu că, pentru a mă cunoaşte, trebuie să trăiesc şi să intru în stări şi în situaţii extreme, deloc comode, care să mă facă să mă iau la trântă cu mine. Nu o să zic niciodată că nu o să fac ceva. Nu am de unde să ştiu de ce o să am nevoie pentru ca să devin. Greşelile pe care un om le face sunt experienţe necesare pentru ca el să se alcătuiască, să se adauge. Greşelile unui om nu ar trebui să îl afecteze pe celălalt sau să îi provoace durere, pentru că devenirea este pe cont propriu şi, dacă un om a ales să trăiască o experienţă, a ales pentru că a avut nevoie de asta. Evident, nu să persiste în ea şi să ajungă să facă rău, căci atunci nu se ajută, se distruge.

To: floarea_soarelui@yahoo.com

Iubirea înseamnă iertare. Procesul iertării începe în propria inimă. Dacă te-ai iertat pe tine, poţi să îl ierţi şi pe celălalt. Altfel, e imposibil. Dacă ajungi să crezi că greşeala celuilalt poate să fie oricând greşeala ta, ierţi. Şi fiecare gest de iertare este suficient prin el însuşi.

To: zmeul_albastru@yahoo.com

Ceea ce poţi să încerci într-un cuplu este să îţi acorzi cât mai mult spaţiu de explorare şi să nu refuzi să trăieşti în doi nimic. Să încerci tot ceea ce propune celălalt. Chiar dacă direct nu ai nevoie de o experienţă, în orice poţi să găseşti un sens.

To: floarea_soarelui@yahoo.com

Existenţa este invenţia noastră şi de aceea depinde numai de noi.

To: zmeul_albastru@yahoo.com

Confuzia, îndoielile, haosul, crizele, furia, disperarea şi durerea constituie condiţii excelente pentru autocunoaştere. Fiinţa este alcătuită din stări, iar viaţa din evenimente.

To: floarea_soarelui@yahoo.com

Pentru vechii greci există o relaţie cauză-efect între evenimentele exterioare şi cele interioare.

To: zmeul_albastru@yahoo.com

Vechii greci credeau cu înfrigurare că destinul unui om este proiecţia lumii sale interioare.

Draft

Am primit vestea analizelor greşite cu câteva zile înainte de Înviere. Aerul avea alt miros. Cerul avea altă

culoare. Când trăieşti închis într-o celulă de timp în care secundele se scurg foarte exact şi nu se risipesc, începi să vezi altfel viaţa, ai alte valori, alte credinţe. Stăteam pe bordura rece din faţa spitalului, mai confuză ca niciodată şi îmi simţeam aripile amorţite. „Încotro, Doamne?" Unde puteam să mă regăsesc? Nu îmi venea nimeni în minte la care să mă duc în acel moment şi să mă spovedesc, dar simţeam acut nevoia de a mă duce şi de a vorbi cu cineva. Aş fi putut să mă duc într-o cafenea, să mă aşez la masa unui necunoscut şi să încep să îi povestesc despre mine. Sau să mă duc pe stradă şi să însoţesc oamenii în traseul lor, povestindu-le ce am trăit, cine sunt, ce caut. Sau să merg la un teatru, asta mi s-a părut cea mai bună idee, şi să-i oblig pe oameni să privească înspre mine, în sală, căci scena în acel moment era doar mână în mână cu absurdul prin care treceam. M-am îndreptat spre centru. Am preferat să merg pe jos. Nu mai voiam să fiu captivă nici măcar pentru câteva staţii într-o închisoare cu roţi. La cinema Studio rula „Viaţa e un miracol", ultimul film al lui Kusturitza. Casa, închisă. Nu mai erau bilete. Un semn. Am luat-o pe bulevard spre Universitate. Am trecut pe lângă Nottara, m-am uitat la afişe, alt design, altă hârtie, alte nume, apoi am trecut pe lângă magazinul de bijuterii, Galeria de Artă, lângă ea era un sex-shop, farmacia... Am observat că jumătate din spaţiul ei fusese alocat unei firme, un magazin cu lenjerie intimă, o librărie nouă, cinema Patria încărcat de reclame, o patiserie, o altă librărie, o altă patiserie şi tot aşa, observând schimbările din exterior, ridicolul, tristeţea de pe chipurile oamenilor, întunericul din priviri, am ajuns într-un final pe trepte la Naţional, acolo unde cândva stăteam cu tine şi admiram Apusul. Nu era linişte. Zgomotul maşinilor era supărător. Mi-am dat seama târziu că se întunecase. Soarele nu mai lucra. Cât era ceasul? Nu interesa pe nimeni cât era ceasul. Şi dacă interesa pe cineva, tot nu interesa pe nimeni. Un vânt răcoros îmi încreţise pletele. Eram aproape de staţia de metrou de la Universitate. Era altfel totul. Eu eram altfel, eram alta şi de aceea lumea era altfel, era alta.

To: floarea_soarelui@yahoo.com

Ce trăim noi e perfect aşa cum e.

To: zmeul_albastru@yahoo.com

Perfecţiunea nu se referă la trecut şi viitor. Ţine doar de acum. Atât putem încerca.

To: floarea_soarelui@yahoo.com

Şi cu dansul divin cum rămâne?

Draft

Nu m-am oprit niciodată să îl caut pe Dumnezeu. L-am căutat în tot ceea ce am făcut, am gândit, am simţit, dar niciodată nu am dat de el. Atunci când credeam că iubesc, parcă simţeam în ceafă respiraţia lui Dumnezeu. Dar eu nu am iubit niciodată, eu doar am crezut că iubesc. M-am înşelat de fiecare dată. Eu nu am fost capabilă să iubesc, să mă dăruiesc, să renunţ la mine. Mâine cu siguranţă o să cred altceva. Să fii con-

vins că nu l-ai întâlnit pe Dumnezeu şi, de fapt, tu să-l fi întâlnit în fiecare clipă. Şi atunci, ce importanţă are dacă îl întâlneşti pe Dumnezeu şi nu-ţi dai seama sau dacă nu îl întâlneşti şi de fapt crezi cu ardoare că l-ai întâlnit? Simţeam că vreau să intru într-o biserică. Aşa, necredincioasă, sceptică şi derutată, dincolo de raţiune şi logică, simţeam nevoia de a intra într-o biserică. M-am îndreptat spre Schitul Darvari. Ştiam că e un spaţiu aparte în Bucureşti şi că pot să cer voie călugărilor de-acolo să îmi permită să stau în linişte câteva clipe. Poate că nu e nicio diferenţă între liniştea din biserică şi liniştea din natură, dar eu simţeam că vreau să mă afund în liniştea tăcerii lui Dumnezeu. Poarta mânăstirii era deschisă. Biserica însă, nu. M-am aşezat pe o bancă în curtea mânăstirii. Un călugăr s-a apropiat.

— Domnul să v-ajute!

— Bună seara.

— Mânăstirea este închisă. Se deschide mâine-dimineaţă.

— Mânăstirea nu are cum să fie închisă. Mânăstirea este deschisă întotdeauna.

— Avem şi noi un program şi trebuie să îl respectăm.

— Lăsaţi-mă să rămân puţin. Nu ştiu încotro să o apuc.

— Doar să nu vă îndreptaţi către sud, dacă ceea ce căutaţi se află în nord.

— Şi cum aş putea să aflu unde este ceea ce caut?

— Omul ştie întotdeauna în adâncul său în ce direcţie se află ceea ce caută.

— Când ziceţi „ştie", pe ce vă bazaţi? Cred că era mai tânăr decât mine, dar haina monahală impunea un anumit respect.

— Omul ştie instinctiv când este bine şi când este rău. Simte. Opţiunea însă este altceva. Puteţi să simţiţi înspre bine şi să nu acţionaţi într-acolo. Răul se alege conştient, la fel şi binele. Lăsaţi cerul sufletului dumneavoastră deschis. Fiecare clipă ciocăne la uşa dumneavoastră. Ascultaţi cu atenţie.

A vrut să plece, dar l-am oprit.

— A acţiona sau a nu acţiona, nu?

— „Graniţa dintre a fi şi a nu fi nu este fixă", spunea un proverb vechi.

Şi din nou a dat să părăsească discuţia şi să mă lase singură.

— Dincolo de toate astea, un lucru este cert: totul trece, am strigat cu putere şi l-am oprit pentru a doua oară.

Eram agresivă, dar mă agăţam de întâlnirea aceea ca de un semn.

— Înainte însă de toate acestea există un lucru constant, de când lumea: schimbarea.

— Ceea ce există cu adevărat însă este clipa de faţă.

— Însă clipa de faţă nu poate exista fără proiecţia unei clipe viitoare. Prezentul nu are sens fără viitor.

— „Aş prefera să ai mintea puţin mai goală", urmează să îmi spuneţi. Este o critică zen. Credeţi că, dacă mă uit la soare, mă şi încălzesc? Sau dacă spun „apă", îmi trece setea?

— Lăsaţi filosofia zen deoparte. Vă apropiaţi de tot ceea ce vă este străin crezând că tot ceea ce vă este străin de fapt poate să vă devină apropiat. Vă înşelaţi. Ceea ce vă este străin cu adevărat va rămâne străin. Dacă v-aţi născut iarbă, nu puteţi deveni fluture. Dar dacă v-aţi născut fluture, puteţi să nu ajungeţi într-un insectar.

— Dacă am noroc.

— Dacă aveţi credinţă.

— Poate că lucrurile nu sunt ceea ce par, dar probabil că nu sunt nici altceva. Eu cred că cel mai mare adevăr este faptul că nimic nu este adevărat. Totul este o iluzie. Totul este nimic.

— Nu confundaţi nimicul cu o iluzie.

— Nu confund, constat pe propria piele.

— Răbdarea este un fel de a fi.

— Răbdarea este doar un principiu.

— Aşteptaţi ceva de la discuţia cu mine?

— Da. Un răspuns.

— Răspunsul nu o să-l primiţi niciodată astfel.

— Dar cum?

— Căutându-l în dumneavoastră, pentru că răspunsul este deja în dumneavoastră, nu în altcineva. Nu o să vă găsiţi liniştea în afară. Nu pot să vă oblig să credeţi în ceea ce cred eu. Puteţi să vă convingeţi şi singură ceea ce cred nu este o eroare. Dacă este un adevăr sau un neadevăr, de asta numai dumneavoastră vă puteţi convinge. Credinţa nu este teoretică. Credinţa este practică. A explica atunci când e vorba de credinţă este inutil. Simţi sau nu simţi în aceeaşi direcţie. Credinţa nu este o obligaţie. Credinţa este o convingere. Am acceptat să continui această discuţie pentru că vă văd disperată. Eu am ales altă cale, nu aceea de a-mi consola fraţii.

— Oare există altă cale în afara aceleia în care se cere să îţi iubeşti aproapele?

— A-ţi iubi aproapele nu înseamnă doar a-l consola. Decât să am discuţii din acestea cu credincioşii, am ales să stau în singurătate şi să mă rog pentru ei. Cred că aşa îi pot ajuta mai mult decât ascultându-i şi dându-le sfaturi.

— Omul disperat nu are nevoie de tăcere. Omul disperat are nevoie de sfaturi.

— Omul disperat are nevoie de sine, domnişoară.

Puţin îngrijorat şi deranjat de agresivitatea mea verbală m-a întrebat:

— Aveţi în jur de 30 de ani?

— Împlinesc curând 33 de ani. Acum 33 de ani eram într-o altă închisoare, în carcera uterină.

— Nu defăimaţi perioada de gestaţie şi spaţiul unde Dumnezeu a hotărât să se întâmple miracolul. Nu are niciun rost şi toată forţa cuvintelor pe care le spuneţi este împotriva dumneavoastră. Eu am 45 de ani. Am intrat la mânăstire la vârsta dumneavoastră.

— Am trăit în păcat, dar nu a existat o secundă din timpul pe care l-am avut fără să îl caut pe Dumnezeu. Şi nu l-am găsit. Nici nu aveam cum să îl găsesc pentru că nu există.

— L-aţi avut în suflet pe Dumnezeu. Vă este atât de frică să îi deschideţi uşa din nou, încât preferaţi să îl alungaţi, minţindu-vă că nu a existat şi că nici nu există. Dar El există. Şi ştiţi asta.

— Asta este o dogmă: „Crede şi nu cerceta". Cum mă convingeţi, logic, că Dumnezeu există?

— Nu încercaţi să îl găsiţi pe Dumnezeu în logică. Pe Dumnezeu simţiţi-l.

— De mult ar cam fi trebuit să mă lăsaţi cu frământările mele, cu neliniştile mele şi să mergeţi să vă rugaţi pentru mine.

— Mă rog pentru dumneavoastră de când am început să stăm de vorbă. Dialogul pe care îl purtăm nu este o simplă conversaţie. Este o rugăciune. Încercaţi să nu mai priviţi credinţa ca pe ceva tabu. Nu confundaţi

instituţia religioasă cu credinţa. Instituţia e a celor mulţi, credinţa este a fiecăruia. Aveţi nevoie de credinţă ca să vă regăsiţi în biserică. Ca dovadă, sunteţi aici, nu într-un bar.

— Aşa am simţit, nu îmi explic de ce am simţit că vreau să vin la mânăstirea aceasta şi nu într-alt loc. La ce stare am, ar fi trebuit să mă îmbăt criţă.

— Aşa să-l simţiţi şi pe Dumnezeu. Fără să vă mai explicaţi.

— Nu sunteţi un călugăr comun, îngrădit de dogme şi principii.

— Nu cred că vă foloseşte la ceva să mă încadraţi într-o categorie.

— Dogmele şi principiile sunt făcute ca să fie respectate. Dumnezeu se găseşte mai uşor în ordine decât în haos.

— Sunteţi printre puţinii călugări care admit că Dumnezeu se găseşte şi în haos.

— Dumnezeu se găseşte peste tot. Trebuie doar să credeţi asta.

— Ajutaţi-mă să mă liniştesc. Tot ce am trăit până acum, am trăit în zadar. Am trăit în afara lui Dumnezeu. Nu îl cunosc pe Dumnezeu.

— Trebuie să mă lăsaţi să vă ajut. Nu vă pot ajuta cu forţa. Dumnezeu nu este un concept. A-l găsi pe Dumnezeu nu este un obiectiv. Este un fel de a fi.

— Mă simt murdară şi mică. Anii petrecuţi până acum nu au făcut altceva decât să îmi scoată mizeria la suprafaţă.

— Acum e timpul să vă curăţaţi. Unii trec prin Iad mai mult, alţii mai puţin. Important este să vă salvaţi sufletul, nu timpul cât l-aţi înlănţuit. Sunteţi singura

responsabilă şi singura care trebuie să vreţi să vă salvaţi. Timpul trăit în afara lui Dumnezeu nu este o povară. Nici măcar atâta nu este. Este un timp mort. Trăiţi cu adevărat când trăiţi întru Dumnezeu.

To: zmeul_albastru@yahoo.com

Singura diferenţă între cum te-am lăsat şi cum eşti este experienţa pe care ai dobândit-o în absenţa mea. Mi-e frică să nu uiţi cine sunt şi la un moment dat să îţi permiţi să joci poker şi cu mine. Nu vreau să ajung să cred că în spatele unui gest pe care l-ai face se ascunde altceva decât ceea ce este, că atunci când întreb ceva răspunsul este atât de inteligent dat, încât nu poate fi încadrat la minciună, dar nici nu rezolvă dilema, că mângâierile ar fi doar drumul spre a obţine ceva şi nu vreau să mă trezesc în ipostaza în care să caut să mă conving dacă ceea ce aş simţi coincide cu ceea ce este, căci ar fi ca o armă îndreptată direct spre tâmplă. Înainte nu-mi era frică de nimic din ceea ce erai şi nici nu mi-aş fi pus problema vreodată astfel. Acum te-am văzut cum te desfăşori şi cum întorci cuvintele ca un clovn, cu o serie de mingi colorate, cum îi determini pe oameni să creadă tot ceea ce vrei, cum îi manipulezi şi cum faci din cele mai ireale argumente dovezi viabile, plauzibile, fără de care lumea nu ar putea merge înainte.

To: floarea_soarelui@yahoo.com

Lucrurile de care ne temem ne conduc viaţa. Încearcă să nu mă mai vezi aşa cum mă arăt celorlalţi. Tu nu eşti ei. Iar în relaţia cu tine nu voi fi cum sunt în relaţia cu ceilalţi. Nu uita că suntem cum ne permit ceilalţi să fim. Şi dăm exact cât ni se cere sau cât ni se dă voie. Nici mai mult, nici mai puţin. A trecut o veşnicie fără tine. O veşnicie care m-a sălbăticit. Ajută-mă să-mi revin.

To: zmeul_albastru@yahoo.com

Am nevoie să mă conving că eu nu sunt ei. Senzaţia mea, atunci când stau lângă tine, este incertă. Mă-ntreb: oare ceea ce spune aşa este, oare ceea ce face aşa simte? Nu vreau să trăiesc o viaţă aşa. Exerciţiul ăsta îl consum suficient în relaţiile formale cu majoritatea. Nu vreau ca şi sufletului meu să îi ofer acest consum inutil. Vreau ca totul să fie curat şi frumos între noi. Altfel nu pot. Nu vreau ca minciuna, indiferent în ce formă ar fi ea, să mă mai atingă.

To: floarea_soarelui@yahoo.com

Dacă fugi iar, nu o să te convingi. Trăieşte cu mine şi o să te convingi.

Draft

— Ce este iubirea, părinte?

— Întrebarea asta mi-a mai pus-o cineva. Atunci eram copil. Ştii ce i-am răspuns? I-am răspuns că iubirea este atunci când căţeluşul vine şi te linge pe faţă chiar dacă l-ai lăsat singur şi flămând toată ziua.

— Asta este valabil şi pentru om?

— Eu gândesc că da.

— Sunt două tipuri de iubire. Iubirea noastră şi iubirea divină.

— Dumnezeu nu le separă astfel. Dumnezeu este în amândouă.

— Când săvârşeşti o crimă din iubire, Dumnezeu nu mai este deloc acolo. În acel moment te-ai înfrăţit cu Diavolul. Câtă diferenţă este între ceea ce facem şi ceea ce ar trebui să facem, acestea au fost ultimele cuvinte ale părintelui Nicolae înainte de a intra în chilie şi de a-mi face semn să îl urmez. S-a aşezat cu timiditate pe un scaun de plastic şi mă privea suspicios. Părintele era obosit şi bolnav, dar avea în privire o lumină de nedescris. Semăna cu lumina primului meu duhovnic, în vremea când eram aproape de Dumnezeu şi când părintele Sofian îmi însoţea paşii. Încă o veşnicie de atunci.

Părul lung şi încărunţit înainte de vreme, barbă lungă şi deasă care-i pieptăna pieptul, mâinile muncite în care-şi sprijinea anii, haina neagră strânsă în talie cu un brâu, fiecare gest, fiecare cuvânt, fiecare respiraţie se desprindeau cu iubire din fiinţa care-mi stătea în faţă. Venise la mânăstire când avea 30 de ani, după ce fusese unul dintre cei mai cunoscuţi şi iubiţi actori ai momentului, unul dintre actorii cu har care, atunci când contopirea cu un personaj se săvârşea, dădeau senzaţia că se întâmplase o minune. Era actorul care te făcea să uiţi că eşti într-o sală de spectacol. Trăirea lui era atât de autentică şi inspirată, încât reuşea să smulgă spectatorul din real şi să îl poarte în povestea pe care o interpreta fără de timp. Exact în plină glorie a hotărât să se retragă, a abandonat scena şi s-a retras în sihăstrie. Pentru toţi, colegi, prieteni, spectatori, familie, a fost un gest de neînţeles. De cele mai multe ori, hotărârile acestea se iau în momente de criză, de impas, nu în momente de glorie. Ceea ce nimeni nu a înţeles, şi numai el simţea în adâncul sufletului său, era că nu avea nici pe departe nevoie de gloria aceasta, căci gloria aceasta nu îi aducea în suflet decât disperare, nu linişte, îi aducea pierderea sinelui, nu împăcare. Considerând că trebuie să renunţe la viaţa socială, că misiunea lui nu era cea în care încremenise atâta timp, ci calea monahismului, nu a mai aşteptat şi s-a retras spre ceea ce simţea. Am intrat în chilia sa. Se lăsase o tăcere insuportabilă. Părintele îşi lăsase capul în jos, închisese ochii, după care m-a invitat la spovedanie. Liniştea aceea rece m-a inhibat şi nimic din ceea ce îmi doream să las acolo, între cei patru pereţi ai chiliei, nu reuşeam să desprind din mine. Toate trăirile, toate păcatele se lipiseră de mine şi nu mai reuşeam să le dezlipesc.

Părintele Nicolae a avut răbdare şi, simţindu-mi teama, mi-a spus:

— Fără de mine, nimic nu puteţi face. Acestea sunt cuvintele Mântuitorului pe care lumea de astăzi le consideră ridicole. Îndepărtându-ne de Dumnezeu, ne îndepărtăm de esenţă, de adevăr. Îndepărtându-ne de adevăr, ne îndepărtăm de Iubire, îndepărtându-ne de Iubire, ne îndepărtăm de fericire.

To: zmeul_albastru@yahoo.com

Nu există nicio limită legată de câtă iubire putem dărui sau primi. La fel cum asta nu poate exista fără să te arunci. Şi nu poţi să te arunci dacă nu ai încredere. Poate că frica este o slăbiciune. Aleg să fiu sinceră şi nu laşă. Nu mai ştiu cine eşti. Am senzaţia că te joci cu măştile şi că îţi pui câte o mască în funcţie de fiecare om. Iar atunci când te-am lăsat, tu nu aveai nevoie să te aperi aşa. Te aveai pe tine ca scut şi orice încerca să te atace, loveai cu tine. Erai atât de puternic, încât nu aveai nevoie de cârje. Nu mi-e dor de cel pe care l-am lăsat, dar nu ştiu cine este cel cu care m-am reîntâlnit. Pe cine iubesc? Mi-este foarte clar un lucru — că poţi fi un maestru al răstălmăcirii adevărului, dar asta nu înseamnă că adevărul nu mai este adevăr.

To: floarea_soarelui@yahoo.com

Ia-mă aşa cum sunt, nu mă mai analiza, nu mă mai diseca, fiindcă nu sunt un cadavru. Sunt viu. Dacă ceri mai mult decât sunt capabil să îţi dau, pregăteşte-te să ai o dezamăgire. Iubindu-te, o să îţi dau tot ceea ce sunt. Mai mult decât sunt nu am cum să îţi dau.

Draft

— Ce este fericirea, părinte? l-am întrebat ironic şi s-a prins, de parcă nu dădeam nici doi bani pe răspunsul pe care urma să mi-l ofere.

Şi părintele mi-a spus:

— Fericirea este cunoaştere. Nu există fericire fără cunoaştere.

— Dar cunoaşterea este limitată. Nu-l poţi cunoaşte pe Dumnezeu. Pe Dumnezeu îl poţi trăi, dar nu-l poţi cunoaşte raţional! i-am spus revoltată,

aproape strigând, căci gestul său de retragere a fost evident.

— Deja îl cunoşti pe Dumnezeu. Îl cunoşti pe Dumnezeu fără să ştii că îl cunoşti, pentru că pe Dumnezeu îl cunoşti trăindu-l.

A fost un moment în care am simţit frică, o frică acută de sine, de el, de tot. Aveam senzaţia că îmi citeşte toată fiinţa, gândurile, sufletul, tot. Am stat câteva minute nemişcată gândindu-mă la ceea ce-mi spusese. Vocea lui stridentă a răsunat din nou.

— Nimic din ceea ce ni se întâmplă nu este întâmplător.

— Până aici, nimic nou, i-am răspuns zâmbind. Faptul că sunt aici, în chilia dumneavoastră, cu câteva ore înainte de Înviere, nu este întâmplător. Nu m-am mai spovedit de foarte mulţi ani. În tinereţe l-am avut duhovnic pe părintele Sofian. La 16 ani mi-am oprit spovedania. Jumătate din viaţă am orbecăit. Mi se făcea foarte des dor de părinte. Simţeam uneori că mă doare carnea de atâta dor, îmi doream să merg să îl văd, să-i spun tot ceea ce trăiam, dar îmi era ruşine. După cinci ani am renunţat. M-am hotărât să mă întorc şi să îi cer iertare. Şi în ziua când eram pregătită să fac asta, duhovnicul meu a murit. Pedeapsă mai mare nu puteam primi. Remuşcările m-au ucis. Lăsasem timpul să treacă fără rost. Lăsasem întunericul să mă călăuzească. Toată suferinţa la care răspund acum este adunată în toţi aceşti ani de delir. Am înţeles mult timp după aceea că iubirea există, că fericirea există, că lumina există, dar niciuna din toate acestea şi din celelalte nu intră în tine cu forţa. Aşteaptă să le chemi, să le ceri, să le primeşti. Nu te obligă şi nu-ţi cotropesc fiinţa.

To: zmeul_albastru@yahoo.com

Inima nu trebuie să fie forţată să se deschidă. Ea se deschide în mod firesc, dacă îi dai timp.

Draft

Lumina a existat. Era atât de aproape de mine, încât m-a orbit şi eu nu am mai văzut-o. Şi, în loc să o primesc în suflet, am îndepărtat-o. Lumina a aşteptat în afara sufletului meu şi când i-a venit sorocul a murit. A trebuit să moară lumina pentru ca eu să mă trezesc într-un întuneric absolut şi să-mi dau seama că nu mai am lumină. Aşa urma să se întâmple şi cu iubirea, şi cu fericirea, şi cu toate cele lucruri frumoase ale fiinţei. De-atunci, pe drum am mai pierdut multe. Am fost tot mai departe de ceea ce e frumos, sacru, autentic. Am avut sute de trăiri, unele mai confuze, altele foarte clare, unele serioase, grave, altele în joacă, dar niciuna ca senzaţia morţii. Sufletul nu mi-a fost ucis. Dumnezeu a avut grijă să mi-l salveze şi să mă lase să mă bucur din nou de El.

— Încearcă să păstrezi lumina Învierii nu doar câteva clipe şi, dacă reuşeşti, luminează-i şi pe alţii. Dumnezeu este iubire, iar iubirea este în tine. Trebuie doar să ai curajul să o cauţi. Iubirea nu te părăseşte niciodată. Dacă ai descoperit-o şi, la un moment dat, te-ai speriat şi ai pierdut-o, nu înceta să o cauţi pentru că ea este în tine. Nimic nu te sperie mai uşor decât Iubirea. Nicio fiară, niciun cutremur, niciun incendiu, nicio boală. Iubirea poate să te sperie până şi de moarte. Pentru că Iubirea este Dumnezeu însuşi.

To: floarea_soarelui@yahoo.com

Nu am niciun alt argument decât sufletul meu. Nu am cum să te conving, dacă nu vrei să te laşi convinsă. Nu te poţi apropia de o persoană fără să ajungi faţă în faţă cu tine însăţi. Şi eu cred că nu de mine îţi este frică, ci de tine. Îţi este frică să nu fii ceea ce sunt, dacă nu cumva eşti deja.

Draft

— Nu am vorbit nimic din ceea ce îmi propusesem să vorbesc cu dumneavoastră, am mărturisit cu amărăciune.

— Tot ceea ce am vorbit, a trebuit să vorbim. Spovedania nu se termină decât cu câteva clipe înainte de ultima suflare. Spovedania este permanentă. Această discuţie a fost începutul spovedaniei tale. Sufletul îţi va fi mai uşurat. Trebuie doar să ai răbdare şi credinţă. Să faci ceea ce trebuie să faci şi să ai speranţă.

Părintele s-a ridicat de pe scaun, a făcut semnul crucii şi m-a cuprins bărbăteşte de umeri. Am simţit atâta forţă în atingerea aceea. M-a privit o secundă în ochi. Fix. Am făcut un gest mecanic. I-am sărutat mâna dreaptă. Apoi părintele mi-a cuprins capul în palme şi după... m-a sărutat pe frunte.

— Facă-se voia Sa. Acum ai uşa chiliei deschisă. Sunt oameni care se roagă şi nu ştiu, nu vor sau uită să-l lase pe Dumnezeu să dea ceea ce dă, pentru că numai El ştie ce să dea, când şi cum. Oamenii cer să li se dea atunci când vor ei şi îi impun lui Dumnezeu o

grabă cu care să opereze. Dumnezeu nu este un negustor. Ceea ce îţi dă să duci, îţi dă pentru că ştii că poţi să duci. El te-a creat puternic şi dacă-ţi dă să duci mai mult decât crezi tu că poţi duce, ţi-a dat pentru că ştie că poţi să-ţi depăşeşti limitele. Nu-l subestima pe Dumnezeu.

Ieşind din chilie, am observat că se lăsase întunericul. Cerul era de un albastru înnebunitor. O linişte înspăimântătoare înconjura mânăstirea. Vântul răspândea un miros puternic de primăvară. Nu numai Iisus urma să Învie. Sub ochii mei învia natura în toată splendoarea ei, învia sufletul. Învierea ce o aşteptam cu atâta dor şi disperare nu era o înviere în sine, era o trezire din moarte, era o revenire la viaţa aceea autentică, la bucuriile simple ale copilului, la adevăr, la esenţă, la IUBIRE.

Dacă iubirea există în tine, nu te lasă în pace.

Iubirea te condamnă să trăieşti Absolut.

Minunea nu poate fi trăită pe jumătate.

Când începi să trăieşti minunea pe jumătate, începi de fapt să te chinui, să te sinucizi.

Dacă poţi să iubeşti cu adevărat, iubeşti totul.

To: zmeul_albastru@yahoo.com

Trebuie să merg în ritmul meu şi să am propriile mele experienţe ca să îmi câştig încrederea şi să înlătur neîncrederea. Nu pot face acest lucru dacă îi las pe alţii să mă zorească sau să mă întârzie. Deocamdată mă reîntorc la mine, la ceea ce eram atunci când încă nu făcusem niciun pas serios în viaţă.

Draft

Aş fi putut să fiu un zid, unii să-şi facă nevoile pe el, alţii să se sprijine, alţii să-şi lase buzele ca pe mormântul lui Oscar Wilde. Aş putea să fiu şi o cană cu vin roşu. De ce nu, şi o frunză, sau miere, sau o culoare, sau un vânt de toamnă. Aş putea să fiu orice nimic care să aducă în suflete o bucată de frumos. Dar, ca să uiţi o secundă de tine, îţi trebuie curaj. S-ar putea să îţi placă atât de mult să rămâi altceva, încât să te pierzi pe tine însuţi, să-ţi pierzi identitatea. Apropierea de sublim se produce când eşti autentic. Indiferent că eşti piatră, zbor, picătură, sublimul îţi simte respiraţia şi te primeşte. Nu poţi să te minţi. Fiecare om ştie dacă sufletul său se îndreaptă spre frumos sau spre nimic. Pentru că fiecare om a uitat o secundă de sine şi s-a văzut. Infinitul înseamnă atât de puţin. Poate să însemne chiar o secundă, un zâmbet, o strângere de mână pe patul morţii, o iubire, o mare, un gest. Infinitul poate să însemne orice. Şi ce este pentru mine infinit, pentru tine să fie îngrădire. Suntem datori să uităm de noi şi să ne găsim cu adevărat. Dacă în viaţă poţi să te joci cu Dumnezeu, în moarte nu te iartă nimeni. Nu poţi să-ţi amanetezi sufletul. Timpul nu se întoarce. Rămâne aşa cum îl trăieşti. Poţi să amanetezi un obiect, dar nu o respiraţie, nu o lacrimă, nu un sentiment. Poţi să sfidezi spiritul, poţi să te faci că uiţi că la un moment dat o să mori, poţi să refuzi, să creezi, să urli, să faci ce vrei, dar nu poţi să te gândeşti nici măcar o secundă că totul trece, se duce şi că nu poate să treacă oricum. Că e uşor să faci rău, că e uşor să distrugi, dar că tu eşti, exişti pentru că nu există numai rău, există şi frumos şi, într-o secundă de frumos, viaţa s-a întrupat în tine.

Dumnezeu este aproape de neatins pentru că oamenii obosesc să îl caute. Tot ceea ce este autentic nu se găseşte la suprafaţă. Nu există reţetă identică pentru întâlnirea cu absolutul, dar există Absolut. Şi, ca să îl atingi, trebuie să îi găseşti drumul.

To: floarea_soarelui@yahoo.com

Îţi faci prea multe probleme false. Nu ai de unde să ştii cât durează o relaţie între doi oameni, nu există prognostic pentru suflet. Tot ceea ce ai este acum. Decât să ne dăm cu părerea pe mail despre viaţă, îţi propun să o trăim. Apoi tragem concluziile. Nu înainte. „Dacă îl cauţi pe Dumnezeu în afara ta, poţi să trăieşti toată viaţa şi să nu ştii niciodată că Dumnezeu există."

Draft

Slujba de Înviere s-a terminat cu „Hristos a înviat din morţi..." În timp ce preotul ţinea predica, un timp pe care nu pot să îl număr în secunde sau în clipe, un timp pe care nu îl pot descrie fizic, am început să simt lumea, lumea din jurul meu, lumea din mine, am văzut cum candelabrul din biserică începe să se învârtă, cum toţi sfinţii pictaţi ies din pereţi, cum icoanele zboară pe deasupra oamenilor, cum lumânările se sting şi se aprind ca într-un dans, cum altarul se clatină ca un balansoar de la stânga la dreapta, cum vocile distorsionate intră şi ies în auzul meu ca o bandă de magnetofon stricată. Nu mai aveam echilibru, totul se mişca, de parcă eram cuprinşi de vrajă şi nu reuşeam să ne dezmeticim. Mi-am pus mâna la ochi, crezând că am

halucinaţii. Când mi-am lăsat din nou privirea liberă, am văzut aceeaşi imagine suprarealistă. Scaunele aveau personalitate, se mişcau după oameni, cutia cu bani se smiorcăia ca un copil căruia îi e foame, corul bisericii se auzea ca o turmă de oi neliniştite, covorul făcea cocoaşă şi oamenii, oamenii, deşi aveau feţele schimonosite ca în picturile lui Goya şi trupurile alungite şi neterminate ca în El Greco, se comportau normal, deloc îngroziţi sau şocaţi de ceea ce li se întâmpla, de înspăimântătoarea imagine distorsionată, de pierderea identităţii, de confuzia de sine, doar eu, eu eram disperată, în genunchi, cu mâinile pe lângă corp, cu buzele tremurându-mi în faţa hidoşeniei care se întâmpla sub ochii mei, de parcă numai eu vedeam acel sinistru spectacol şi ceilalţi nu, de parcă se petrecea numai în mintea mea. Am vrut să pun mâna pe o icoană şi să mă rog să se oprească delirul, dar mâna mi-a intrat ca într-o gelatină, am vrut să aprind o lumânare să opresc nebunia, dar lumânarea s-a topit de îndată ce am atins-o, am vrut să ies din acel loc şi să fug cât mai departe, dar drumul spre ieşire devenise nesfârşit, ca într-un coşmar, cu cât mă apropiam mai mult de uşa bisericii, cu atât uşa se îndepărta mai mult, de parcă eram într-un labirint din care nu mai găseam ieşirea. Am vrut să mă sprijin de un perete şi să mă ascund, dar peretele a început să se retragă şi să râdă în hohote de mine. Am început să ţip cât m-au ţinut puterile, fără să îmi mai dau seama unde sunt, cine sunt şi ce se întâmplă. Preotul nu auzea urletul meu şi nu s-a oprit, şi-a continuat predica, iar ceilalţi mă priveau liniştiţi de parcă nici nu mă vedeau, de parcă nici nu existam printre ei, mă priveau în ochi, dar de fapt nu mă priveau pe mine, priveau prin mine. Plângeam, urlam după ajutor, întindeam mâna disperată încercând să ating liniştea, să ies din coşmar. După momente cumplite de pierdere de sine, după clipe care nu ştiu când au început şi când s-au sfârşit, în faţa mea a apărut un copil, un copil adevărat, fără faţa schimonosită, fără trupul alungit, un copil adevărat, cu bucle aurii, cu ochii albaştri, cu trupul durduliu, cu biberonul în mână, cam la trei anişori, un copil care avea întipărit pe chip un zâmbet larg, agresiv ce mi-a oprit halucinaţia pentru că era un zâmbet real în tot irealul pe care îl vedeam în jur. Apăruse încă o fiinţă, în afară de mine, care nu făcea parte din coşmar. Acum eram doi, doi spectatori ai iadului de nedescris care se desfăşura în jurul nostru. I-am întins mâna crezând cu toată fiinţa mea că el este salvarea, ca un Adam către Dumnezeu şi, desprinzându-mă de locul unde mă imobilizasem şi unde amorţisem de-atâta groază, m-am ridicat, am făcut primul pas şi, urmărindu-i mânuţa lui de copil care mă chema, i-am întins mâna mea şi m-am încredinţat căii pe care mi-o arăta. Drumul spre uşa bisericii nu se mai dilata, îşi păstra forma, îşi păstra conturul şi, în timp ce ne apropiam cu timiditate de adevăr, de lumină, de linişte, de frumos, lăsam în urma noastră Infernul. Eram transpirată, descheiată la haină şi cu urme de unghii înfipte în carne, probabil de la cât încercasem să mă apăr de toată mascarada ce mi se înfăţişa. Mi-era frică să privesc înapoi, dar auzeam clar urletele sinistre care rămâneau în spate. Şi-atunci mi-am dat seama că vânzătorii de Dumnezeu nu sunt numai aceia care fură, mint, ucid, vânzătorii de Dumnezeu sunt în primul rând aceia care îşi pierd sufletul de copil, care

pierd puritatea, credinţa, inocenţa, altfel spus IUBIREA. Atunci când pierdem copilul din noi, îl pierdem de fapt pe Dumnezeu. Ceea ce întotdeauna uităm, dar El ne aminteşte, este că Dumnezeu nu ne părăseşte niciodată, el revine şi bate chiar şi la o uşă închisă, trebuie doar să avem curajul să deschidem şi să îl lăsăm să intre.

To: zmeul_albastru@yahoo.com

Ştiu că viaţa nu vine într-un ambalaj perfect, că greşeala stă în natura omului, că suntem într-o permanentă căutare de sine şi că ne este din ce în ce mai greu să recunoaştem asta. Frica nu este o conservă pe care o pui la rece şi la un moment dat poţi să o desfaci şi să o termini. Frica te răscoleşte şi, asemenea unei furtuni, îţi scoate din rădăcină cea mai clară credinţă. Nici „te iubesc" nu mai ştiu ce înseamnă acum. În trecut însemna „să-l transformi pe celălalt în prioritatea ta". În viitor înseamnă „vreau să trăiesc şi să mor cu tine". Ce înseamnă acum?

To: floarea_soarelui@yahoo.com

Eşti nostimă. Cauţi să obţii iubirea de la ceilalţi. Sursa iubirii se află în interiorul propriei tale inimi. Iubirea nu ia ostatici, nu se negociază şi nu poate fi compromisă de frică.

To: zmeul_albastru@yahoo.com

Vreau să am din nou 3 ani, să mă fac apă şi să o iau de la capăt.

To: floarea_soarelui@yahoo.com

Cu siguranţă atunci nu trăiai prin alţii.

To: zmeul_albastru@yahoo.com

Niciunul din noi nu este rău. Suntem pur şi simplu într-un moment. Habar n-am dacă amândoi stăm în faţa aceleiaşi uşi. Nimic nu ne poate forţa să trecem dincolo de uşă dacă nu suntem pregătiţi.

To: floarea_soarelui@yahoo.com

Tu încă mai ai îndoieli. Încrederea e pe cont propriu. Aşa cum singur ţi-o pierzi, tot singur eşti dator să o recâştigi. Nu poţi să trăieşti fără încredere. Decât dacă îţi transformi viaţa într-un veceu public în care fiecare faptă devine taxabilă la sânge. Vreau să ne reclădim. Habar n-am cum. Bănuiesc doar că o să aflăm, dacă ne propunem. Şi, departe de tine, mă gândesc mereu „cum ar fi fost să fie".

Mi se pare mult mai valoros să te salvezi reconstruindu-te, decât începând cu un necunoscut o relaţie nouă.

To: zmeul_albastru@yahoo.com

Vreau să trăiesc o perioadă singură, vreau să mă adun şi să văd apoi ce vezi tu. Cred că nu pe tine te-am pierdut, ci pe mine.

To: floarea_soarelui@yahoo.com

A trăi singură este o condiţie pentru a putea trăi bine cu o altă persoană. Dacă nu ai trăit singură, nu ai avut timp să afli cine eşti. Eu îţi dau toată libertatea de care ai nevoie şi te aştept. Şi îţi pot da o singură certitudine: prezentul.

To: zmeul_albastru@yahoo.com

„Dacă ceri un măr şi primeşti un măr, nu înseamnă că tu eşti copilul preferat al lui Dumnezeu. Înseamnă doar că este sezonul merelor."

To: floarea_soarelui@yahoo.com

„Dumnezeu nu mă place pentru că mi-a trimis o banană, iar eu nu pot să sufăr bananele!"

To: zmeul_albastru@yahoo.com

Întrebarea nu este „încotro merg?", ci „cum merg?".

To: floarea_soarelui@yahoo.com

Dacă nu poţi să alegi din toată inima, cel mai bun lucru pe care-l poţi face este să nu te mai forţezi să iei o decizie. Nu poţi iubi din alt loc decât din inimă.

To: zmeul_albastru@yahoo.com

Fiecare moment conţine toate celelalte momente. Nu există nimic ce trebuie făcut mai întâi. Nu există nimic ce trebuie făcut mai târziu. Nu există decât ceea ce se întâmplă acum. Asta este singura mea responsabilitate. Şi acum vreau să te ţin de mână, deşi mi-e al dracului de frică să nu-mi dai drumul şi să mă pierd. Am simţit că fără tine sunt oarbă, dar atunci nu aveam îndoieli.

To: floarea_soarelui@yahoo.com

Acum ai crescut, dar tot mică eşti şi tot fetiţa de care o să am grijă rămâi.

To: zmeul_albastru@yahoo.com

Tuturor le-ai zis aşa?

To: floarea_soarelui@yahoo.com

Într-un fel. Am folosit doar alte cuvinte.

To: zmeul_albastru@yahoo.com

Vezi, exact de asta mi-era teamă. Fiecare femeie e unică, deci fiecare are nevoie de un ambalaj aparte.

To: floarea_soarelui@yahoo.com

Ai existat în mine indiferent de relaţiile pe care le-am avut. Iubirea nu a încetat nici măcar atunci când te-am închis cu şapte lacăte.

To: zmeul_albastru@yahoo.com

Cum să fac să te cred? Când eu scuipam sânge, tu scuipai picături de plăcere?

To: floarea_soarelui@yahoo.com

Nu o să găseşti linişte rănindu-te aşa la nesfârşit.

Draft

Stau cu o lumânare între dinţi şi aştept să mai treacă o noapte. Când ai de rezolvat o problemă, nopţile sunt mai crunte decât zilele. Sunt oglinzi cu vârf care se înfig în suflet şi, rânjindu-ţi, îţi zic: „Na, mai scapă dacă mai poţi. Ascunde-te dacă mai ai unde". În situaţia aceea niciun om nu ar avea unde să se ascundă. În momentul acela eşti gol în faţa lui Dumnezeu. Opreşti ceasul minciunii, te aşezi la orizontală şi recunoşti totul. Patul se transformă într-un templu al spovedaniei şi, ca într-un delir, pereţii te condamnă, se încolăcesc în jurul tău, tavanul te striveşte, podeaua se zgâlţâie, corpul se dezechilibrează şi cade, când în sus, când în jos, mintea se rostogoleşte şi lumânarea strânsă cu turbare între dinţii tăi se aprinde şi provoacă la duel timpul. Durerea e mult mai mare ca să stingă focul. Timpul nu se stinge, nu se opreşte. Jocul din copilărie, când clipele erau păpuşile imaginaţiei noastre, nu mai are partener de hârjoneală. Am îmbătrânit. Dacă am pierdut iubirea, ca o simbioză perfectă, am ucis copilul din mine. Viaţa nu îmi mai permite să mă joc. Timpul când făceam baloane de săpun şi le spărgeam cu vorbe a trecut. Acum e vremea crucii, a pironirii, a cruzimii, a adevărului. Am căutat disperată o aşchie după care să mă ascund. Pentru toţi îngerii şi pentru toţi dracii am devenit o batjocură. „Cel care vrea să se ascundă după o aşchie." Corul plin de smerenie al îngerilor a început să scoată răgâieli. Ce uşor am devenit clovnul propriului meu destin. Trecutul există. Nu am cum să-l înlătur. Şi prezentul există. Şi mai rău, face parte din trecut. Viaţa se întâmplă numai la trecut. Viaţa e doar o moarte în mai multe etape, o moarte silabisită de nişte bătrâni naivi, mai puţin naivi, senili, foarte senili. Asta-i viaţa, o bâlbâială. Un disc care se învârte, se învârte, se învârte, până când banda oboseşte şi începe să scârţâie, să se dezintegreze, să se desprindă de firesc, intrând într-un alt firesc, un nou necunoscut, într-un firesc pe care îl numim mister şi care nu ne este şi nu ne va fi vreodată accesibil. De câteva zile încerc să îmi reprim o imagine. Imaginea mizeriei din casa unde am locuit cu mulţi ani în urmă. Parcă e o fotogramă. Un fulger proiectat pe un neuron treaz, zgâlţâit, deranjat. Mă obsedează imaginea aceea de demult, maldărul de vase murdare, covoarele pline de scame şi păr de câine, mobila îngropată în praf, chibriturile arse care aprindeau lumânările din sfeşnicele vechi de argint, hainele aruncate pe jos, pe sus, pe rame, pe tablouri, pe geamuri, pe lustră şi nu în cele din urmă sutele de pachete de ţigări fără filtru, goale, supte, mototolite şi transformate în bile suprarealiste cu care, în lipsa unor mingi de ping-pong, puteai să te chinui să joci un mach. Bilele de hârtie ocupau intenţionat un loc în cele mai neaşteptate unghere ale casei: în baie, sub pernă, în cana de cafea care îşi ascundea jegul după culoarea neagră a porţelanului, în soba dezafectată, până şi în maşina de tocat carne. Un peisaj apocaliptic, dar care nu m-a deranjat câtuşi de puţin. Sunt perioade din viaţa ta când poţi să trăieşti fără să trăieşti, când prin tine trăieşte altcineva, când laşi să se

instaleze o altă persoană, cu alte tabieturi, cu alte principii, cu alte valori. Îmi plăcea să mănânc seara usturoi cu slănină sau ceapă roşie cu brânză de oaie. Şi de fiecare dată uitam intenţionat să îl întreb, asta fiind modalitatea sigură de a mă sustrage încăpăţânării erotice cu care adesea mă provoca.

To: zmeul_albastru@yahoo.com

Ar fi frumos să avem nepoţi care să spună despre noi „şi au trăit fericiţi până la adânci bătrâneţi". Fiecare decide ce va fi cu viaţa lui. Nu suntem doar cupa sau potirul, ci şi olarul care le modelează şi le dă formă.

To: floarea_soarelui@yahoo.com

Un lup nu este fericit să poarte veşnice haine de oaie.

Draft

Moartea are miros. Nu ştii care e clipa finală, dar simţi că e pe-aproape. Simţi cu toată fiinţa momentul final. Simţeam cum se apropie, că trebuia să urmeze, că era inevitabil. Există timp, trăiri, emoţii pe care reuşim să ni le oferim după fiinţa noastră, aşa cum există şi alternativa impusă a celor trei elemente. Te trezeşti că eşti o simplă marionetă, că acţionezi dincolo de ceea ce eşti, că fatalitatea nu este doar o poveste, iar destinul nu e doar o temă de dezbatere între un joc de şah şi un pahar de vin roşu. Am simţit că nu pot să fac nimic, deşi ştiam că ceea ce urmează este sfârşitul. Nu poţi să-l legi pe Dumnezeu de picioare şi să nu-l laşi să

înainteze în plânsul său, pentru că Dumnezeu niciodată nu pierde şi nu câştigă. El este la fel de bun tot aşa cum nu este. Îţi dă senzaţia că se joacă cu tine, cu mintea ta sau nu se joacă. Cine ştie?

To: zmeul_albastru@yahoo.com

Ce vrem unul de la altul? Asta trebuie să ştim şi trebuie să ne spunem. Poate vrem aceleaşi lucruri sau altele. Indiferent ce vrem, avem nevoie de lumină. Noi doi suntem prea bătrâni să orbecăim. Întunericul e pentru începători. Şi cred că suntem atât de trecuţi unul prin celălalt, şi ne mirosim atât de bine, încât din pricina asta nu avem cum să ne mai ascundem şi dacă am vrea. Este singurul dezavantaj. Că dacă vrei să minţi în continuare, nu se mai poate.

To: floarea_soarelui@yahoo.com

Îţi faci atâtea probleme cu accesorii de care noi nu avem nevoie. Noi chiar nu mai avem nevoie să ne minţim. De acum suntem altfel.

To: zmeul_albastru@yahoo.com

Suntem altfel până când?

Draft

Mor odată cu tine. Doi oameni care se iubesc merg suflet în suflet în urât şi frumos, nedezlipiţi, deşi orgoliul dă senzaţia că te doboară. Nu pot fi despărţiţi de

nimic, nici măcar de moarte. Se iubesc dincolo de orice limită omenească. Renunţi la tot ceea ce te defineşte şi eşti pregătit să fii definit prin ceea ce nu îţi aparţine, ci este al celuilalt. Iubirea este puterea de a te regăsi în altceva decât în propriul sine. „A fi" înseamnă „a fi doi".

To: floarea_soarelui@yahoo.com

Dacă ai fi ştiut durerea ce avea să urmeze atunci când ai mâncat mărul, nu l-ai mai fi mâncat?!

Draft

Am senzaţia din ce în ce mai des că nu-mi mai stăpânesc mintea, că tot ceea ce fac este dezordonat, că nu-mi mai controlez gândurile, faptele, sentimentele. Este un început de nebunie. Cea mai penibilă ipostază în care se află omul este atunci când se apucă să îşi dea cu părerea despre existenţa sau nonexistenţa lui Dumnezeu. Fie că este credincios sau ateu, fie că este în profund acord cu Absolutul sau în empatie cu neantul, situaţia nu este cu nimic mai presus decât penibilul. Este limita ridicolă la care omul se supune ori de câte ori se confruntă cu Dumnezeu. Cu Dumnezeu nu poţi să te confrunţi astfel. Cu Dumnezeu nu poţi să te afli într-un meci de box. Ai fi făcut knockout de la naştere. Îţi dai seama de asta ori de câte ori laşi copilul din tine să-ţi ia locul şi să se bucure, să rămână fascinat, copleşit, dominat de frumos. Când îţi arunci sufletul în viaţă şi îl laşi să zburde fără să-ţi fie frică, nu ai cum să nu-l simţi pe Dumnezeu. Oricât de necredincios

sau de ateu ești. Îmi amintesc acum de o zi, de o singură zi în care l-am văzut pe Dumnezeu cu ochii, nu cu mintea, nu cu sufletul, ci cu ochii. Și am putut să îl ating cu privirea. Mi s-a arătat de parcă eram Toma necredinciosul. Iar când ți se arată astfel, nu ai cum să nu-l recunoști sau să te îndoiești.

Eram la schi, într-un vârf de munte și o ceață lăptoasă, greu de respirat, o ceață pe care cuvintele nu au cum să o descrie, îmi atingea sufletul. Întindeam mâna și aveam senzația că se desprinde de trup, că dispare. Mă chinuiam să străbat cu ochii minunea ce se desfășura împrejurul meu. Îmi priveam clăparii și schiurile și nu știam dacă stau pe loc sau alunec. În stânga, în dreapta, în jos, în sus, un zid alb îți bloca nu numai vederea, ci și imaginația. Simțeai că nu mai aparții de nimic și de nimeni, că ești liber, că ești cuprins de incredibil și că spectacolul care se desfășoară înaintea ta te invadează, te conține. Era senzația de plutire în Infinit, care te incită să îți dai drumul, să te arunci în gol. Desprinderea absolută. Fără secunda de luciditate care mă ținea legată de pământ, m-aș fi aruncat la întâmplare în ceața de necuprins, în albul cumplit și dureros și cine știe în ce râpă mă mai trezeam. A fost prima oară când am simțit că libertatea doare, libertatea te făcea să-ți fie frică, erai numai tu cu tine și apropierea asta inevitabilă de sublim te înspăimânta, te îngrozea, îți lua mințile. Și exact în momentul în care simțeam că nu mai rezist, că absolutul mă înghite, într-o explozie ceața s-a spart și a țâșnit din albul prea alb strălucirea soarelui. Eram o masă compactă de respirații, ca un mușuroi de furnici care încremenise în fața sublimului. Plafonul de nori s-a decupat perfect

deasupra umerilor noştri. Chipurile ne erau sărutate de un soare adormit, iar trupurile continuau să fie îmbrăcate în norii deliranţi ai începutului de nebunie. În astfel de momente înţelegi că frumuseţea poate fi insuportabilă. O mare de capete fără trupuri. Zeci de capete care se zbăteau când în stânga, când în dreapta, când apăreau, când dispăreau, ca într-un joc de-a baba oarba cu Dumnezeu. Păi când trăieşti aşa ceva, mai poţi să te gândeşti dacă există sau nu există Dumnezeu, crezi că mai contează în acel moment ce există sau ce nu există? Rămâi imobilizat în faţa acelei perfecţiuni care se desfăşoară şi, oarecum paralizat de frumos, nu mai eşti în stare să cugeţi nimic. Trăieşti fără să te mai gândeşti, fără să mai ai nevoie să te gândeşti, fără să simţi nevoia să gândeşti despre Dumnezeu. Poate că atunci când eşti atât de aproape de Dumnezeu, ai senzaţia că devii totuna cu el. Încet, încet trupurile ne ieşeau la iveală, norii se scurgeau şi, văzând cu ochii, ne dezbrăcau de imaginea angelică pe care ne-o asumaserăm pentru câteva minute. Încet, încet marea de capete s-a transformat în mare de capete cu gât, apoi mare de capete cu gât şi cu umeri, mare de capete cu gât şi cu umeri şi cu trup, căci părţile corpului îşi arătau timid prezenţa. Treziţi parcă dintr-un vis, ne uitam unii la alţii ca şi cum ne ştiam şi nu ne ştiam, ca într-o transă, ca o trezire din comă, fiindcă în acele minute am aparţinut unei alte lumi, am fost toţi ai aceluiaşi trup, ai aceleiaşi minţi, ai aceluiaşi suflet şi, după explozie, ne-am împrăştiat în zeci de trupuri, în zeci de minţi, în zeci de suflete. Finalul de poveste a fost pustiu. După ce am fost până şi descălţaţi de Dumnezeu şi picioarele ne-au rămas clare, şi

schiurile nu se mai distingeau vag, ci concret, am îndrăznit să privim din nou în stânga, în dreapta, în sus, în jos. Zeci de oameni derutaţi care priveau în toate direcţiile. Desprinderea de frumos sfâşie bucăţi din suflet. De parcă Dumnezeu ne-a abandonat. În stânga era pustiu, în dreapta, pustiu, în jos, pustiu, în sus, soare. Un soare adormit care ne fotografia sufletele şi care ne-a promis revenirea. Pustiul alb, ca în iernile ruseşti, pustiul singurătăţii, al sinelui, pustiul din vârf de munte intolerabil, inconfundabil, cât cuprindeai cu ochii, pustiu, zăpada neatinsă, virgină, pe care doar privirea şi idealurile noastre se rostogoleau îndrăzneţ. Pustiul care te trezeşte şi care îţi şopteşte cât de mic eşti, în timp ce soarele te mai sărută pe frunte câteva secunde înainte să se ducă la culcare şi tu rămâi derutat, ca prostu', cu mâinile lăsate pe lângă corp, cu faţa căzută, cu ochii deschişi, înlăcrimaţi şi cu sufletul care ţipă că Dumnezeu există numai pentru tine, credinţa e individuală, certitudinea, asemenea şi, dacă ai chef să te iei la trântă cu Dumnezeu, poţi să o faci, nimeni nu te împiedică. Trezirea la real nu înseamnă îndepărtarea de Dumnezeu, ci acceptarea lui necondiţionată. Absolutul nu se cuprinde cu mintea. Absolutul se trăieşte. Dacă ajungi să îl simţi pe Dumnezeul ăsta depinde numai de tine, nu de el.

To: zmeul_albastru@yahoo.com

Probabil că voi găsi răspunsul atunci când o să încetez să îl mai caut. E ca atunci când eram mică şi intram într-o apă cristalină în care îmi oglindeam chipul şi în câteva secunde se tulbura şi nu mai vedeam nimic.

Draft

Stau în dreapta ta, în timp ce tu conduci cu 200 km/h pe autostrada Bucureşti – Piteşti... Pulp la maximum... lună plină... pupile dilatate... nu spunem nimic şi totuşi vorbim. Nici măcar nu ne întoarcem capetele unul spre celălalt, dar ne privim ţintă. Nu ne atingem nici mâinile, dar ne mângâiem. Îţi simt respiraţia în ureche, deşi ai scos capul pe geam. Tot aerul de-afară respiră prin tine şi mă piaptănă.

Stăm în faţa televizorului şi zapăm. Nu ne vorbim, dar prin gesturile noastre spunem tot. Nici nu trebuie să ne vorbim. De ce am face-o dacă acţionăm?

Mâncăm, fiecare stă băgat cu capul în farfuria lui de ciorbă. Se-aud lingurile, clefăitul şi maţele care ghiorăie. Astea spun ce nu vorbim noi.

Mergem la o petrecere cu prieteni, unul stă într-un colţ, celălalt într-altul, cică am venit împreună.

Se face noapte, apoi dimineaţă, patul e gol, cică suntem un cuplu.

Tata e la spital pe masa de operaţie, în timp ce tu joci fotbal.

Limbajul comun dispare când nu mai credem în basme. Când aveam poveste, aveam şi vocabular, şi lumea noastră avea cuvintele noastre şi puteam să o descriem şi să ne mişcăm.

Dacă nu ţii pumnul strâns, totul dispare la fel de uşor cum apare, doar sufli peste praful de stele şi Cerul nu mai respiră, e doar o simplă hârtie pe care am desenat când eram mici.

Ai putea să mă minţi. De ce ai face-o? De unde să am certitudinea că nu ai început deja să exersezi în acest sens? Minţind, ai mai multe lumi. E un exerciţiu fabulos de păstrare intactă a propriului eu. Vinzi rea-

lităţi care nu au existat şi nu vor exista niciodată pentru a nu permite nimănui să intre în realitatea ta. Vrei să rămâi singur.

„Cum aş putea să-ţi cer să nu faci asta? În numele a ce să te rog să nu mă minţi? În numele a ce să îţi cer să mă iubeşti mai mult decât pe tine? Să-ţi promit că nu voi intra în sufletul tău mai mult decât mă inviţi, că nu-ţi voi atinge lumea mai mult decât o să îmi dai voie, că voi sta pe preş, cuminte, ca un bichon maltez, în timp ce tu, fricos, vei lăsa uşa doar crăpată, în aşa fel încât să îmi controlezi orice mişcare?

Dacă mă minţi, o să ştiu cine eşti şi cu cine trăiesc. O să am senzaţia că eşti un străin şi o să îmi fie frică să mă deschid?

Totul să nu fie decât o mare minciună. Am fi în sfârşit pe val.

Faci gesturi care te ascund în lumea ta, acolo unde eşti self-protected şi unde nu poate să te rănească nimeni: sună telefonul şi nu răspunzi, deşi nu ai nicio altă treabă care să te oprească să o faci, plec să mă spăl şi tu alergi repede spre telefon, îl înşfaci şi dai câte sms-uri apuci în lipsa mea, te sun de nu ştiu câte ori pe zi, dar nu răspunzi decât când ai tu chef şi mereu schimbi argumentele ca să nu pot să mă plictisesc, mergi singur în vizite, nu ajungi niciodată la ore rezonabile, s-ar putea ca tot ceea ce e pentru mine rezonabil pentru tine să nu fie, nu ne petrecem vacanţele împreună, mergem la petreceri şi ne comportăm de parcă am fi singuri, nu avem voie cu tandreţuri în public etc."
Acesta este un articol inutil, dintr-o revistă inutilă. Nu te va schimba nici pe tine, nici pe mine, deci e scris degeaba.

Fiecare crede că centrul universului este gaura curului lui şi că totul în jur se mişcă în funcţie de digestia noastră. Când stau cu tine dimineaţa la cafea, vreau să ştiu cine eşti. Nu există greşeală. Există doar a acţiona diferit faţă de normele şi prejudecăţile tale. Deci cum să te superi pentru că celălalt a simţit altfel şi a optat în sensul lui? Lucrurile sunt simple, mult mai simple decât le vedem noi. Bunica mea zicea că doi oameni care se iubesc simt împreună, coincid în majoritatea alegerilor lor. Nu suntem obligaţi de nimic, nici măcar de conştiinţă. Poate fi celălalt conştiinţa noastră? Suntem liberi să rămânem sau să ne mutăm. Nimeni, în afara noastră, nu poate să ne înlănţuie. Vreau să iubesc ceea ce eşti, nu ceea ce îmi arăţi că eşti. Dacă nu ştiu cum eşti, cum să te iubesc? Poţi să îmi construieşti câte măşti vrei şi poţi să mă ţii cât de departe vrei de tine, dar sufletul meu nu se va întâlni cu al tău, ci cu al măştilor prin care vrei să respiri. Minciuna e ca o doză bună de diazepam. Dă senzaţia că rezolvă, dar nu rezolvă nimic. Mă înţelegi, nu-i aşa? Şi dacă nu mă înţelegi, nu e ceva grav. Nimic nu e bun sau prost, frumos sau urât, bine sau rău. Totul este aşa cum e. Şi atunci îţi cer să opreşti maşina, pentru că vreau să cobor.

To: floarea_soarelui@yahoo.com

Câţi ani de-acum încolo vrei să ne căutăm încrederea unul altuia scriindu-ne scrisori sau întâlnindu-ne la o bere şi discutând? Vrei să ne trăim viaţa scriindu-ne părerile şi neapucând să încercăm nimic?

Trash

De fapt, această poveste nu există. Nimic din ce ţi-am scris nu este adevărat, totul e o invenţie pornită din nevoia mea de a evada din prezentul interior şi insuportabil pe care nu-l mai puteam controla. Am avut nevoie să mă ucid, să mă îmbolnăvesc, să trec prin tot ceea ce mi-am închipuit că trec, ca să scap de tine. Nu te-am iubit niciodată. Dacă te-aş fi iubit, ţi-aş fi spus că nu te iubesc. Nu e un paradox, e un adevăr. Dacă recunosc acum, o fac pentru mine, pentru nimeni altcineva. Şi nu e egoism. Este expunerea nudă a ceea ce sunt, e chiuretajul fără de care nu poţi să treci în altă etapă a vieţii, e introspecţia lucidă, autocunoaşterea. A fost un moment în care am simţit că tot ceea ce trăiesc explodează, că dacă merg înainte aşa, mă distrug şi atunci am hotărât să mă opresc, să pun punct definitiv, să scap de tine şi să inventez diagnosticul de cancer. Nu am avut niciodată cancer. E ca şi cum l-am avut, trecând prin el în imaginaţia mea. Invenţia asta m-a curăţat, m-a spălat de tine. Ce trăiam era ca o boală, era împotriva sufletului, era o căutare nesfârşită a sinelui, nevoia de identificare, de echilibru, de armonie în gol. Nu o aveam în mod real, ci numai mi-o doream. Mereu aveam o oglindă în faţă, vedeam ce trăiesc, dar refuzam să accept, de fiecare dată când priveam în oglinda mea îmi fabricam poveşti. Tu erai mereu în ele, nelipsit. Nu ai niciun drept să judeci opţiunea mea. Nu e nici inumană, nici firească, nici bună, nici rea. E o spovedanie. La un moment dat, oricât de mult poţi să înoţi în minciună, ai nevoie de adevăr, să respiri. Acum am început să te iubesc, acum când îţi spun toate astea şi când împart cu tine cu adevărat fiecare celulă din mine. Este atât de simplu să-i inventezi celuilalt basme în care să trăiască fericit, fără să ştie de fapt ce trăieşte în timp ce sufletul tău respiră altceva. Egoist este acela căruia îi este suficientă lumea în care trăieşte şi se simte fericit, fără să se gândească şi fără să îl intereseze dacă cel de lângă el este în aceeaşi situaţie. Ăsta este punctul meu de vedere. Poate că nu coincide cu al tău. Dar atâta timp cât eu cred că acest punct de vedere mă reprezintă şi sunt eu, acum, în acest moment al vieţii mele, nu ai ce să faci. Orice facem este alegerea noastră. Viaţa este ceea ce alegem. Suma tuturor deciziilor pe care le luăm. Avem libertate totală în luarea acestor decizii şi nimeni nu are dreptul să ne constrângă sau să ne condamne. Suntem singurii răspunzători pentru secundele pe care le avem şi pentru modalitatea prin care alegem să le consumăm. Este atât de simplu să minţi şi să îi iei pe oameni în călătoriile tale imaginare, încât acest exerciţiu a început să nu mi se mai pară deloc interesant. M-am plictisit să văd cât de simplu devenim marionete, cât de uşor credem în poveşti, cât de puţin antrenaţi suntem pentru scenariu. Chiar şi atunci când credem că suntem lucizi, că deţinem controlul, că nu ne poate manipula nimeni, chiar şi atunci există eroare, există vulnerabilitate şi poţi să te laşi dus de val, să te trezeşti în larg şi să nu ai habar cum de nu mai vezi ţărmul. Am minţit atât de mult, încât a ajuns să îmi fie greaţă. Am făcut acest exerciţiu şi am văzut cât de slabi suntem, cât de naivi şi uşor de cumpărat. Minciuna poate să îţi ofere tot mai puţin realitatea. Am consumat tot imaginarul, am minţit până la infinit, am atins spiritual delirul şi transa minţind, am încercat tot ce se putea folosind minciuna şi am văzut cât de simplu este şi nu m-a ajutat la nimic. Sau m-a ajutat să am nevoie de adevăr. Să am nevoie de concret, nu de iluzoriu, de palpabil, nu de închipuiri, doar de sine, nu de nevoile celuilalt. M-am hrănit cu minciună până mi s-a aplecat. Nu mai vreau să trăiesc pentru ceilalţi. Am hotărât că nu mă mai interesează decât sinele meu şi că ce se întâmplă în afara mea nu mai depinde de mine.

„Cei mai mulţi oameni nu sunt ei înşişi, ci alţii. Gândurile lor sunt opiniile altora. Vieţile lor, o imitaţie. Pasiunile lor, un citat din altcineva." Oscar Wilde

Am aşteptat 10 ani clipa care să îmi ofere tot ce au aproximat toate celelalte. Când nu trăieşti cu adevărat, 10 ani par foarte mult timp. În esenţă... 10 ani nu înseamnă nimic. Viaţa nu este o sumă de timp, ci o sumă de trăiri. 10 ani în care m-am căutat, în care m-am luptat să cred că realitatea în care exist era realitatea necesară. Dacă pe chip mi-era uşor să desenez un zâmbet, sufletul mi-era învelit într-o evidentă nefericire. Arătam celorlalţi că mă am, în timp ce ştiam clar că ceea ce deţin nu sunt eu, ci o proiecţie falsă a mea. Eu rămăsesem închisă într-un sarcofag. Respiram prin gaura cheii lui. Din când în când, respiraţia mă traversa şi îmi atingea sufletul. Îmi aminteam că undeva încă exist, dar nu ştiam cum să revin acolo. Am încercat tot felul de cărări. Niciuna nu m-a apropiat de locul unde mă pierdusem. Într-o dimineaţă m-am rugat. Fără să ştiu cum. Nu mai ştiam clar ce înseamnă să te rogi. Nu mai ştiam cum se începe rugăciunea, cum îi vorbeşti lui Dumnezeu. Parcă nici genunchi nu aveam să mă rog. Pierdusem şi acest amănunt. Dumnezeu era lângă mine. Eu nu îl vedeam.

Respira lângă mine. Eu nu îl lăsam să mă atingă. Am început să plâng. Prin fiecare lacrimă ce-mi ştergea obrazul îl imploram pe Dumnezeu să mă ia de mână şi să mă întoarcă la mine. Am văzut o lumină şi am plecat pe drumul care mi s-a deschis. M-am aruncat cu credinţa oarbă a unui copil şi am urmat tot ceea ce mi se arăta. Am ajuns la poalele muntelui. O pădure de mesteceni s-a deschis privirii mele. Nicio cărare. Deci... încotro? Doar un râu. Am început să urc şi să ţin albia drept călăuză. Liniştea sălbăticiei îmi înţepenea sufletul. Înaintam cu teamă. Fiecare pas părea nedefinit. Dorinţa de a ajunge undeva era de nestăvilit. Mă pornisem. Nu mai exista înapoi.

Mesteceni tăiaţi... prima treaptă...

Intrarea în pădure a însemnat începerea războiului. Lumina m-a părăsit. Era întuneric şi o multitudine de zgomote cumplite, diverse, înspăimântătoare îmi însoţeau drumul. Nu eram singură. Eram plină de dorinţa de a mă descătuşa. Aveam nevoie să ajung la sarcofag şi să mă eliberez. Dumnezeu mi-a oferit atâta întuneric cât am avut nevoie, ca să ajung să cer lumina şi să îmi dau seama că omul nu se va adapta niciodată firesc la bezna în care pica din neatenţie. Bezna îl chinuie pe om, îl roade, oricât încearcă omul să nu recunoască asta. Dumnezeu însă îi lasă omului opţiunea. Dacă vrea în adevăr sau dacă vrea să rămână în minciună. Omul este singurul care poate să facă această opţiune pentru sine, pentru că omul trăieşte prin sine, nu prin celălalt. A face o opţiune pentru altă persoană este fals. Urcam pe rădăcinile copacilor fără vârstă, alunecam, mă căţăram, prindeam frunzele cu sufletul, iar mă puneam pe drum şi începeam să simt cum mă apropii. Mirosea a mine.

Mesteceni în formă de candelabru cu braţe... a doua treaptă...

Cu cât mă afundam mai mult în pădure, cu atât coboram mai mult în adâncul sufletului, singurul loc unde eşti sincer cu tine şi singurul loc unde totul se vede clar, unde nu ai după ce să te ascunzi. În adâncul sufletului eşti liber pentru că nu mai ai cum să te minţi. Ajungând acolo poţi să faci opţiunea pentru că în sfârşit vezi. Urcam printre toţi copacii şi mă sprijineam din când în când de ei exact cum făceam în momente de cumpănă când alegeam să văd doar ce nu îmi făcea rău, ca să pot să merg mai departe. Alegem des ceea ce ne creează confort, nu ceea ce ne doare. Ţineam în sus albia fără să ştiu unde mă duce. Ştiam că undeva trebuie să existe un punct de pornire şi că acolo trebuie să fie sarcofagul în care mă abandonasem. Fiecare pas pe care îl făceam îmi întărea credinţa că, atunci când stai mult timp în minciună, ai nevoie de o motivaţie extrem de puternică pentru a te lepăda de ea, o motivaţie vitală. Fără aceasta, minciuna nu te lasă. Revine în tine, te încearcă, secundă de secundă. Odată ce a prins rădăcini, are locul ei şi, ca să poţi să o smulgi, îţi trebuie multă forţă. De minciună nu scapi decât într-un singur fel. Să nu mai ai nevoie să minţi. Doar atât. În momentul în care minciuna devine inutilă, nu mai are forţă. Îşi pierde toată magia. Falsitatea, ipocrizia, duplicitatea, într-un cuvânt răul, se aşază atât de uşor în straturi peste sufletul tău, încât, cu cât trec mai multe anotimpuri peste... cu atât este mai dureroasă jupuirea şi dezgolirea de ele. Sufletul afectat de minciună e ca o rană deschisă peste care se toarnă straturi de bandaj, mii de clipe, mii de straturi care ajung să te sufoce şi să te îndepărteze de sine.

Mesteceni cu gheare... a treia treaptă

Rădăcinile copacilor spărgeau pământul ca nişte gheare. Călcam pe ele şi simţeam cum ţipă în mine toate păcatele. Nu puteam să mă iert. De ce? Din mândrie. Ceea ce eram nu coincidea cu ceea ce mi-aş fi dorit. Uitasem că sunt om. Vanitatea mă orbise. Omul, prin natura lui, trage să se apere, să trăiască comod, să nu se gândească prea mult la sine şi la ceea ce este alterat în sufletul său. Crede că, dacă trăieşte cu ochii închişi, falsitatea şi urâtul nu se văd. Chiar dacă nu se văd, sunt conţinute. E acel cancer care roade — care te distruge fără ca tu să ştii — pentru că nu lupţi să îl înlături.

Mesteceni îmbrăţişaţi... a patra treaptă...

A avea încredere într-o altă persoană înseamnă a avea încredere că omul respectiv nu are nevoie să fie altfel decât este, nu are nevoie să fie fals. Şi asta nu ţine de cât îl cunoşti pe respectivul om sau de felul în care ţi-ar plăcea să fie acel om, ţine, pur şi simplu, de întâlnirea de har dintre două fiinţe care se aseamănă prin nevoile lor.

Când un om face ceva pentru un alt om nu pentru că simte, ci pentru că i se cere, este fals, mai bine nu face, se abţine. În tine rămâne ceea ce simţi să faci, chiar dacă ceea ce faci nu coincide cu ceea ce simţi. În interiorul tău se imprimă ceea ce simţi. Neurmând drumul sufletului, strângi frustrări, regrete, complexe. Scăpate din frâu, te întorc la minciună, la neadevăr, la viaţa ascunsă.

Sufletul-pereche este cea mai importantă întâlnire cu un om. Este omul-oglindă, omul care te scapă de prejudecăţi şi te obligă să te vezi aşa cum eşti, omul care nu te lasă să te mai minţi şi care trage de tine să te cureţe, să te dezobişnuiască de tot ce e fals în tine şi în jurul tău. Dacă pentru un astfel de om eşti dispus să îţi schimbi viaţa, înseamnă că ai nevoie de ceea ce el îţi doreşte. Înseamnă că el nu a făcut decât să îţi şteargă geamul. Să te uiţi pe fereastră şi să o deschizi singur(ă) dacă vrei. Un om poate să îţi arate o cale. Dacă mergi sau nu pe ea este opţiunea ta.

Mesteceni cruci... a cincea treaptă...

Dacă sufletul nu este ceva palpabil, asta nu înseamnă că nu există şi că nu are nevoie de atenţie, de îngrijire. Dacă pe Dumnezeu nu poţi să pui mâna atunci când te rogi, asta nu înseamnă că nu este lângă tine şi că nu te ascultă. Totul ţine de raportul pe care îl ai cu sine.

Mesteceni porţi... a şasea treaptă...

Când îţi dai seama că profund un om are nevoie de altceva decât de ceea ce ai tu nevoie, nu ai de ce să îţi doreşti o relaţie cu el, pentru că nu aduce decât chin şi durere, neadevăr şi îndepărtarea de sine. Nu ai cum să faci un întreg cu un om care are alte nevoi, care are alt scop existenţial. Şi nu poţi să obligi un om să îţi împărtăşească nevoile dacă treapta pe care se află este diferită de treapta ta. Un om nu poate fi constrâns, nu poate fi coborât sau urcat pe altă treaptă decât pe cea pe care a ajuns singur, căci coborârea sau urcarea ar fi forţată, artificială şi neasumată. Fiecare are ritmul lui spre mântuire şi crucea lui. Şi pe acest drum nu avem cârjă. Suntem singuri. Nu ne putem trage unii pe alţii. Putem doar să ne urmăm, putem să ne prindem din urmă dacă distanţa dintre noi ne opreşte să respirăm normal. Dar nu putem să ne păcălim.

Pădurea de mesteceni... a şaptea treaptă...

Credeam că ceea ce trăiesc era ceea ce îmi trebuia pentru că mi-era comod, mi-era bine. Nu mă durea. Aveam ce părere voiam să am despre mine. Timp de zece ani, micile mele căderi au fost atât de mici, că nici nu le sesizam. Le vedeam importante şi profunde pentru că nu trăiam important şi profund. Dorinţa mea nu avea cum să fie activă într-un suflet închis, fricos, zgribulit. Rugăciunea mea nu putea să iasă din cuvânt dacă sufletul meu era încremenit. Sunt semne peste tot. Tot ceea ce ceri primeşti dacă eşti pregătit să vezi. Niciodată nu îţi dă Dumnezeu mai mult decât poţi să duci. Nu ar avea de ce. Tu ai senzaţia că este prea mult pentru că nu-ţi cunoşti limita. Ideea este să înveţi ceva în urma unei zguduiri atât de profunde. Dacă se revine la normal, e timp irosit. De asta te ajută să îţi forţezi limita, să cunoşti în tine ceea ce nu cunoşti. Genul acesta de experienţă-limită te ajuta să dai jos din tine toate straturile de protecţie, să fii gol, să te priveşti aşa cum eşti, fără să te mai aperi. Lupta adevărată se naşte în momentul în care te ai şi începi să te păstrezi, să nu te mai pierzi.

Am străbătut pădurea şi cele şapte trepte. Am ajuns Sus, pe platou. Neatins de ani, într-un colţ, lângă mânăstire, zăcea sarcofagul. M-am apropiat. Simţeam cum înăuntru bate inima. Nu murisem. Respiram. Dar nu aveam cheia. Nu aveam cum să deschid. Am început să mă rog. Nu aveam nicio putere. M-a cuprins disperarea. Starea aceea că nu mai ai control, panica, senzaţia că nu mai ai ce să faci şi că totul se dărâmă. Timpul încremenise. Nu se mai mişca nimic. Au început să bată clopotele. Dumnezeu îmi zâmbise. Îmi muriseră toate cuvintele. Nu mai ştiam să vorbesc decât tăcând. Gândurile îmi înţepeniseră în tot ce era rău şi fatal. Mi-era frică. Era frica aceea nudă că momentul în care pot să mă pierd definitiv este exact momentul în care sunt. Stăteam pe un mal care oricând se putea surpa. Ca să atingi cerul, trebuie să traversezi tot Iadul. Să nu-ţi mai rămână nicio respiraţie în minciuna trecutului. Nu poţi să începi nimic până nu termini ceea ce este început deja. E ciclul firesc care se cere respectat. Mă rugam şi nu reuşeam să adun în mine niciun Înger. Mă simţeam singură şi descoperită. Rugăciunile mi se pierdeau pe aleile sufletului. Nu ştiam cum să încep. Nu ştiam ce să cer. Eram la o respiraţie de adevăr şi nu aveam cheia să mă eliberez. De pierdut ne pierdem uşor. De recuperat... durează. Am început să scot din mine fiecare clipă, toţi anii, toate păcatele, am început să vărs tot mâlul strâns secundă de secundă, să cotrobăi toate ungherele fiinţei şi să mă curăţ de tot ce a fost bun şi rău, frumos şi urât. Am început să umblu în mine ca într-o casă veche, din care trebuie să scoţi tot, să o dărâmi ca apoi să reconstruieşti. Până în momentul în care nu m-am eliberat de ultima suflare veche, sarcofagul nu s-a deschis. Dumnezeu a avut răbdare. M-a aşteptat. Îngerul mi-a cărat molozul zile şi nopţi întregi. Lacrimile mi-au fost ustensile. Am cojit pereţii timpului, am schimbat instalaţiile emoţiilor, am modificat toate cablurile de legătură cu Universul, căci erau fisurate şi, cu răbdare, am început să lucrez fiecare centimetru din noua casă a sufletului. Îngerul meu păzitor a lucrat cot la cot cu mine. Dumnezeu ne-a supravegheat. Când te refaci nu există timp. Există doar nevoia vitală de schimbare. Aparent, când Dumnezeu îţi dărâmă vechea casă, murdară şi imposibilă, ai senzaţia unui dezastru. Te lasă descoperit. După ce treci de şoc, îţi dai seama cât de iubit eşti de Dumnezeu şi durerea năucitoare care te arde, suferinţa care îţi ia aparent minţile şi te anulează, abisul de neînchipuit care te mutilează sunt, de fapt, punctul din care îţi iei avânt, aripile cu care poţi să atingi alte înălţimi, alte culori, alte ceruri... lumina.

p.s. Caută neîncetat să rămâi liber. Inima ta poate iubi tot ce doreşte. Viaţa nu are nicio valoare închisă între limite. Te desăvârşeşti mereu. În fiecare răsărit de soare se naşte ceva frumos. Călătoria aceasta nu are sfârşit.

* *Menţiune*: Romanul de faţă este scris pe parcursul a 8 ani. Nevoia de a scrie această poveste a fost ca nevoia de apă. Am considerat că am terminat această carte de zeci de ori. Şi de tot atâtea ori i-am dat şi titluri. Nici acum nu ştiu dacă ce aţi citit este varianta finală. Şi nu o să ştiu niciodată. Este genul de poveste care se poate scrie şi rescrie la nesfârşit. Şi totuşi... forma de faţă este ultima treaptă. Dincolo de această poveste rămâne doar zborul fiecărui cititor. Sugestia finală a titlului îi aparţine regizorului **Alexandru Darie**. Şi pentru asta îi spun

Mulţumesc. Cu sufletul, *Chris Simion*

PRINT
multicolor
Str. Bucium nr. 34 Iaşi
tel.: 0232/211225
fax: 0232/211252
office@printmulticolor.ro
www.printmulticolor.ro
SERVICII TIPOGRAFICE COMPLETE